을 유 세 계 문 학 전 집 · 95

프랑스어의 실종

프랑스어의 실종

LA DISPARITION DE LA LANGUE FRANÇAISE

아시아 제바르 지음 · 장진영 옮김

❀ 을유문화사

옮긴이 장진영

서울대학교 불어불문학과를 졸업하고, 동(同) 대학원에서 「바로크 주제에 의한 코르네이유 초기 희극 연구」로 문학 박사 학위를 받았다. 현재 서울대학교 인문학연구원 부설 불어문화권연구소 연구원으로 있으며, 서울대학교에서 학생들을 가르치고 있다. 옮긴 책으로는 『저 아래』, 『파리의 풍경』(전6권, 공역), 『세계창조』, 『돌의 후계자』, 『앙드레 말로, 소설로 쓴 평전』, 『눈뜰 무렵』, 『세비네』, 『문화적인 것에서 신성한 것으로』 등이 있다.

을유세계문학전집 95
프랑스어의 실종

발행일 · 2018년 10월 30일 초판 1쇄 | 2020년 11월 5일 초판 2쇄
지은이 · 아시아 제바르 | 옮긴이 · 장진영
펴낸이 · 정무영 | 펴낸곳 · (주)을유문화사
창립일 · 1945년 12월 1일 | 주소 · 서울시 마포구 서교동 469-48
전화 · 02-733-8153 | FAX · 02-732-9154 | 홈페이지 · www.eulyoo.co.kr
ISBN 978-89-324-0477-6 04860 978-89-324-0330-4(세트)

차례

자파르 L.*에게

나는 그가 사랑하는 카스바에서 이 소설의 영감을 얻었다.

"'나'라는 맹인은…… 비틀거리다가 웅덩이마다 빠진다.
이건 하늘이야, 그는 이렇게 생각한다, 하늘이 열리는 거라고!"

— 모하메드 디브,*『대리석 눈』

제1부
귀환
1991년 가을

"이방인은 캄캄한 땅속에서 쉬고 있다."

— 게오르크 트라클[*]

이사

1.

그러니까 바로 오늘, 나는 고향으로 돌아왔다……. 기이하게
도 내 마음 속에서는 **홈랜드(Homeland)**라는 영어 단어가 노래하
고, 아니 춤추었는지 모르겠다. 짙푸른 바다를 마주하고 다시 글
을 쓰기 시작한 날이 언제던가. 그래, 고향에 돌아온 그날도, 비
어 있는 이 별장으로 이사하고 난 사흘 뒤도 아니었다. 나는 이
별장에 혼자였고, 내 마음 역시 텅 빈 방처럼 공허했다. 나는 가
구가 거의 없는 위층에 입주했다. 테이블 의자, 침대, 주방용 냄
비 몇 개와 가스버너 같은 기본적인 집기 외에 아직도 쓸 만해
보이는 낡은 이탈리아제 커피포트가 있을 뿐이었다. 커피포트
는 나만큼이나 낡았지만 나처럼 **아직은 쓸 만해** 보였다!

홈랜드에서의 첫날, 나는 부친에게서 상속받은 내 집의 **내 방**으
로 돌아왔고, 나의 두 형제는 알제 시 히드라의 저택에 포함된

내 지분(아들 셋에 딸 둘이므로, 아들들에게는 각기 4분의 1씩의 지분이 있고, 두 딸들에게는 나머지 4분의 1의 지분이 있었다) 대신 바다를 마주한 이 별장을 갖겠다는 내 제안에 아주 만족해했다.

이렇게 나의 상상은 당시 프랑스인이 말한바 **사건들**이 일어나기 직전의 그 카스바 거리를 향해 날아오른다. 나의 아버지는 테라스로 막힌 골목 근처에서 카페를 운영하고 있었다. 우리 아이들 세상은 수도의 이 구도심으로 한정되어 있었다. 그리고 우리는 **이마지겐***을 조상이라 부르곤 했는데, 그들은 아버지의 조상도 아니었고―아버지는 샤위족이라는 것을 자랑스럽게 생각했다― 어머니의 조상도 아니었다(어머니는 카스바에서 태어났지만 외할아버지와 외할머니는 주르주라족의 후손이었다. 어머니는 카빌리아*의 베르베르어를 전혀 쓰지 않았고, 세련된 아랍어를 쓸 정도로 도시인이기를 원했다). 하지만 **이마지겐**은 우리의 영웅이 되었다. 그들은 지중해를 휩쓸었던 투르크 해적이었고, 16세기부터 18세기까지 **알제의 왕**이었으니까…….

고향에 돌아온 그날, 나는 끝없이 펼쳐진 잔잔한 바다를 마주한 채 테라스에 누워 낮잠에 빠져들었다. 내 어린 시절, 동네에서 카스바에 이르는 계단으로 된 길들, 마르그리트―학교에서 단 한 명뿐이었던 **유럽** 여자아이―를 향한 나의 풋사랑, 그리고 바르바로사 형제 시대의 해적에 이르기까지 온갖 기억이 뒤죽박죽되어 떠올랐다. 날은 더웠고, 나는 햇볕에 배가 화끈거리는 가운데 졸고 있었다. 나는 어머니가 쓰던 말로(베르베르어가 아니라 엘 자지라*의 아랍 사투리로) 탄식하듯이 말했다. 돌아왔다. 나는 고향에 돌아왔고, 지중해가 내 앞에 펼쳐져 있고, 테라스 아래에서는 찰싹거리는 파도소리가 들린다. 그래, 나는 돌아왔어. 집안 여자들이 외쳤던 것처럼 "마호메트와 그의 아내들이여 나를 지켜봐 주시고, 내 죄를 용서하소서!" 고인이 되었지만 내 안에 살아 있으며, 내 마음 속에서 활짝 피어 있는 어머니의 생기 넘치는 목소리가 메아리치는 가운데 나는 행복의 입구에서 살며시 잠에 빠져든다. 그래, 나는 살아 있고, 그것도 고향에서 다시 살고 있는 거야!

2.

베르칸은 파리 교외로 이민 간 지 20년 만에 돌아왔다. 그는 50세가 거의 다 되어 가지만 그보다 열 살은 젊어 보인다. 그런데 갑자기 자신이 늙었다는 느낌, 아니 차라리 지쳐 버렸다는 느낌이 들었다. 한창 나이인데도 지쳤다는 느낌이다. 오는 12월 13일이 생일이지만 그는 꼼짝 않고 바다 앞에 있을 터이고, 아무도 그의 생일을 축하해 주지 않으리라. 그의 고향에서는 '생일'을 축하하지 않는다. 예전에 할머니는 그 이유를 설명해 주었다. "프랑스 사람들만이 생일 파티를 하기 때문에 그런 게 아니란다, 아무렴." "그럼, 왜?" 아이가 물었다. "마호메트께서 보호하사, 그렇게 하면 불행이 찾아오거든!" 다른 여자가 말했다. 그러니까 꼭 늙었다는 것은 아니고, 지친 것도 노쇠한 것도 아닌데, 이런 느낌을 어떻게 표현해야 할까. '미래가 없다'는 느낌? 어느 날 아침 그가 블랑-메닐의 스튜디오에서 깨어났을 때도 그랬다. "미래가 없어! 내겐 아무런 계획도 보이지 않아!" 그는 혼자서 숙소 안을 왔다 갔다 하면서 —— 작년 봄의 일이었다 —— 프랑스어로 확인하듯 크게 말했다. 예전에 그는 유산 상속 지분 4분의 1을 포기하는 대신에 다소 훼손되긴 했지만, 사람들이 거의 찾지 않는 드넓은 해변을 마주한 이 바닷가 별장의 위층을 갖고 싶다는 바람을 알제에 사는 두 형제(한 명은 고위 공무원이고 다른 한 명은 신문 기자다)에게 알렸었다.

형제와 합의가 금세 이루어지자 베르칸은 그곳으로 돌아오려는 계획을 세웠지만, 정착할 생각은 없었다. 처음에는 '이번 8월은 마리즈와 함께 고향에서 보내고 싶다!'는 생각이었다.

올해 3월 파리에 있을 때 그는 그저 여름에 휴양 차 와야겠고만 생각했다. 인적 없는 해변과 하얀색 별장의 현관 앞 돌계단 밑에서 물결에 쓸려가는 금빛 모래 때문이었다.

"그런데 이게 뭐람." 잠에서 깨어나자 베르칸의 머릿속에는 지나간 날과 자신이 돌이킬 수 없는 결정을 내렸던 바로 그 순간이 무심결에 떠올랐다.

"돌이킬 수 없는 거야!" 그는 프랑스어로 다시 한 번 크게 소리쳤다.

그는 순간 흠칫했다. '도대체 왜 이런 식으로 바다를 향해 혼잣말을 하는 거지?' 이런 생각이 들자 마음이 흔들렸다. 마치 은밀히 진행되는 어떤 병, 정체를 알 수 없는 뜻밖의 증상을 두려

위하는 것처럼…….

"나는 은퇴하고 이곳에 와 바다를 보며 떠들어 대고 있는 거야!" 그는 이번엔 조상의 언어로 빈정거리듯 말했다.

그러자 그의 마음속에서 어머니 할리마가 거의 쉰 듯 달콤한 목소리로 장탄식을 늘어놓았다.

사실, 베르칸은 직장을 그만두었다. 모든 일은 일사천리로 진행되었다. 2주 만이었다. 그들이 함께 지내 온 여느 때의 주말과 마찬가지로 별 탈 없이 조용하게 지나가리라 여겼던 어느 주말에 마리즈는 베르칸에게 떠나겠다고 통고했고, 그렇지만 곧바로 베르칸을 사랑하고 있고, 앞으로도 오랫동안 사랑할 거라는 등의 말을 했다. 그리고 2주 후 어느 날 아침, 베르칸은 잠에서 깨어나 부장에게 전화했다(베르칸은 인접한 교외 지역의 사회보장기금 행정부서 과장이었다). 그는 감기에 걸려 진찰을 받으러 간다고 말하고는 병원에도 사무실에도 나가지 않고, 버스를 타고 종점까지 가서는 다른 버스를 타고 반대 방향 종점까지 돌아오면서 파리 시내를 쏘다녔고, 마침내 센강의 어느 둑길에서 멈춰 섰다. 그리고는 빈둥거리는, 혹은 명상에 잠긴 듯한 모습, 요컨대 멍한 모습으로 더러운 강물 위로 다리를 늘어뜨린 채 돌난간에 주저앉았다. 시간은 황혼녘까지, 또 밤중까지 더디게 흘러갔고, 그는 자신의 독신자 스튜디오로 천천히 돌아왔다. 정적이 그를 감쌌다.

그의 머릿속에 암석 사막이 떠올랐다. 아니, 정확히 말하자면, 아주 빈틈없이 쌓아올린 칙칙한 황토색 벽돌 담장의 이미지가 서서히 떠올랐는데, 눈앞에 펼쳐진 그 담장은 그의 시야를 완전히 막을 정도로 솟아올랐다. 이어서 환상은 사라졌고, 그는 한숨을 쉬며 일어나서 정처 없이 바깥을 거닐었다. 또다시 그의 머릿속에 회색의 암석 사막인 하마다가 나타났다. 4월의 하루하루가 오랫동안 그런 식으로 흘러갔고, 마침내 파도 소리를 듣고 싶다는 욕망이 사무쳤다. 그는 마리즈와 함께 살로니카에서 보냈던 지난여름처럼, 어느 바다든, 어느 바다의 파도든 자신에게 매혹적인 행복의 시간을 되돌려 주겠거니 생각했다. 하지만 전혀 그렇지 않았다. 아주 가까이에서 찰싹거리는 그 물결 소리가 더 멀리서, 깊이 파묻혀 있던 과거에서 되살아나 들려오는 듯했다. 어렸을 때, 형이 버스로 데려가 알제 서쪽의 첫 번째 해변(조무래기 백인 아이들과 몇 명의 아랍인들이 자주 찾던 프랑코 해변)의 바윗돌 사이를 절벅거리며 놀게 해 주었던 시절의 그 바다의 속삭임을 그는 기억해 냈다. 처음엔 긴가민가했지만 이내 확신이 들었다. 형과 성게를 따 먹곤 벌겋게 상기된 얼굴로 돌아오면 어머니("언제나 내 마음속에서 웃고 계시는 나의 어머니"라는 표현이 산산이 부서져 그의 머릿속을 떠돌고 있다)는 식초로 그의 머리카락을 적셔 주곤 했다.

그는 어머니와 어머니의 젖은 손수건이 생각났다. 어머니는 미소 지으며 그의 검은 머리카락을 손수건으로 가볍게 두드려 주셨고, 그러면 그는 안뜰 타일 바닥에서 어머니 무릎을 베고 잠이 들곤 했다. 어머니는 바로 곁에 있는 등(燈)도 밝히지 않고, 어느새 찾아온 밤의 어둠이 그들 모자를 휩싸도록 내버려 두며

자신의 아들(그는 자신이 어머니에게 가장 귀여움 받는 아이임을 알고 있었다)을 위해 콧노래를 흥얼거렸다. 그런데 마리즈가 그를 떠난 지 보름이 지난 후, 블랑 메닐의 그 스튜디오에서 저녁에 잠이 들면서 그는 틀렘센* 말로 「백조의 노래」를 부르는 어머니의 목소리를 분명히 들었다. 어머니의 조용조용한 목소리에는 우수가 어려 있다고, 음마*는 정말이지 제대로 부르는 노래가 없다고 생각하며 달콤한 회상에 젖은 채 베르칸은 그날 마음속으로 어머니와 자질구레한 이야기를 나누며 잠에 빠졌다. 어머니는 특유의 말투, 즉 세련된 단어가 간간이 들어간 안달루시아 어조의 알제리 방언이 섞인 말투 —— 카스바에서 태어난 그녀는 이웃한 산악 지방의 투박한 말투를 경멸하곤 했다 —— 를 썼다.

그 이후 며칠 저녁은 졸리기 시작할 때면 바로 그 「백조의 노래」가 머릿속에 떠올랐고, 그때마다 베르칸은 음마의 목소리를 들으며 바로 잠들었다. "그래, 어머니는 나를 흔들어 재우지 않았어, 말로 달래곤 했지. 아니, 정확히 말하자면 시적인 말들, 노래하는 듯한 억양, 일부러 한없이 떨리게 노래하던 애가의 마지막 음(音)으로……." 베르칸은 신음하듯 중얼거렸다.

베르칸은 만사를 잊고 싶었다. 교외 지역 주민으로서의 생활도, **자신의** 성장 소설 집필을 포기한 지 몇 년이 되었다는 사실도. 그는 파리의 출판사들로부터 연이어 거절당하고, 그 다음에는 심지어 지방의 어떤 유명 출판사로부터도 거절당했던 원고들을 정리해 두었다.

일주일 내내 그는 애정과 향수를 동시에 느끼며 밤을 지새웠다. 나흘째인가 닷새째 저녁부터 잠 못 이루는 한밤중까지 자신과 함께하는 것이 어머니인지 아니면 마리즈(마리즈는 스페인어로 노래하기를 좋아했다)의 목소리인지도 더 이상 분간할 수 없었다. 이제 가사는 귀에 들어오지 않고, 들리는 것이라곤 오로지 어렴풋한 멜로디, 혹은 그 환영, 그리고 끝나 가는 그 멜로디가 주는 애절한 슬픔뿐이었기 때문이다.

그는 이 환영에 사로잡힌 고독 속에 틀어박힌 채 5월과 6월을 맞았다. 며칠 후, 그는 몇 가지 회계 자료들을 구하고 난 후 인사 과장을 만나러 갔다. 그의 기별 방식은 동료들 모두를 놀라게 했다.

"예정을 앞당겨 퇴직하려고 합니다. 완전히 은퇴한다는 말은 아닙니다. 알아요, 연금은 절반이거나 기껏해야 조금 더 받겠지요. 하지만 고향에 가서 살기로 결정했으니 그것으로도 충분할 겁니다!"

그리고는 경악한 동료들의 말을 막기 위해 어깨를 으쓱했다. 그는 여차여차해서 친근감을 느껴 왔던 이 사람 저 사람에게 이렇게 말하지 않을 수 없었다.

"다시 글을 쓰기 시작할 겁니다! 그러자면 온전히 제 시간이 필요할 거예요."

그는 자기 혼자만 들을 수 있게 덧붙여 말했다. "온전한 내 시간이 필요해, 발밑에 펼쳐진 바다도! 그리고 정적(靜寂)도!"

3.

오늘은 금요일이지만 이슬람 국가인 이곳은 휴일이오. 지금이 오후 끝 무렵인데도 열기는 여전하다오. 마을은 무기력에 빠져 있소. 사랑하는 마리즈, 나는 다소 급히 서둘러 당신에게 편지를 쓰기로 결정했소, 아니 서두른다기보다 무심하게. 당신이 보고 싶고, 비난도 푸념도 아닌 어투로 단숨에 그 사실을 쉽게 털어놓을 수 있기 때문이오. 내가 당신에게 편지를 쓰는 이유는 대화를 나누기 위해서, 쓰는 동안 당신과 가까이 있다고 느끼기 위해서라오. 그뿐이오(당신은 내 글이 두서가 없음을 알게 될 거요. 당신이 너그러이 내 기분을 맞춰 주려고 애쓰던 시절에 당신은 그것을 **아라베스크 무늬** 같다고 말하곤 했소). 어쨌든 시작하겠소.

사랑하는 마리즈,

밤마다 마치 내 침대 밑으로 미끄러져 들어올 듯 천천히 반복적으로 물결치며 속삭이는 바다를 마주한 채, 사라지지 않고 남아 되살아나는 내 사랑을 떠올리오. 동시에 이 20여 년의 망명 생활을 내려놓기 위해 여기까지 왔다는 느낌이오. 마침내 글을 써야겠다는 계획을 세우자 내 안에서 무언가가 갑자기 저항하고 있는데, 그게 무엇인지는 나도 모르겠소…….

이 편지를 쓰는 이유는 물론 당신이 그립기 때문이지만, 또한 마음속에서 뜻밖의 불안이 감지되기 때문이기도 하오. 당신과의 말없는 대화가 끝난 후 그 불안이 감소되기를, 그저 나 자신을 다시 찾게 되기를 바랄 뿐이오. 이렇게 선택한 내 삶이나 과거에 대한 불필요한 질문은 접어 두고 말이오. 특히 우리가 함께했다가 헤어졌던 과거가 아니라 그 뒤에 있는 더 칙칙한 과거, 즉 아무 목적 없이 프랑스에서 흘려보냈던 그 오랜 세월의 흐름에 대해서는…… 그 망명이 왜 그리 길었고 또 왜 그렇게 늦게 끝났을까 하는 물음이 내 머릿속을 어지러이 오가고 있소. 질문하는 것이냐고요? 그보다는 알쏭달쏭하다는 거요, 모호하다는 것이지. 나로서는 그것의 본질이 무엇인지 알 수 없다오. 바라건대, 당신 앞에 펼쳐 놓을 이 두세 장의 넋두리로 그 모호함이 밝혀지거나 아니면 적어도 사라져 버렸으면 좋겠소.

햇빛이 눈부신 —— 오늘 아침 해변을 따라 걷고 있을 때 하늘은 장밋빛과 보랏빛의 온갖 색조로, 무지갯빛으로 빛나고 있었다오 —— 이 가을날에 나는 당신을 생각하고 있소, 마리즈이거나 마를리즈이거나 상관없이. 왜냐하면 그렇게 나로 하여금 당신을 배우의 이름으로 부르도록 부추기던 교태를 떠올리기 때문이오. 우리 사랑의 가장 은밀한 바로 그 순간이면, 대중을 위한 당신의 예명(마를리즈)은 내 입에서, 지금은 무의식적으로 발음할 수 없는 '자기'라는 말이 되곤 했고, 대신에 내 어린 시절의 아랍 단어들 두세 개가 이상하게도 우정의 단어, 거의 근친교배의 단어들이 터져 나와 당신의 예명과 짝을 이루면서 내 감동을 표현하곤 했소…….

　내 부족(部族)의 언어로 당신에게 글을 쓸 수 없고, 당신에 대해서, 내 입술과 내 두 손이 당신의 피부에 닿아 당신 몸의 구석구석을 누비고 다니던 그 순간들에 대해서, 내가 느끼고 있는 결핍을 표현할 수 없는데, 왜 여기서 우리의 포옹을 떠올리는 걸까?

　우리의 내밀한 말들, 그 말들의 어지러운 소리들을 당신은 그저 음악 소리처럼 듣곤 했소. 우리의 관능이 타오르는 그 순간 당신이 내 모국어로 말할 수 없어서 내가 슬퍼하던 일을 당신은 기억할 거요! 우리가 하나 되던 그 절정의 순간이면, 마치 내 어린 시절이 되살아나서 무의식적으로 튀어나오는 내 사투리가 당신을 집어삼키려는 것 같았다오.

　마리즈-마를리즈, 당신과의 이별 때문에, 그리고 귀향의 긴 긴장감 속에서 내 사랑은 지금 부풀어 오르고 있소. 동시에 바라던 것이었지만 감당하기 너무 힘든 이 결핍 속에서 당신을 향한 내 욕망은 밀물처럼 고조되고 있다오…….

　이따금 이러한 고통이나 욕구 불만 속에 잠드는 밤이면, 나는 어찌할 바를 모르고, 설명할 수 없지만 진하고 괴이한 꿈, 이미지 문제가 아니라 오히려 육체의 불만과 복부, 거의 하복부의 불편함을 야기하는 악몽 끝에 소스라치며 눈을 뜨고 깨어난다오. 기억은 엉망이 되고 내가 어디에 있는지, 또 때로는 내가 누구인지도 모르는 채 말이오. 거의, 그렇소. 이 기이하기 짝이 없는 깨어남을 통해 분출하려고 애쓰는 불안, 한밤중에 완전한 고독 속에서 느끼는 감정의 혼란 때문에 내가 바보처럼 혹은 놀란 사람처럼 눈을 뜨고 몸을 일으킨 적이 두 번이나 된다오. 마치 짚더미 위의 짐승이, 마구간의 말이, 당신의 침대 발치에 있던 개가 위험이 다가오자 잠에서 깨어나듯이 말이오. 그리고 정신을 차리는 순간까지 끝이 나지 않을 것처럼 보인다오. 나의 귀향을, 특히 바깥의 바다를 잊은 채 잠이 설깬 상태에서 격렬한 성욕이 나를 뒤흔들어 상아처럼 흰 당신의 몸이 떠오르고, 당신 이름이 뚜렷해진다오. 마리즈-마를리즈, 이 이중의 이름을 떠올리면 지나치게 오랜 금욕으로 괴로워하던 수컷으로서의 나의 관능은 서서히 평정을 찾고, 다시 뚜렷해진 자각, 고향에 돌아왔다는 자각이 나를 사로잡고, 나를 조종하고, 나를 가둔다오……

나는 육체의 불만으로 가득한 이 밤에서 간신히 몸을 빼내어, 당신이 익히 알고 있는 내 사랑을 가득 담아 당신 이름을 부르고 또 부른다오. 내 머릿속은 당신에 대한 추억으로 가득하다오. 내가 갈망하는 것은 당신의 육체가 아니라 바로 당신이오. 어느 날 저녁 왜 나와 헤어지려는지 천천히 설명하던 당신 말이오. 당신은 말했소. "당신을 위해서고, 또 나를 위해서예요! 우리 둘의 행복을 위해서랍니다. 당신을 사랑하기 때문에, 또한 나 자신을 존중하기 때문에 당신과 헤어지는 거예요!"

왜 여기서 당신의 주장을 되풀이하느냐고요?

당신에게 고백하건대, 내가 두세 차례 기분 나쁘게 깨어난 이유는 모든 것이 복잡하게 뒤섞여 있기 때문이오. 귀향의 충격, 당신과 헤어진 데서 오는 슬픔, 여자를 가까이 못한 지 6개월이 되었다는 사실, 내가 고독을 즐기고, 내가 고독을 선택했지만 한밤중에 밖에서 가을날의 폭풍우가 내 감각을 무기력하게 만들 때, 기억 속에서 되살아난 어린아이는 바로 이 귀향을 두려워하고 있다는 사실의 확인…… "이 땅에서는 너에게 무슨 일이 일어날까?" 잃어버렸던 목소리가 다시 살아나고, 소리치고, 나로 하여금 어찌할 바를 모르게 하고 있소. 정신을 사납게 하는 모호한 그 목소리를 당신에게 편지로 전하는 건 어둠 속에서 되살아나는 이 두려움의 원인을 알아보기 위해서요.

내 편지는 오늘, 새벽에 있었던 이야기요. 아침에 산책이 끝난 뒤 건너편 해변의 바위들 앞을 서성이고 있는 성게잡이 어부에게 할 말이 아무것도 없었소. 그 사람은 삼십대 젊은이요. 나는 그에게 항상 지방 사투리로, 그러니까 내가 살던 카스바 구역에서 쓰던 사투리로 말하는데, 그것이 비밀스런 공모 관계를 가능하게 해 준다오. 일종의 상호 배려에 대한 호소라 할까. 우리는 시시한 이야기들을 주고받는다오. 그의 눈길은 장난기로 반짝거린다오. 며칠 동안 내 집 계단 주변에서 몇 차례 같이 담배를 피우고 난 후로 그는 만족한 듯한 모습이오. 어떤 날 저녁에는 내게서 비밀스러운 이야기를 기대하는 것처럼 보이기도 하오. 기대에 찬 그의 눈길에 부응하기 위해 내가 무슨 이야기를 털어놓을 수 있을까요?

"라시드, 내가 고백해야 할 것 같은데, 자네도 알다시피 나는 맞은편에 있는 나라의 한 아가씨와 헤어졌다네(아니, 더 정확히 말하자면 '그녀가 나를 떠났지'). 나보다 더 젊고 아주 아름다운 여배우였는데…… 그녀를 떠나온 후로 나는 그녀에게 편지를 쓰고 있다네!"

라시드는 신뢰감의 발단을 이어가기 위해 암시가 담긴 가벼운 어조로 내게 응할 거요.

"여자들이라…… 그냥 편지만 하시나요?"

그의 눈동자가 빛나고, 그의 미소로 광대뼈에 주름이 지며 표정이 펴지는 것을 보게 되오. 순진한 호기심의 표현이겠지요. 무엇인지 알지도 못하면서 그것을 갈망하는 젊은이의 호기심. 왜냐하면 그는 내 집도, 허울뿐인 내 안일(安逸)도 부러워하지 않기 때문이오(내 차는 완전히 찌부러졌고, 내 청바지는 항상 똑같지만, 금발 여인과 함께 다녀오는 것도 아니고, 최소한 차로 그리고 현지 부르주아의 복장으로 다녀오는 것도 아니라면 그런 것이 프랑사인* 집에 가는 데 무슨 상관이 있겠소?). 어찌 되었든 간에 그는 계속 나를 관찰하고 있소. 내가 운이 좋다는 것, 오랫동안 노르 지방에 살았다는 것, 내가 수많은 추억들, 여자들, 그곳 여자들에 관한 추억들을 갖고 있다는 것을 파악하고 그는 이렇게 탄식하며 말한다오.

"아, 여자들이란!"

나는 그와 함께 내 과거를 거론하고 싶은 생각이 별로 없소. 마리즈, 내 귀엔 당신의 목소리가 들리는데, 밀려드는 그 수많은 말들이 이곳 어부와 나 사이에서는 사라져 버린다오!

라시드가 내 테라스에 와서 앉았소. 그가 조개를 좀 까 주겠다고 제안했고, 무관심한 어투로 덧붙여 말했소. "부엌에 레몬을 좀 갖고 계신다면요."

전날 저녁 그는 나와 가볍게 식사를 했었는데, 우리의 대화는 시골 사람들의 이야기를, **격랑의 시대** 이후 인근 마을에서 사라진 공포를 내가 청취하는 것으로 바뀌어 갔소.

그가 가고 나서 나는 당신에게 편지를 쓰기 시작했소. 마치 고향에서의 이 대화가 나로 하여금 무언가를 잃어버리게 만들기라도 하듯이 열기에 싸여서 말이오. 뭐랄까, 음악이라고나 할까? 나도 잘 모르겠소. 이곳에 온 이후로 나는 그와 이야기할 때 사투리만 쓰고 있다오. 상실된 수많은 단어들과 부활한 이미지들로 이루어진 일종의 언어의 춤 같은 것을 다시 발견했다는 흥분에 싸여서 말이오.

나는 계속해서 그러한 소리 탐구를 카빌리아 출신 식료품 가게 주인 하미드(우리는 막상막하 실력의 도미노 선수임을 서로 인정했소)와 함께 하고 있다오.

그런데 "아, 여자들이란!"이라는 라시드의 그 탄식으로 충분했소. 어떤 욕망이 나를 사로잡은 거요. 당신 목소리, 우리가 나눈 이야기, 한밤의 대화, 당신의 육체에 대한 향수가 말이오. 나는 내 손으로만 당신의 몸을 애무한 게 아니었소. 당신도 기억날 거요. 내 말로도, 내 입술로도, 그리고 키스 사이사이에 중단되고 뱉어 냈던 다른 말로도 당신 몸을 애무했다는 사실을. 우리 둘만의 이 말투에는 모든 것이 섞여 있었소. 애정에 찬 상냥한 말들, 시냇물 속의 하얀 원석 같은 말, 내가 하나하나 탈곡해 내는 당신의 말, 다시 되풀이되는 말, 뿐만 아니라 내 어린 시절의 말, 내 어머니의 말이. 당신은 내가 당신 피부에, 당신 젖가슴에, 당신 사타구니에 대고 재잘거리던 그 아랍어들을 아무것도 이해하지 못했소. 나는 심지어 내 모국어로 당신을 위한 애칭을 지어냈고, 당신은 웃으면서 그 말들을 듣기 위해 몸을 굽혔소. 나는 당신 귓속으로 그 말들을 밀어 넣었고 당신 목을 따라 그 말들을 흘려 넣었소. 내가 그 말들을 번역하지 않아도 당신은 그 말들을 이해했고, 그 말들은 당신의 마음을 파고들었소. 마리즈/마를리즈, 나는 우리 둘만의 특유의 어법, 내 사투리와 당신의 프랑스어의 이종교배를 손에 잡힐 듯이 기억하고 있소. "다시 말해 줘요, 날 위해 다시 말해 줘요"라는 당신의 요청, 간절한 부탁은 내 마음속에서 계속되고 있소, 지금까지도 말이오. 나는 두 개의 유음 **에르(r)**가 들어 있는 두 겹의 당신 이름만을 다시 거론하며 웃곤 했고, 우리는 숨결을 뒤섞으며 공모를 꾸며 내곤 했소. 나는 그렇게 당신과, 오직 당신하고만 다정할 수 있었소. 나는 지금 어부와 정원사 들이 사는 이 마을에서 그 순간들을 회상하고 있다오. 쓸쓸한 바닷가를 바라보면서……

하지만 당신은 이제 여기에 없고 짝을 이루었던 우리의 어법은 희미해지고 있는데, 당신이 이곳, 이 해변 앞 냉기 도는 집으로 나를 찾아온다면, 나는 과연 북역에서처럼 다시 달콤한 말로 당신을 감쌀 수 있을까?

왜 밤마다 내 안에서는 당신에 대한 욕망과 예전의 내 소리들을 되찾는 기쁨이 교차하는 것이고, 왜 온전한 상태로 유유히 전개되는 내 사투리는 밤이면 나타나는 당신의 존재를 지워버리고 나로 하여금 당신의 부재를 받아들이게 할 위험을 무릅쓰면서 원기를 되찾는 걸까? 당신이 너무나 멀어져서 내 사랑이 사라질 우려가 있기 때문일까?

내가 당신에 대한 향수 —— '엘우에쉬(el-ouehch)' —— 를 말하는 이유는 당신을 위해, 그리고 당신이 그 사실을 알도록 하기 위해서요. 나는, 이곳에 체류하며 글을 쓰기 위해, 어쩔 수 없이 이곳에 왔다는 사실을. 하지만 이곳에 살아야 한다면……?

베르칸

완만한 우회

1.

사흘 전인지 나흘 전인지 더 이상 모르겠지만, 그때 마리즈에게 쓴 편지를 나는 봉하지 않았다. 하지만 그것을 다시 읽어 보지는 않을 것이다. 편지는 흰색 나무 책상 위, 노란색 종이 뭉치와 잉크병 옆에 놓여 있다.

나는 거의 언제나 밖에서 지낸다. 주머니에 라이카 사진기를 넣고, 청바지에 즈크화를 신고 터틀넥 스웨터를 걸친 채 나는 언덕 위에 위치한 인근 몇몇 마을을 차로 돌아다녔다. 아침저녁으로는 기나긴 해변을 따라 산책했다. 이따금 낮잠을 자기도 했다. 10월 초순의 어느 날, 나는 게으름을 피우며 '정말 퇴직자가 되었군!' 하고 생각했다. '이러려고 고향에 돌아왔느냐?' 내 안에서 이런 목소리가 울렸지만 빈정거리는 소리는 아니었다. 대기(待機) 중이다. 나는 기다리고 있다.

어부 라시드가 매번 이곳까지 올라와 내가 먹을 하루치 생선을 전해 주지 않는다면 나는 어떻게 할까. 얼마 전 계약을 맺어 일주일 단위로 그에게 값을 지불하기로 했는데, 그는 웃으며 '도매가'를 약속했고, 나의 납품업자이면서 동시에 친구가 된 것에 만족하며 "도매가예요, 오늘 잡은 것이든 어제 잡은 것이든요!"라고 외쳤다. 가끔 그는 해변으로 직접 통하는 현관 근처 계단에 앉는다. 나는 어떤 날엔 그와 함께 시간을 보내기도 한다.

나는 그에게 감사한다. 나는 생선을 기름에 튀기지 않는다. 나는 작은 붉은 숭어들과 대구 한두 마리를 씻는다. 오징어는 아니다. 값은 지불하지만 오징어를 씻고 싶지는 않다.

"이것들은 먹물을 제거해야 하잖아! 먹물이라면 내 책상 위에 있는 것으로 충분하거든. 이 오징어들은 자네에게 주겠네!"

아침나절 느지막이 다른 생선을 준비한다. 거기에 몇 가지 허브와 사프란 약간을 첨가한 후 기름종이에 싸서 굽는다. 레몬과 회향을 곁들여(여전히 모든 것에 간섭하는 라시드 덕분이다) 가볍게 요기한다.

그리고 나서 커피를 거듭 마신다. 길을 나서지 않으면 빈둥거리며 낮잠을 자고, 커피를 더 마신다. 나는 들쥐가 다 됐다. 퇴직자이며 동시에 들쥐다. 가을날의 햇빛이 내 작업실에 쏟아져 들어온다……. 무슨 작업인가?

나는 사진 몇 장을 찍었다. 무턱대고 찍은 게 아니라 직감에 의해. 마치 의외의 수확, 개인적 전리품을 확보하듯이, 이를테면 눈(眼)을 씻기 시작하듯이 찍은 것이다. 마침내 내가 진정으로 귀향했음을 의식하면서, 한 걸음 한 걸음 비틀거리며 나아가면서……!

어떤 날은 아침에 햇빛이 잠시 비추다 만 탓에 해변에 인적이 없다. 그럴 때 이 순결한 유동(流動)의 왕국은 오로지 나 혼자만의 것이 된다. 나는 내가 여기 있다는 게 믿어지지 않는다. 돌아온 것이다. 정말인가? '내가 정말 여기 있는 건가?' 내 안에서 이렇게 묻는 목소리는 프랑스 단어에서 어머니의 단어로 — 어머니는 영원히, 카스바의 블뢰 가에 있는 어린 시절의 집 안쪽 초라한 안마당에 앉아 계신다 — 노 저어 나아가고, 한 언어에서 다른 언어로, 이쪽 기슭에서 저쪽 기슭으로 흔들리며 머뭇거린다. 내 마음속 어머니는 놀란 눈으로 내게 묻는다……. 이 무언극이 새벽마다 한두 차례 내 마음을 사로잡는다. 정말이지, 이 공간에서 잔잔하지만 아침이면 반짝거리며 빛나는 내 앞의 바다에서, 나는 마치 선물을 받은 것처럼 나의 고독을 즐기고 있다!

이런 게 평화일까? 마치 나만을 위해 언뜻언뜻 보이는 요정의 실루엣처럼 평화가 내 맞은편 저 멀리에서 윤곽을 드러내는 건가?

다음 주에 나는 알제에 가서 — 그렇게 결정했다 — 사진사인 친구 아마르에게 사헬 구릉 지대를 찍은 나의 첫 사진들의 현상을 맡길 것이다.

나는 아침 이 시간, 즉 여섯 시나 여섯 시 반쯤의 사진, 그러니까 여명이 사라져 갈 때의 사진을 몇 장 찍었다. 수면에 드리워진 약간의 안개, 파도 거품을, 아주 가까이로는 기슭에 밀려오는 물의 떨림을, 뒤로는 갈대숲이나 기와지붕의 시작을, 옆으로는⋯⋯.

주변 마을까지의 여행 중에 나는 예전에 순례지였던, 잠들어 있는 작은 도시 하나를 발견했다. 내가 도착하자 먼지로 뒤덮인 산책길 모퉁이에서 둥근 돔 지붕이 반쯤 무너진 초라한 모스크가 나타났다. 그것은 그 지역의 나이 든 여신자들 몇 명 말고는 모두에게 잊힌 어떤 **왈리**˚의 무덤이었다.

기도하던 여자들이 떠나고 난 다음, 나는 그 **쿠바**˚를 같은 각도에서 사흘 연속해서 찍었다. 뒤편의 회색빛, 해록색(海綠色) 하늘로 인해 그 반달 모양의 돔은 바다가 아니라 보이지 않는 물 속, 혹은 흩어진 구름 속으로 자취를 감춘 듯했다.

알제로 내려가면서 나는 높고 투명한 하늘을 배경으로 찍은 돔 지붕 사진 필름 몇 장을 현상해야겠다고 생각했다. 그것으로 색이 점점 더 엷어지는 연속 사진을 만들어야겠다. 이어서 인화한 사진 한 장을 골라 가능한 한 크게 확대해서 내 방 침대 맞은편, 흰색 석회 벽에 걸어 놓아야겠다.

어떤 날엔 잠자리에서 일어나지 않을 수도 있으리라. 열린 창문으로 가까이서 들려오는 파도 소리와 더불어 그 사진의 풍경을 바라보는 것으로 족할 테니까. 흰색 바탕의 검소한 모습으로 잊혀 왔던, 바닷빛 하늘 속에서 길을 잃은 듯한 예전의 돔 지붕을⋯⋯. 이러한 환영에 빠져들다가 마침내 잠이 들겠지. 탈출의 환상에 빠져 길을 떠난다고 생각하겠지! 돌아와 있지만 결국 길을 떠난다고⋯⋯. 참, 알제에 갈 것인지 결정해야 한다. 사진사 아마르의 현상소는 순교자 광장에 있다. 나는 그 광장을 계속해서 아랍어로 슈발 광장이라 부른다. 독립 초창기인 1962년 여름 오를레앙 공 기마상이 흥분한 군중에 의해 철거되지 않기라도 한 듯이······.

10월이 찬란한 모습으로 지나가고 있다. 나는 아침마다 아주 가벼운 기분으로 잠에서 깨어난다. 나는 작업 테이블에 아직 앉아 있지 않다. 어제는 마리즈가 전화를 했다. 이곳에 전화기를 놓았다는 사실을 그녀가 어떻게 알았는지 모르겠다. 동생과 이야기했나 보다.

나는 아무것도 묻지 않았다. 나는 아마추어 사진작가의 일들을 그녀에게 짤막하게 이야기해 주었다.

"내일 알제에 가오." 나는 그녀에게 말했다. "내가 잠방이를 입은 어린아이였을 때 뛰어놀던 거리 풍경 몇 장을 찍으려 하오."

"조심하세요!" 잠시 말이 없던 그녀가 답했다.

그녀는 무언가를 물으려 했다. 나는 그녀가 무엇을 물으려 했는지 알아챘다. "그 지역, 그 마을은 안전한가요? 정말?" 그녀는 실제로 물어보지는 않았다.

퇴직자같이 조용하고 무기력한 내 말투가 그녀를 안심시켜 주었다. 나는 오늘 아침에 본 하늘을 그녀에게 자세하게 묘사했다. 얘기를 하면서 그녀가 무슨 옷을 입고 있는지 알려 주기를 바랐지만, 그녀는 내게 "비주!"라고만 말했고, 마치 바로 옆 마을에서 전화하듯이 말을 마쳤다.

나는 수화기를 내려놓았다. 정말이지 그녀가 미리 알리지 않고 배를 타고 내게 왔으면 했다……. 그녀와의 통화가 끊어지자 나는 그녀를 육체적으로 소유하고 싶었다. 그녀의 목소리, 갑자기 생생해지는 그녀의 벗은 팔과 겨드랑이 모습, 그곳 자기 방 침대 가까이에 수화기를 막 내려놓은 그녀의 손……. 특히 그녀의 말의 리듬이, 노래하듯 여운이 남는 그녀 목소리가 갑자기 이곳, 내 침대 근처에서 나를 따라다니고 있다.

그날 낮잠을 자면서 나는 그녀 꿈을 꾸었다. 마리즈-마를리즈라는 두 개의 이름이 내 눈꺼풀 아래로 마치 파도처럼 밀려오곤 했다. 창문을 열어 둔 이 헐벗은 방, 구겨진 침대 시트 속에서 오랫동안 그녀의 몸을 탐하고 싶은 강한 욕망을 느꼈다.

나는 침대에서 벌떡 일어나 샤워실로 달려갔다. 허겁지겁 수영복을 꿰고 돌계단을 급히 내려갔다. 추위가 시작되었지만 물속으로 뛰어들었다. 몇 차례 허우적거린 후 다시 집으로 달려 올라왔다. 나는 샤워 물을 뒤집어 썼다. 커피도 마시지 않은 채 편지를 쓰기 시작했다. 느지막한 오후의 태양이 아니라 밤에 에워싸여 있는 것처럼 분노에 차서…….

내일은 아주 일찍 수도로 갈 것이다. 아니 그보다는 내가 알고 있는, 아, 이제는 초라해진 구(舊) 도심으로…… **엘 바흐자**로…….

2.

다음날 밤, 부재하는 그녀 ── 베르칸은 더 이상 자신의 연인을 마리즈로도, 마를리즈로도, 또 이름을 겹쳐서도 부르지 않고 **부재하는 그녀**라고 부른다 —— 의 목소리, 벗은 팔, 펑퍼짐하게 드러난 가슴, 잠든 육체에 대한 집요한 욕망으로 베르칸은 괴로웠다. 그는 달도 없는 밤에 칠흑 같은 바다 쪽으로 창문을 열어 놓은 채 침대에 길게 누웠다. 오랜 금욕에 지친 수컷으로 기대감이 그녀를, 이미 알고 있는 여자나 아무라도 상관없는 미지의 여자가 아니라 바로 그녀를, 갈구하고 있다. 그는 마침내 선잠이 들고, 이어서 어느 주말 파리의 북역 호텔에서 깨어난다고 생각한다. 부재하는 그녀는 정말 부재하지는 않고 아마도 크루아상과 뜨거운 커피가 담긴 아침 식사 쟁반을 가지러 내려갔을 것이다. 그는 다시 잠에 빠져든다, 더 절망적이고 고독한 잠에……

그는 적어도 5분 동안 끊어지지 않고 한 장면 전체가 지속되는 꿈을 꾸고, 꿈에서 깨어나자 가슴이 불안으로 쿵쾅거린다. 그는 간신히 깨어나 눈을 크게 뜨고, 그 꿈을 한 장면 한 장면 다시 펼쳐 낸다. 오래 전 삶의 한 단면이 기지개를 켠다. 이 새벽 어스름에 그는 꼼짝도 않고 의기소침해 있다. 그는 어린아이가 느끼는 매우 막연한 공포를 다시 체험한다. 그는 여섯 살, 아니 다섯 살이다. 그는 등을 보이며 매달려 있는 한 남자의 몸을 뚫어져라 쳐다본다. 허공의 아주 높은 —— 눈이 휘둥그레진 어린 아이가 보기에 —— 곳에서 그 남자의 다리는 그렇다, 다리가 떨리고 있다.

"프랑스 사람이야!" 곁에서 누군가가 외친다.

"그 사람이잖아, 정육점 주인!"

여전히 허공에서 다리가 한두 차례 절망적으로 흔들린다. 매달린 사람은 살아 있다. 아니 반쯤 살아 있거나 죽어가고 있는 중이다!

아이는 방금 전 울부짖는 무리 속에, 아니 기쁨에 넘치는 무리인지도 모르겠는데, 그 틈에 있었다. 그는 인파를 따라 그의 동네에 들어선다. 바로 직전에 여선생님 한 분이 그들을 먼저 집에 보내 주었었다. "빨리, 집으로 돌아들 가거라. 어슬렁거리지 말고!" 거리의 군중은 기쁨에 차 있고 흥분한 것 같았다. 그는 앞쪽 멀리서 부르는 행진가 소리와, 어느 테라스에서 외치는 여성의 긴 유유* 소리를 듣는다. 어른들 틈에 끼어 오도 가도 못하게 된 베르칸은 군중을 따라 간다. 코브탄 씨의 가구점이 보인다. 그의 아들은 그와 같은 반이다.

갑자기 앞쪽 줄에서 비명이 터져 나온다. 몸싸움이 인다. 그는 벌어진 틈 사이로 약간 뚱뚱한 프랑스인 정육점 주인이 자신의 가게 앞에 서 있는 모습을 본다. 그가 무언가를 손에 들고 흔들고 있는데, 권총이다……. 두 발의 총소리가 잇달아 들린다. "그가 총을 쐈어! 그가 위협사격을 했어!" 베르칸 곁에서 누군가가 아랍어로 외친다. 공포감.

그들 앞쪽에서 사람들이 크게 원을 그리며 물러선다. 아이는 몇 미터 떨어진 곳, 아주 가까이에서 땅바닥에 쓰러진 한 남자가 일어서려고 애쓰는 모습을 본다. 그의 손과 가슴에서 피가 난다. 어깨가 떡 벌어진 두 남자가 바로 부상자를 들어올린다. 다른 사람들은 정육점 주인에게로 몰려간다. 날카롭게 외치는 소리들이 난다. "알라 아크바르!' 알라……." 아이는 생각한다. '저들은 모

스크에서처럼 소리를 지르고 있군!'

머리를 쳐들고 ── 왜냐하면 그는 지금까지 내내 자신이 움직이지 않았다고 생각하기 때문이다 ── 정육점 주인의 몸을 이번엔 뒤쪽에서 허공에 매달린 모습으로 다시 본다. 크고 건장한 남자 한 명이 다른 사람의 도움을 얻어, 여전히 권총을 쥐고 있는 정육점 주인을 갈고리에 막 매달아 놓은 것이다. 꿈속의 충격적인 영상이 다시 떠오른다. 놀란 눈으로 바라보는 어린 베르칸의 머리 위 높은 곳에서 등을 보인 채, 허공에서 꿈틀거리던 짧은 다리가.

함성이 높아진다.

"형제들이여, 경찰서를 공격합시다! 그들에게서 무기를 빼앗읍시다!"

베르칸은 떠밀려 가면서 생각한다. '난 안 볼 거야, 난……'

어린 베르칸은 등을 돌렸다. 공포가 사라졌다. 그는 군중을 뚫고 반대 방향으로 나아가 단숨에 블뢰 가에까지 달려간다. 집, 안마당, 어머니가 보인다, 드디어!

어머니는 포석을 깐 바닥에 그대로 앉아 있다. 막내인 그는 어머니 품에 달려들어 가슴에 머리를 묻은 채 딸꾹질을 한다. 어머니는 그를 껴안고 달래며 묻는다.

나중에 그의 형이 왔다.

"우리 편 다섯 명이 불타 버린 경찰서를 공격하다가 사망했어. 경찰 순찰대가 곧바로 카스바를 포위했대!"

"모두가 미쳤구나!" 베르칸 곁에서 누군가가 외친다…….

어둠이 모든 것을 뒤덮고, 그렇게 꿈이 끝난다.

며칠 후, 여전히 어머니 음마 할리마의 품에 안긴 채, 아이는 군중이 앞줄에서 흔들어 대던 **초록색, 붉은색, 흰색으로 이루어진 삼색의 헝겊** 이야기를 했다. '내가 그들의 무질서한 행진을 따라간 건 그 헝겊을 보기 위해서였어!'라고 생각하며, 이제 자신의 이야기를 정리하려다 정육점 주인이 바로 그 헝겊 때문에 위협을 가했음을 깨닫는다.

"**헝겊**이라고 말해선 안 돼. 그건 깃발이야!" 어머니가 끼어들었다.

베르칸은 이렇게 외쳤다.

"그 깃발은 교문에 있는 것과 달라요!"

"네가 봤던 그 깃발이 우리 거야!" 그의 어머니는 눈을 빛내며 대답했다.

"아, 그래요?" 아이가 놀라서 말했다. "우리도 깃발이 있나요? 우리 깃발을 본 건 처음이에요! 그럼 왜 그걸 감추고 있어요?"

"감춰야 되니까 그렇지, 그뿐이야!" 어머니가 쏘아붙이듯 답했다.

그런 다음 어머니의 어조는 누그러졌고, 참을성 있게 설명하기까지 했다.

"다른 거, 그들이 교문에 걸어 놓은 건 그들 거야!"

누구나 자기 깃발이 있다는 논리는 빈틈이 없는 것 같았다. 다만 '우리 것은 왜 감출까?'라는 의문만 빼놓고는.

이 대화는 아이의 머릿속에 새겨졌지만, 아이는 거리에서 있었던 사건, 등을 보이고 매달려 있던 정육점 주인, 허공에서 다리가 꿈틀거리던 그 사람을 몽땅 잊어버렸다. 아이는 깃발, 그가 처음으로 본 **초록색이 들어간** 새 깃발만을 기억했다. "학교에 있는 **그들 거**와는 다른 우리 거!"라고 음마는 분명하게 말했었다. 이 대칭적 균형에 아이는 마음이 놓였고, 그날 시위에서 보았던 군중의 폭력을 잊을 수 있었다.

베르칸은 알제로 가는 일을 다음날로 미룬다. 그는 해변을 어슬렁거리며 보통 때처럼 어부 라시드와 잡담을 한다. 날씨에 관한 자질구레한 이야기들을 나누는 것이다. 라시드는 다음날 밤에 출항하지 않을 생각이라 한다. 라디오에서 폭풍우가 곧 몰려올 거라고 발표했기 때문에…….

"생선을 먹지 못하겠군, 내일은! 게다가 난 알제에 갈 생각인데!"

라시드가 꾸물거리자 베르칸은 아주 자연스레 그를 점심에 초대한다.

두 시간 후 주방 발코니에서 두 사람은 이야기를 나눈다. 어느 순간에 베르칸은 그 최초의 민족주의 시위 —— 그는 담담하게 민족주의라는 수식어를 내놓는다 —— 를 떠올리며, 그날 밤의 꿈이 여전히 자신을 따라다니고 있다고 느낀다. 라시드의 호기심 앞에서 그는 말하지 않을 수가 없다.

"1952년도였지!"

"1952년에, 벌써요?" 라시드가 놀라서 묻는다.

"난 여섯 살이었네." 베르칸이 다시 말을 잇는다. "프랑스 학교 2학년이었지. 그날의 카스바 거리에서 나는 우리 국기를 보았다네, 처음으로 말이야!"

그는 정치적인 화제에 빠져들고 싶지 않다. 요컨대 어부는 너무 어리다, 삼십대니까. 그는 단순하게 어린 시절의 흐름만을 다시 이야기한다. 그 시기의 이미지에 대한 연민이든 기쁨이든 간에 그는 자신과 같은 세대 사람들이 흔히 과거를 언급할 때마다 꾸며 내는 멜로 드라마 같은 극적 상황보다 친절한 환기를 해 주고 싶다.

"자네는 1952년에 태어나지도 않았겠군!" 베르칸이 말한다.

"전 독립된 지 5년 후에 태어났어요." 라시드가 확인해 준다.

"제가 알기로는 알제리 국기와 그를 둘러싸고 알제에서 일어난 시위들, 남녀노소 모두가 격렬하게 참여했던 시위들은 1960년 12월의 일이었다고 합니다! 그 전에는 항불지하단체 이야기만 하던데요, 아닌가요?"

"내 기억으로는," 교육자 같은 어조로 베르칸은 설명한다.

"1954년에 시작된 독립 전쟁보다 훨씬 앞서서 우리 구역과 관련된 요구사항이 그날 터져 나왔다네. 정확히 1952년에…… 나는 어린애였지!

베르칸은 그 **원초적 장면**의 상투적인 매력에 빠져들면서, 거리의 폭력에 충격을 받은 그가 품속에 뛰어들었을 때 보았던 어머니의 모습을 떠올리지 않으려 한다. 며칠 뒤 돌발한 사건에 대한 기억이 그의 뇌리에 뚜렷이 떠오른다. 정확하고도 확실한 **학창 시절의 최초 기억**이기 때문이다.

"어쨌든 말이지," 거의 변명이라도 하듯이 —— 다시 프랑스어로, 어디에서나 통하는 일상의 프랑스어로 대화가 시작되었지만, 사투리에 더 익숙한 어부가 주눅 들지 않게 하려고 베르칸은 옛날 카스바 거리에서 통용되던 남성의 아랍어를 다시 쓴다. 그는 즉시 그 아랍어가 가진 뉘앙스, 미묘함, 몇 가지 조화로움을 다시 찾아낸다 —— 그가 말을 다시 잇는다. "우리는 누구나 학창 시절의 추억을 갖고 있지……. 그런데 그 시절에 대한 내 추억은 (그는 어색하게 웃으며, 그날 밤의 꿈에서 벗어난다) 프랑스 선생에게 짝 소리가 날 정도로 뺨을 맞은 거라네!"

라시드는 눈을 크게 뜨고, 마치 다른 시대 —— 그로서는 너무나 먼, 거의 20년 전인 식민지 시대 —— 의 어떤 **놀라운 이야기**를 예감하기라도 하듯이 매료된 채 이야기를 청취한다.

"기억나네, 그날이," 베르칸이 이야기를 시작한다. "마치 오늘 일인 듯이. 교실에서 선생님이 우리에게 지시하는 소리가 들리는군. '자, 모두 바다에 떠 있는 배를 그리세요, 그림에 칠을 하고 돛대에는 국기를 그리세요!'

나랑 책상을 같이 쓰는 내 짝은 스페인 아이였네. 그 아이 엄마는 리르 시장에서 과일을 파는 상인이었는데, 자주 데리러 오곤 했어. 그래서 우리 아랍 아이들은 그런 습관을 놀려 대곤 했지. 어쨌든 유럽 출신의 내 짝이 그림을 그리기 시작했는데, 그

애보다 재주가 없는 나는 그가 어떻게 하는지 보고, 그에게서 색연필을 빌려 썼다네. 파란색으로 바다를 칠하고 검은 색으로 돛대를 그렸지. 이제 파도와 하늘에 색칠을 해야 했어. 그런데 선생님이 **국기**라고 말한 거야.

내 짝은 이미 국기를 그리고 있었네. **파란색, 흰색, 빨간색**의 국기를. 그 아이를 따라서 그리던 나는 그에게서 색연필을 빌렸어. 그 아이와 나는 마음이 잘 통했거든. 하지만 나는 즉시 이렇게 생각했다네, 난 파란색은 필요 없어! 그들 국기는 파란색이지만, 우리 국기는 초록색이니까!

나는 거리낌 없이 내 짝의 필통에서 그가 사용하지 않는 초록색을 찾았고, 서둘러 국기를 그렸고, 내 그림에 만족해하면서 국기에 초록색을 칠했지. 거기에는 마르셀 것과 마찬가지로 이미 빨간색과 하얀색이 칠해져 있었다네. 하지만 나는 계속 이렇게 중얼거렸어. '우리 것은 초록색이야!' 나는 그림을 거의 끝냈지. 비록 내 짝만큼 잘 그리지는 못했지만 나 자신이 아주 대견스러웠다네.

우리 뒤에 있던 선생님, 내 생각에 선생님은 그저 한 줄 한 줄 지나치려다가 우리 뒤에서 움직이지 않고 서 있었던 거야. 나는 그림을 끝냈지. 다시 한 번 뿌듯함을 느꼈다네. 빨리 끝냈고, 열심히 그렸으니까.

선생님이 갑자기 놀라서 말했네.

'그거, 그게 뭐니, 응?'

아, 선생님이 내게 말을 걸다니! 약간 머뭇거리긴 했지만 나는 자연스럽게 이렇게 대답했다네.

'제 배예요, 선생님!'

선생님은 손가락을 내 배에 대고는 좀 더 크고 엄한 목소리로 다시 물었네.

'그런데, 이거, 이거 말이야…… 이게 뭐지?'

선생님의 굵은 손가락 아래 내 배의 돛대에서는 우리 국기가 바람에 펄럭일 것 같았다네.

'우리 국기예요, 선생님!'

'그럼, 여기 마르셀 그림에 있는 건 뭐지?'

교실 안에는 정적이 흘렀지. 여전히 분위기를 파악하지 못했던 나는 이렇게 대답했네.

'그건 얘네 국기지요, 선생님!'

갑자기 선생님은 내 귀를 잡았고 반쯤 일으켜 세운 다음, 목청을 높여 고함치기 시작했다네.

'마르셀이 그린 게 우리 삼색기라는 건 알겠어. 그런데 넌, 이게 뭐야, 지저분하게……'

선생님은 여전히 내 귀 끝을 잡고 나를 일으켜 세웠지. 의자가 뒤로 넘어졌고, 아이들이 말없이 뒤돌아보았네. 나는 여전히 아무것도 이해하지 못했네. 선생님이 도대체 왜 이러시는 거지? 그렇지만 나는 갑자기 고집을 부리며 마침내 이렇게 말했네. 그건 지금도 정확히 기억하고 있어.

'애는 자기 국기를 그린 거고…… 전, 제 국기를 그린 거예요!'

물론 나는 어머니가 내게 했던 이야기를 기억했네. 하지만 어쩌겠나, 나는 아랍 아이였으니 집 밖에서 특히 교실에서, **그들** 앞에서 어머니를 거론하면 안 되지!

선생님은 점점 더 화가 나는 듯했네. 내게 욕을 했고 고함은 더 커졌다네. 여전히 내 귀를 잡고 한걸음에 나를 교장실로 끌고 갔지.

'괘씸한 녀석! 누가 네게 그런 걸 가르쳤어?'

선생님은 다른 한 손으로 내 그림을 집어 들었네……. 교장실 안이었지. 선생님은 범죄의 증거인 내 그림을 교장 선생님에게 제시했다네. 나는 피고인이었어. 교장 선생님은 더 쌀쌀맞게 물었네.

'이 녀석, 누가 네게 이런 걸 가르쳤어?'

난 대답을 되풀이했네.

'마르셀은 자기 국기를 그렸고요, 전 우리 국기를 그린 거예요!'

이번엔 교장 선생님이 내 얼굴이 돌아갈 정도로 쩍 소리가 나게 따귀를 때렸고, 이렇게 말을 맺었네. 고함을 치지는 않았지만 냉랭했지.

'아버지를 모시고 오지 않으면 다시는 학교에 발도 들이지 마라!'

내게 있어 그것은 재앙이었네. 아버지가 카페를 닫아야 하기 때문이지. 그전에 아버지가 혁대로 나를 내리치면서 이렇게 말할 게 분명했네. '틀림없이 바보 같은 짓을 했을 거야.' 사실, 나는 운이 없었다네. 내가 사는 동네에서 프랑스인 학교가 신성한 곳이라고 생각하는 아버지를 가진 아랍 아이는 내가 유일했거든!"

3.

파리에서 마리즈와 함께 지내던 시절에 나는 종종 어머니를 떠올렸다. 아버지 생각은 전혀 하지 않았다. 마치 기억의 힘으로는 아버지를 프랑스까지 모셔 오기 어렵기라도 하다는 듯이. 사실상 프랑스 땅은 나보다 아버지가 제2차 세계 대전 당시 프랑스 군인으로 먼저 밟았다.

저녁 때, 마을에 있는 또 한 명의 친구, 도미노 선수인 식료품점 주인을 만나러 가면서 나는 이러한 지적을 해 놓는다. 나는 해변 도로를 지나서 바위들이 있는 한쪽 구석까지 간다. 선인장 숲 사이로 난 계단을 몇 개 올라간다. 그러면 고지대 소(小)광장이 나오는데, 그곳은 해변의 사람들에게 등을 돌리고 있다.

그곳은 마을 중심가 중 하나다. 노점이 몇 개 있고, 닭고기를 파는 사람들이 있고, 이발사가 한 명, 전통적인 두건을 쓰고 헐렁한 바지를 입은 마을 사람들 몇 명이 서로 만나는, 세련미와는 거리가 먼 무어인(Moor人) 카페가 하나 있다. 이곳에서 피서객은 눈을 씻고 봐도 없다. 어쨌거나 비수기는 절대 없는 곳이다!

내 친구 하미드는 마을에서 가장 큰 식료품점을 상점가에 열고 있다. 그의 가게 안은 물품들이 넘쳐 난다. 한쪽은 일반적인 식료품점, 안쪽은 약국, 거기에 아랍어와 프랑스어 일간지와 주간지 코너가 있다.

나는 이곳에 신문을 사러 오면서 하미드와 마음이 통하게 되었다. 그는 우선 매일 사는 신문을 예약하라고 제안했다. 내가 방문하는 시간이 느지막한 시간임을 알게 된 그는 내게 박하 차(茶)를 권했다.

나는 그가 계속 적수에게 승리를 거두는 도미노 게임을 관찰하기 시작했다. 나는 그의 게임에 대해서 몇 차례 훈수를 두지 않을 수 없었다. 그러자 그는 전문가로서 서로 겨뤄 보자고 했다.

당시 나는 이렇게 생각했다. '시골에서는 가장 보잘것없는 유사점도 쉽게 간파되는구나!' 더불어 마음속으로는 이런 생각도 했다. '비밀이란 완전히 다른 문제지!'

도미노 선수인 하미드를 만나면서 내 정신은 완전히 아버지 생각에 사로잡혔다. 판결을 내렸던 곤잘레스 교장 선생님에 대한 추억 때문이었다. 아버지를 모시고 오지 않으면 더 이상 학교에 올 수 없다는 그의 판결로 인해, 비록 여섯 살에 불과했지만 나는 갑자기 그 돌발 사건을 선택이 가능한 문제로 간주했다. '내가 아버지에게 아무 말도 하지 않는다면? 아침마다 학교에 가는 척 옷을 잘 차려 입고 집을 나선다면? 그런 다음 나보다 나이가 많고 역시 학교에 가지 않아도 되는 행운을 얻은 몇몇 불량소년들과 어울린다면? 안 될 것 없지, 그들은 정오까지 내가 어디서 시간을 보내야 할지, 어디에 숨어야 할지 알려 줄 테고, 그리고 또 어머니가 정성스럽게 준비해 주는 점심을 먹은 후에 내가 어디로 다시 돌아가야 하는지, 항만의 부두라든지 아니면 형이 절대 가지 못하게 했던 옆 동네로 돌아가야 할 지 알려 줄 테니까.'

"아주 간단해," 어느 날 형이 내게 말했다. "델타 가와 소포니

스브 가의 여러 집 문에서 눈에 아주 잘 띄게 붙여 놓은 종이들을 보게 될 거야. 너는 프랑스어를 읽을 줄 아니까 거기에 이렇게 쓴 글을 읽게 되겠지. '정숙한 집.' 그래, 간단해. 그곳에 가면 안 돼!"

이미 내 나름의 영악한 논리를 갖춘 나는 항변했다.

"**정숙한** 곳이라니까 가도 되잖아!"

"아니야, 절대 안 돼! 아버지 집이랑 우리 동네 이웃집 앞에 그런 표지판을 붙일 필요가 있니, 프랑스어로? 게다가 잊으면 안 되는 게 있는데, 프랑스어로 쓰여 있을 때는 거의 언제나 정반대로 이해해야 한다는 거야! 알겠니, 꼬맹아!"

나는 형이 나랑 있을 때 쓰는 그런 말투를 전혀 좋아하지 않았다.

"왜 **정숙한** 집이라고 써 놓은 건데, 정말은 정숙하지 않다는 거야?"

알라우아라고도 불리는 무서운 형 알리(형은 적어도 열네 살은 되었고, 동네 사람들은 어른이든 아이든 모두 그를 두려워했다. 그런데 나는 그 점에 대해 이렇게 생각했다. 그게 **올바른** 평판인가?)는 마치 내 눈을 보고 나의 생각을 읽기라도 한 듯이 큰 소리가 나도록 내 따귀를 때리며 말했다.

"형님이 하라는 대로 해! 내가 다 안단 말이야! (그러고 나서 그가 웃었는데, 마치 내 뺨을 너무 일찍 때린 걸 후회하는 듯했다.) 다시 말하겠는데, 넌 이 깡패 동네에 가면 안 돼, 무슨 일이 있어도. 전부는 아니더라도 몇몇 문에, 그저 몇 개의 문에 **정숙한**

집!이라고, 그것도 프랑스어로 표시되어 있으면, 그것은 정반대로 정숙하지 못한 집이라는 뜻이야! 알아들었지? 말했잖아, 깡패들이라고, 이곳은 깡패 동네야! 어느 날 네가 거기서 내 눈에 띄면…….”

그는 주먹을 치켜 올렸고, 오래지 않아 연이어 내 뺨을 갈기는 게 습관이 되었다……. 여섯 살의 나이에도 대단히 논리적이었던 나는 형에게 등을 돌리며 ── 게다가 지금 기억으로 그 당시 나는 형을 증오하고 있었다 ── 이렇게 생각했다. ‘이 거리에 정숙한/정숙하지 못한 집들이 있다고 형은 말하는데, 그렇다면 형은 나보다 더 오래 전부터 그곳에 드나들고 있었다는 말이잖아, 안 그래?’

하지만 내 기억은 가물가물해지고, 나는 유년기 속에서 갈피를 잡지 못하고 있다! 기억의 스크린 속에서 알라우아는 내 앞에 우뚝 서 있다. 체격은 땅딸막하지만, 권투 선수 같은 얼굴에 모두가 두려워하는 힘을 가진 형. 사실 나는 형을 오랫동안 증오했다. 그는 나를 때리고, 아버지를 대신해서 종종 내게 체벌을 가하곤 했다. 그는 온 힘을 다해서뿐만 아니라 내가 보기에는 거의 쾌감을 느끼면서 혁대를 휘둘렀다. 나는 고통 속에서 이를 악물곤 했다. 나는 신음을 내지 않았고, 형은 내 무분별한 행동에 대해 아버지가 간단히 정해 놓은 매질의 대수를 항상 늘렸다. 나는 알라우아가 이웃집 사람(맞은편 거리에 사는)의 아들이 아닌 것을 아쉬워했다고 확신한다. 그 이웃의 아이들은, 그들 아버지가 **미리** 결정한대로 모두가 이틀에 한 번씩 두들겨 맞곤 했는데, 왜냐하면 그 아이들 넷은 연년생이었고, 우리 생각에 전부 진짜 말썽꾸러기였기 때문이다!

형이 때때로 나를 학대했지만(형은 나중에 정치와 군사 활동을 하면서 고문도 했으리라고 확신한다), 나의 어머니 할리마와 외할머니 ── 외할머니는 눈이 보이지 않지만 내 허벅다리나 발바닥을 내리치는 혁대 매질 소리는 하나도 빠뜨리지 않고 다 들었다 ── 두 분은 문 뒤에서 몸을 떨며 기다리다가 나를 품에 감싸 안고, 모포를 덮어 주고, 오드콜로뉴를 발라 주고, 특히 키스를 퍼부었다. 눈먼 외할머니는 내 팔다리와 발을 손으로 더듬어 쓰다듬어 주곤 했다…….

하지만 오늘 저녁에 내가 보고 싶은 사람은 카페 주인이고 ── 게다가 우리 동네 사람들이 존경하는 **하지**˚였던 ── 넓은 어깨와 무뚝뚝한 표정에 말이 없었던 아버지, 시 사이드(Si Saïd)였다. 고향에 돌아온 지 기껏해야 일주일이 되었을 뿐인데, 아버지의 그림자가 나를 사로잡으리라고는 예상하지 못했었다!

사실, 어머니 음마 할리마에 대한 생각은 프랑스에 있는 동안 줄곧 내 머리를 떠나지 않았다. 정말이지 어머니가 돌아가신 날은 절망적이었다. 어머니는 많이 쇠약해지셨고, 나는 어머니가 회복되지 않으리라 예감하고 있었기에 매주 일요일이면, 또 때로는 그녀가 **드호르**˚를 마치고 난 뒤에 이어지는 명상 시간과 겹치지 않도록 시차를 감안하여 금요일에, 불시에 전화하는 습관을 들였었다.

어머니가 피곤한 목소리로 요청하는 소리가 들리곤 했다. "아들아, 한 주를 어떻게 보냈는지 얘기해 주렴!" 이따금 어머니는 마치 불평하듯 덧붙였다. "여전히 아내가 없구나, 그러니까 아이도 없지. 아들아, 그래도 괜찮은 거니?" 그리고 나서 어머니는 머뭇거리며 미안해했고, 신중하지 못했다고 사과하곤 했다. 어머니는 내가 돌아오지 않는 이유가 일에 발목이 잡혀 있기 때문이 아니라 프랑스에 있는 여자 때문이라고 느끼고 있는 게 틀림없었다.

어머니는 이렇게 말씀하셨을 것이다. "그곳에 있는 우리 아들에 대해서는 이해하고 받아들여야 해. 달리 어쩔 수 없잖아. 프랑스야, 그래 분명히 프랑스에 여자가 있을 거야!" 그녀는 창백한 미소를 머금으며 주장했을 것이다. "프랑스야, 분명히 프랑스 여자야." 그러면서 탄식하셨을 것이다. "적어도 내 아들에 대해서는 내 마음이 그렇게 느끼고 있어!"

누이 하나가 우리 집에 왔을 때 말한바에 따르면, 어머니 음마 할리마는 미래의 며느리에 대해 걱정했다고 한다. "어느 나라 여자든, 종교가 무엇이든 상관없어. 모든 피조물에게 하느님은 한 분뿐이야. 베르칸 곁에 진짜 아내가 있다는 걸 알게 되면 나는 기쁜 마음으로 세상을 떠날 거야!"

그날 저녁 때, 출항하지 않은 라시드가 달빛을 받으며 그물을 수리하고 있었기에(그는 내 형제들에게서 아래쪽 해변으로 통하는 오두막을 세냈다. 그곳에서 그는 그물을 말리곤 했는데, 여름에는 시청에서 그 오두막을 징발했다. 시청에서는 성수기에 두 명의 인명 구조 요원을 그곳에 배치해서 해수욕객을, 특히 낮 동안에 캠핑하는 몇몇 가정의 어린아이들을 돌보게 했다……) 나는 밖으로 나왔다. 라시드가 1952년에 카스바에서 있었던 시위를 다시 생각해 보았다고 내게 털어놓는다. 예기치 못한 존경심을 표하며 그가 내게 말을 건넨다.

"결국," 어부는 이렇게 말을 시작한다. "당신 아버지는 교장 선생님에게 가셨나요?"

"가지 않을 수 없었지! 학교에서 돌아온 후, 내가 어머니에게 곤잘레스 선생님이 아버지를 만나고 싶어 한다고 말할 수밖에 없었을 때, 그리고 어머니가 그 사실을 아버지에게 자세히 이야기했을 때, 이번에는 아버지가 보통 때처럼 매질로 위협하지 않았다네. 걱정을 하는 것 같았지. 저녁에 이런 대화가 여러 번 반복되었네. '정말이냐, 아들아? 교장 선생님이 나를 만나보고 싶어 한다는 게?' '내게 그러셨어요. 안 그러면 학교에 오지 말라고요.'

아버지에게는 그 일이 최악이었을 걸세. 무어인 카페가 번창할 때도 아버지는 스스로를 깡촌 출신에 문맹(프랑스어의 경우이고, 아랍어는 문맹이 아니지)의 샤위족이라고 생각했고, 서류 업무, 세금 문제는 회계원과 자신보다 프랑스어를 더 잘 하는 몇몇 직원에게 의존하고 있었다네. 아버지는 형과 나에게서 향후의 자립을 애타게 기대하고 있었던 거지. 일을 대하는 진지함과 신뢰할 수 있는 사람이라는 평판을 갖고 있던 아버지는 사업가로서의 창창한 미래가 보장되어 있다고 생각했던 것 같네. 아들들을 교육시킨 덕분에 말이야."

"그분은 사업가가 되셨나요?" 라시드가 웃으며 묻는다.

"아닐세, 독립 전쟁이 발발하고, 우리 카스바에서 제일 먼저 알제 전투가 시작되자마자 체포되어 고문당하고 투옥되었기 때문이지. 독립되기 몇 달 전 수용소에서 나왔을 때, 그동안 카페가 계속 문을 닫고 있었기 때문에 아버지는 파산했다네!" 기억 속에 되살린 그 **노인네** 때문에 갑자기 콧날이 시큰해진 내가 말했다. "하지만 그것은 별개의 문제일세!"

"그래서 교장 선생님을 만나러 가셨나요?" 라시드가 집요하게 다시 묻는다.

"그렇다네. 나는 저녁 내내 아버지가 걱정하고 있음을 느꼈지. 형은 나에 대해 빈정거렸다네. '자식, 조용히 있는 법이 없어! 괜찮으면, 아버지……' 친애하는 형 알라우아는 앞장서서 내게 매질을 가할 작정이었던 거야!

어머니는 남자들끼리의 가족회의를 감시의 눈초리로 지켜보고 있었다네. 우리들 중에서 프랑스어를 읽을 줄 알고 아주 정확하게 말하는 사람은 어머니뿐이었지. 어머니가 열 살인가 열한 살이었을 때 어머니의 작은아버지가 학교를 그만두게 했다네. 어머니를 가르치던 여선생님이 두 번이나 할머니에게 왔던 것 같네. 어머니가 졸업장을 받을 때까지 만이라도 수업을 받게 해 달라고 청하기 위해서였지. 일찍 사망한 형을 대신해서 어머니의 작은아버지가 공식적으로 단언했다네. '내가 살아 있는 한 절대 안 돼. 우리 집안 여자는 베일을 쓰지 않고는 외출할 수 없어!
이 아이의 미래는 결혼을 기다리는 거야!'

어머니는 그래서 그날 나에 대해 아무 말도 할 수 없었지. 그
렇지만 아버지는 교장 선생님의 요구가 심각하다는 걸 느꼈다
네. 다음날, 아버지는 카페 문을 닫았고, 아주 일찍 이발사인 외
삼촌에게 갔지. 아버지는 돌아와서 예복을 입었네. 헐렁한 터키
식 바지, 금실로 수놓은 비단 조끼, 명절용 재킷을 입고, 머리에
는 그를 위엄 있게 만드는 흰색 삼베 터번을 감은 빨간색 터키모
자를 쓰고, 턱수염과 콧수염을 세심하게 빗었지. 아이드* 축제용
구두를 신은 아버지가 내게 매우 다정스럽게 손을 내밀었는데,
표정은 여전히 걱정스러웠다네.

'아들아, 수당 가로 네 교장 선생님을 보러 가자!'

아버지와 내가 학교 현관에 도착한 시각은 10시 반이었네. 학
생들이 휴식을 취하고 있던 운동장에서 사람들이 우리를 맞이
했고, 우리는 곤잘레스 선생님 방으로 안내되었지. 우리 반 아이
들이 잠시 우리 두 사람을 둥그렇게 둘러쌌다네. 나는 이렇게 생
각했지, 아주 자랑스럽게 말이야. '우리 아버지 시 사이드는 터
키 기사나 아니면 **카이드***나 **아가***를 닮았어. 그 모습에 아이들이
놀란 거야!'

교장 선생님의 대접이 기억나는군. 그는 엄격하고 단호한 표
정으로 아버지를 맞이했지. 아버지는 아무 말 없이 먼저 인사했
다네. 교장 선생님의 첫 말은 내 가슴 깊이 박혀 있네. '자, 넌 내

가 하는 말을 네 아버지에게 통역하거라.' 그러면서 교장 선생님은 긴장해서 뻣뻣해진 아버지의 몸을 위아래로 차갑게 훑어보면서 덧붙여 말했네. '이 꼬락서니(이 말에 나는 놀랐는데, 이런 말을 처음 들어 봤거든. 하지만 교장 선생님의 말투에서 나는 그 말이 경멸을 담고 있다고 이해했다네)로 보건대 네 아버지는 프랑스어를 말하지 못하고 이해하지 못할 것 같구나!'

아버지는 **꼬락서니**라는 말을 이해하지 못했기 때문에(어쩌면 아버지는 그것이 정성스레 차려입은 자신의 복장에 대한 찬사라고 생각했을지도 모르지), 즉시 사비르어*와 무모한 발음을 뱉어 냈다네. 그러니까, 아버지식의 걸쭉한 프랑스어를 말일세!"

베르칸이 잠시 웃었다.

"아버지가 끼어들어 하신 말을 요약해 보겠네. 아버지의 당당한 태도, 교장 선생님이 마침내 눈여겨보게 된 아버지의 단호한 어조가 아직도 생각나네.

'제 자식이 잘못한 일이 있다면,' 아버지가 말을 꺼냈다네.

'그렇소.' 즉시 교장 선생님이 아버지의 말을 막았지. '심각하지요, 아주 큰일이오! 모독이란 말이오."

베르칸은 머뭇거리다가 꿈을 꾸듯 덧붙여 말한다.

"아마 교장 선생님은 나를 손가락으로 가리키며 말했던 것 같네. '공화국, 조국, 프랑스에 대한 모독이란 말이오.'

아버지는 **프랑스**라는 단어에 깜짝 놀랐고, 교장 선생님 책상 쪽으로 한걸음 다가갔다네.

'내 아들이 프랑스를 모독했다면,' 아버지는 자신의 어설픈 프랑스어로 의사를 표명했다네. '교장 선생님, 이 녀석을 잡아다가 너 마음대로 하라'고⋯⋯. 아버지는 더듬거리면서 자신의 반말을 바로잡았지. '당신은, 당신은 이 아이의 아버지 이상이니까요!'

교장 선생님은 아버지의 극적인 말투에 다소 놀란 것 같았네. 교장 선생님은 서랍에서 종이 한 장을 꺼냈네. 바로 내 그림이었지. 그것을 아버지에게 보여 주며 교장 선생님이 덧붙였다네.

'다행히 아버님이 오셨으니 솔직히 말씀드리는데, 나는 이 자료를 경찰에 넘겨야 한다고 생각했단 말입니다!'

경찰이라는 말에 나는 정말 혼란에 사로잡히는 느낌이었네. 아버지는 끄떡도 하지 않았지. 아버지는 잠자코 있었다네. 아버지는 그림을 재빨리 훑어보았네. 내가 우리 국기를 그릴 줄 안다는 것을 깨닫기에 충분한 시간이었지. 그때 나는 내가 어머니에게 했던 질문이 생각났다네. '우리 국기는 왜 감추어요?'

그런데 나의 아버지 시 사이드는 그곳, 교장실에서 하나의 공연을, 진짜 연극을 한 거라네, 그것도 엉터리 프랑스어를 무릅쓰고 말이야.

'선생님, 선생님 앞에 있는 사람은 프랑스 군의 퇴역 군인이랍니다(시 사이드는 다소 모호하지만, 마치 프랑스에 경의를 표하는 듯 이마에 손을 갖다 대는 동작을 한다)! 그렇습니다,' 아버지는 말을 이었다네. '5년 동안 르클레르 사단에서 병사로 복무했지요. 교장 선생님, 저는 파리 해방에, 스트라스부르 해방에 참

여했다니까요!'

아버지는 **프랑스를 위한** 자신의 복무 경력을 계속 늘어놓았네. 나는 똑똑히 보았네, 교장 선생님이 시 사이드에게 갑자기 경의를 표하는 모습을. 왜냐하면, 우리가 나중에 알게 된 일이지만, 그는 병역 기피자였기 때문이었네. 실제로는 병역 면제자였지.

그러고 나서 아버지는 마치 자신의 실제 복무 경력으로 충분치 않다는 듯이 계속 말했다네.

'제 아들은 훌륭한 프랑스 군인이 될 겁니다!'

그러더니 그곳, 교장실에서 아버지가 내 뺨을 때렸는데, 어찌나 세게 때렸는지 전날 선생님과 교장 선생님이 때린 따귀 따위는 애무로 보일 정도였다네. 곤잘레스 선생님은 깜짝 놀란 듯했네.

'그만두세요! 아이를 그렇게 때려서는 안 됩니다! 앞으로는 당신 아들을 좀 더 감독하세요, 특히 교우 관계를요!'

교장 선생님이 마침내 아버지를 안심시켰지.

'이번엔 용서하겠습니다, 사건을 종결하도록 하지요. 다만, 한 번 더 말씀드리는데, 이 아이가 동네 부랑아들과 어울리지 않게 해 주세요!'

나는 풀려나서 운동장에서 내 친구들과 합류할 수 있었네. 아버지는 아랍 족장처럼 보였는데, 그렇게 족장의 위엄을 갖추고 아이들 무리를 헤쳐 갔다네. 저녁에 내가 집에 돌아왔을 때, 부드러운 표정으로 나를 기다리고 있는 아버지를 보고 깜짝 놀랐네. 아버지는 나를 거의 자기 무릎에 앉히려 하셨지. 부드러운,

한없이 부드러운 시선을 내게 던지면서 말일세!

'얘야,' 아버지는 나와 방에 단 둘이 있을 때 말하셨네. '이제부터는 조심하거라! 넌 진짜 내 아들이야. 우리 국기를 알고 있다니……. 하지만 인내심을 가져야 한다. 저기 우리 눈앞에서 우리 국기가 나부끼는 날이 올 거야.'

무뚝뚝한 아버지에게서 그처럼 설레는 부드러운 목소리를 두 번 다시 듣지 못할 걸세. 나는 감동을 받았네. 나는 아무것도 이해하지 못했지만, 그날 나를 바라보던 아버지의 그 시선은 결코 잊지 않을 걸세!"

침묵이 뒤따랐다. 점점 짙어지는 밤의 어둠 속에서 라시드는 해변을 바라보며 질문한다.

"오, 시 베르칸, 당신의 아버지는 아직 살아 계신가요?"

"아버지는 독립을 목격했지. 지치고 쇠약해진 아버지는 3년을 더 사셨다네. 카페는 다시 열지 않았지. 아버지는 차분해 보였네. 늘 그렇듯이 과묵했지. 그는 카스바를 떠나려고 하지 않았다네!"

베르칸은 자신의 생각이 멀리 표류하도록 내버려 두었다. 그가 덧붙여 말한다.

"아버지가 돌아가시고 나서야 비로소 어머니와 형제들이 엘비아르*에 정착했다네! 나는 뒤늦게 다니던 대학을 마치자마자 고향을 떠났지!"

오랜 침묵 끝에 —— 아주 가까이에서 파도 소리조차 들리지 않았다 —— 어부가 넌지시 말한다.

"내일 알제에 가는 게 아버지 산소에 가는 거로군요. 엘 케타르 공동묘지인가요?"

"당장은 아닐세!" 베르칸은 짧게 대답한다.

잠시 말을 멈췄다가 그가 부언한다.

"준비가 덜 된 것 같거든!"

카스바

1.

베르칸은 새벽에 자동차 시동을 건다. 사진사에게는 이미 전화를 해 두었다.

"나는 9시에 문을 연다네! 자네가 원하는 인화는 내일 전해 주겠네!" 친구는 이렇게 약속했다.

차를 몰고 알제로 가면서 베르칸은 오늘 밤은 동생 집에서 자야겠다고 생각한다. 정말 중요한 일은 사진사 아마르의 가게에 들른 다음에 어린 시절의 동네를 찾아보는 일이다. 마침내 진짜 귀향의 날이 온 것이다.

20년간의 망명 생활이 갑자기 비현실적으로, 자신의 뒤로 사라져 가는 어두운 흐름으로 보이게 될까? 그리고 잃어버렸던 예전의 장소들이 다시 가까워질까?

그물망같이 얽힌 길들(이곳에 와 본 적이 없는 마리즈는 웃으며 **페페 르 모코***의 길이라고 말하곤 했다), 옛 알제, **자지라트 엘 바흐자***, 아름답고 영광스럽고 오랫동안 난공불락이었던 **솔방울** 모양의 그의 도시, **내 전설적인 해적의 도시**의 명암 속에서 그 길을, 오늘 아침 여정(旅程) 중에 추억에 잠기는 역사의 편린을 그는 다시 보러 간다.

카스바는 베르칸에게 자신의 골목, 어두운 계단으로 매듭처럼 얽힌 길들을 보여 줄 것이다. 그는 감격에 젖은 채 생각한다. '내가 속속들이 알고 있는 어둠이지. 왜냐하면 나는 외국인도, 무리에서 뒤처진 관광객도 아니고, 그냥 **울드 엘 후마***로서 그래, 갑자기 스치는 기억을 지닌 동네 아이로서 온 거니까.' 동쪽으로 차를 몰고 가는 동안 마음속에 불안이 싹트고, 도로 이름이 당구공처럼 변화하며 스치듯 지나간다. 어제의 프랑스 이름들(샤, 에글, 그뤼, 시뉴, 콩도르, 우르스 거리)과, 즉각 아랍어로 떠오르는 이름들(팔미에, 라퐁텐 드 라 수아프, 타뇌르, 부셰, 그르나드, 프랭세스, 메종 데트뤼트 거리……)이.

베르칸의 카스바는 실업자, 마약 중독자, 뒷골목 건달, 항만 노동자, 거지만큼이나 많은 명칭으로 붐볐다. 그래, 모든 것이 움직이고, 막고, 뒤섞이곤 했지. 그리고 그 수많은 — 늘기도 하고 줄기도 하는 — 다양한 신분은 반대편 세상에서 밤을 보내는 베르칸, 되돌아올 생각을 하지 못하는 망명자에게 끊임없이 찾아들었다. 그 한없이 멀리 떨어진 곳에서 유일한 기항지는 북역의 호텔에서 보내는 주말 저녁이었는데, 애인의 팔에 안긴 채 떠나온 도시 알제에 대해 말할 때면, 즉각 그 후미진 장소는 잊히고 말과 애무가 남았고, 종국에는 쾌락이 대체했다.

흰색 비단과 수자(繻子) 베일을 쓴 지나가는 여인네들, 콧등 위로 팽팽해진 베일 너머 아이섀도우를 검게 칠한 눈으로 당신을 응시하는 여인네들. 잘 드러나지 않지만 그 집요한 시선 때문에 너무나 눈에 뜨이는 그네들이 그에게 모습을 드러낼까(베르칸은 수도 근교에 거의 다다른다)? 과거에 그의 곁을 스쳐 지나가던 미지의 여인들 몇몇은 베일 자락을 옆쪽으로 쳐들고 남자 아이에게 자신의 다리 곡선이나 세련된 샌들을 신은 발목을 보여 주곤 했다! 다섯 살이던가 여섯 살이던 아이는 이 **여성들**, 거의 외출하지 않지만 어쩌다 나가면 걸음을 재촉하는 여성들을 알고 있었다. 몇몇은 향수를 뿌리고, 목에는 재스민 꽃목걸이를 걸고, 눈에는 그를 혼란시키는 웃음을 담고, 가슴이 깊게 패이거나 엉덩이에 꼭 끼는 얇은 옷을 걸치고 있었다. 그와 다른 조무래기는 자신보다 나이 많은 사람들, 무어인 카페의 손님들을 엿보거나 여성의 실루엣, 심지어 사춘기도 안 된 여자아이의 실루엣이라도 지나갈라치면 살그머니 훔쳐보는 할 일 없는 상인과 포주에 합세하곤 했다……

어린아이였던 그는 이 굼뜬 사람들 무리 속에 잡다하게 뒤섞인 과일 향과 석쇠에 고기를 굽는 냄새, 라디오에서 흘러나오는 고함과 애가(哀歌), 끝없이 고뇌하는 이집트인의 사랑 노래들 속에 빠져들고 싶었던 적이 수없이 많았다. 이어서 망명 생활 중에도 그는 이 과거 세계의 소우주는 영원히 그 현실을 간직할 거라 생각한 적이 많았다. 하지만 변하지 않은 곳이 어디인가?

어머니는 빨래를 하고 누이는 바느질을 하는 그 혼잡한 안마당에서 어머니와 누이는 다른 사람들 이야기를 하지 않는다. 베일을 쓴 여자들이거나 아니면 거의 베일을 벗다시피 한 여자들, 침묵을 뒤쫓아 거리 한복판을 대담하게 나다니는 여자들 이야기를…….

　욕망의 거리, 그곳에서 남자들은 아이든 노인이든 똑같이 따분해했다. 밖에 나와 앉아 있는 사람들은 맥 빠진 눈길이거나 휘둥그레진 눈길로 빈둥거리며 시간을 보냈다……. 변두리 골목 중에는 집시의 영역, 혹은 최근 이주한 이탈리아인의 영역이 있었다. 반대쪽, 유대교 회당에서 그리 멀지 않은 곳의 개신교 교회 쪽에도 한 무리의 노동자들이 마찬가지로 빈둥거리고 있었지만, 그곳에서는 여자들이 숨지 않았고, **다른 도시**, 유럽인의 도시, **다른 사람들**의 도시 쪽으로까지 오갈 수 있었다!

　베르칸은 이따금 마랭고 가(街)에 있는 몇 안 되는 유럽인 상점 몇 군데를 위험을 무릅쓰고 가 보곤 했다. 그는 마랭고 가의 빵집 주인인 스페인 사람을 기억한다. 그 유럽인은 **그들의** 전쟁(아버지 시 사이드는 **그들의 내전**이라고 말하곤 했다)을 피해 아내 발랑틴을 데리고 그곳까지 온 거였다!

　"신념에 따라 그 기독교인, 사회주의자는 우리 동네에서 빵을 팔기로 결정한 거야!" 아버지는 말했다. "그 사람은 '나는 원주민들 사이에 정착하고 싶어요.'라고 말했지."

　"그 증거로," 시 사이드는 존경심에 찬 어조로 말을 이었다. "그 사람과 아내는 우리 원주민 한 명을 점원으로 채용했고, 그에게 좋은 대우를 해 주고 있어!"

그렇다. 베르칸은 자신의 고물차를 몰고 도심에 들어서면서 그 스페인 사람을 생각하고 있다. 그가 감옥에서 나왔을 때 ─ 휴전 당시 베르칸의 나이는 열다섯이거나 그보다 좀 더 들었었다 ─ 그 빵집 주인은 세상을 떠났다. 일 년 뒤 그의 미망인은 더 이상 점원인 밀루의 **여주인**이 아니라 그의 아내였다. 독립 축제가 한창일 때 그들 쌍은 즐거운 예식을 올리며 실제로 결혼했다. 그리고 둘이서 그 작은 빵집을 운영했다.

"어린 시절의 동네 거리로(계단으로만 이루어져 있고 블뢰 가에서 가장 큰 지역인 르가르 가와 넷즈마 극장과 더 아래쪽으로 거의 모스크 근처까지, 부셰 가 바로 옆의 이슬람 사원 근처까지) 산책하러 가면 그 빵집에 들러 봐야지. 어쩌면 그 부부가 아직도 있을지 모르잖아."

베르칸의 자동차는 지금 극심한 교통 정체 한가운데에 있다. 그는 통행이 거의 막혀 있는 간선 도로를 운행 중이다. "라 리르 시장을 피해야 해." 무의식적으로 그가 중얼거린다.

그는 훨씬 더 혼잡한 오른쪽 길로 방향을 튼다. 그로서는 이제부터 참고 기다리는 수밖에 없다. 자동차들은 찔끔찔끔 앞으로 나아가고, 보행자들은 아무데서나 길을 건넌다. 베르칸은 '순환도로로 갔어야 했는데!'라며 후회하지만, 때는 이미 늦었다.

그는 머나먼 과거의 영상 속에서 자신을 잊었다. 귀향 이후 그는 자신이 잠에서 덜 깬 것처럼 살고 있다는 생각이 든다. 모든 것이 뒤섞이고, 게다가 머나먼 과거, 그의 유년 시절 혹은 프랑스 학교에 다니던 시절의 과거가 흔들리고, 바뀌고 있다.

그는 예전에 몇몇 여자 세입자들과 함께 쓰던 안마당에서 누이들이 소리쳐 부르던 춤곡을 자신도 모르게 흥얼거리고 있음을 문득 깨닫는다. 그 세입자들은 사춘기 소녀들이었고, 갇혀 살면서 비록 황혼녘이 되어야 비로소 테라스에 올라 바다와 넓은 공동묘지를 바라보며 꿈을 꿀 수 있었지만, 이따금 쾌활해지곤 했다. 어린아이였던 그도 그때를 이용해 그네들과 함께 세상을 응시하곤 했다!

자동차가 움직인다. 갑자기 청년 하나가 그의 오른쪽에서 머리를 들이밀려고 한다.

"오, 형제여!" 그가 아랍어로 말한다. "빨리요, 빨리!"

운전을 하던 베르칸이 경계 태세를 취하는 이유는 그가 사용한 사비르어 —— 한 단어는 아랍어, 다른 한 단어는 프랑스어 —— 때문이 아니라 그의 눈빛이 너무나 강렬했기 때문이다. 베르칸은 신속히 차창을 다시 올렸다. 청년은 간신히 물러설 수 있었다.

발치에 놓여 있지만 어깨끈 달린 뚱뚱한 가방 때문에 눈에 띄는, 자신의 라이카 사진기 쪽으로 침입자의 시선이 향하고 있음을 베르칸은 간파했다. 마치 카스바 아이의 본능이 깨어나는 듯이. 그는 청년이 차 문을 벌컥 열려 한다는 걸 재빨리 깨달았다.

다시 무질서한 보행자 무리와 자동차들이 굼벵이 같은 속도로 나아간다! 베르칸은 그 낯선 청년이 반대편에서 그의 자동차에 계속 달라붙으려 하는 모습을 보았다. 백미러를 통해 기회를 노리는 또 한 녀석을 탐지한다. 최악이다. 녀석의 손에 쥐어져 있는 주머니칼이 보인다. 갑자기 녀석이 자동차 타이어를 찢으려 하는 모습이 베르칸의 눈에 띈다.

그러자 패거리 중 첫 번째로 보았던 녀석이 차창을 두드리며 베르칸에게 기별한다. "당신 타이어가 터졌나 본데!" 녀석이 짐짓 어쩔 수 없는 일이라는 듯 웃는다.

베르칸은 문을 열지 않기로 한다. 그는 제3의 공범이 뒤를 따르고 있으리라 거의 확신한다. 예전에 그의 동네에서 써먹던 부랑아의 수법에 의하면 언제나 세 번째 녀석이 물건을 들고 도망쳤다. 반면에 다른 공범은 죄가 없다는 태도를 취했고, 어떠한 처벌도 받지 않았다.

자동차가 천천히 움직인다. "타이어는 어쩔 수 없고, 이 위기에서 일단 벗어나자!" 이렇게 중얼거리면서도 베르칸은 바로 자기 동네 근처에서 자신이 돈 많은 외국인처럼, 요즈음의 꼬마 불량배에게 만만한 희생자처럼 보였다는 사실에 속이 쓰리다.

'참아야 해!' 베르칸은 생각한다. 차는 기껏해야 4, 5미터 나아간다! 여전히 남아 있는 두 악당은 심카'를 따라오며 동정을 살피고 있다. 베르칸의 시야에 보이지 않는 세 번째 녀석은 아마도 결정타를 날리려 할 것이다. 이때 차에서 수상한 소리가 난다. 뒤돌아보지 않고도 베르칸은 알아차린다.

뒤쪽 창문들이 완전히 닫혀 있지 않다. 녀석은 운전자가 가스에 질식해 창문을 열지 않을 수 없게 하기 위해 아마도 손가락으로 최루탄을 밀어 넣은 듯했다. 그 공범은 고급스러운 가방 —— 마리즈가 준 선물 —— 을 탈취하기 위해 뛰어들 준비가 되어 있을 것이다. 녀석들은 사진기 가격을 과대평가하고 있다!

반쯤 질식한 베르칸은 눈이 빨개지고 따가워져서 앞에 아무것도 보이지 않는다. 그는 호흡을 멈췄다. "문을 열면 안 돼!" 베르칸은 '자기 집' 근처에서 날치기의 희생자가 되지 않는 게 마치 명예가 걸린 일인듯이 명령을 되풀이한다……!

갑자기 교통 흐름이 원활해진다. 베르칸은 속도를 높인다. 얼마간 더 가서 베르칸은 창문을 열고 마침내 한숨을 돌린다.

15분 후, 여전히 충혈된 눈으로 그가 사진관에 도착한다. 그의 이야기를 듣고 사진사는 가볍게 놀란다. "그놈들이 자네를 해외 파견자나 돈 많은 여행자라고 생각했군!" 이어서 그들은 자동차의 처참한 상태를 함께 확인한다.

"당연한 얘기지만, 타이어를 바꿔야겠군! 그런데 난 놈들을 고발하고 싶어! 그놈들을 알아볼 수 있을 거야!"

아마르가 유감스러운 눈길로 그를 쳐다본다.

"이런 정도의 피해는 아주 흔한 일이야! 경찰이 자네의 고발을 접수하고 무언가 해 줄 거라 믿는가!"

베르칸은 자기 의견을 고집한다.

"자네가 방금 귀국했다는 걸 분명히 알 수 있겠군! 요 몇 해 동안에 늘어난 게 그저 도둑들 수뿐이라면 좋겠네!"

아마르의 목소리는 딸꾹질처럼 어딘가 씁쓸했다. 그는 입을 다물고, 맡겨진 필름만 주시한다…….

"미안하네!" 잠시 침묵하다가 몹시 혼란스러워 하며 베르칸이 대답한다.

2.

아마르와 나는 알제에서 대학을 다니던 시절부터 친구다. 이후 우리는 거의 일 년에 한 번씩 만났지만, 항상 파리에서였다.

"자네가 내 손님이니까, 어장(漁場)으로 가세!" 오늘은 아마르가 결정을 내린다. "여느 때처럼 가장 신선한 붉은 숭어와 큼직한 도미를 먹자고!"

"그거 괜찮군. 나는 우리 마을에서 일주일 전부터 생선만 먹고 있다네!"

우리는 소음 속에서, 하지만 바다 공기를 들이마시는 즐거움을 누리며 점심을 먹는다. 그런 다음 우리는 일어선다. **내** 동네를 다시 보러 가고 싶다는 조바심이 드러난다. 나는 마치 데이트 약속이라도 되는 듯이 속으로 흥분해서 안절부절 못하면서도 그 **순간**을 두려워하고 있다.

아마르는 나보다 나를 더 잘 알고 있다.

"빌라티 빌라티.'" 마치 모로코 사람들이 말하듯이 그가 충고한다, 얼마 전 페스(Fès) 출신의 젊은 여인과 결혼한 그가.

그는 내 사진을 인화하는 데 신경을 쓰겠다고 약속한다. 우리는 다음날 아침에 다시 만나기로 한다.

"내 동생 드리스에게 오늘 저녁 집으로 가겠다고 미리 말해 두었네." 내가 말했다. "우리는 독신자들끼리 밤을 지낼 걸세."

아마르와 나는 지금 거의 제마 엘 제디드(Djemaa el Djedid, 이것을 프랑스인은 '어장의 모스크'라 부르곤 했다) 근처에 나란히 서 있다. 그곳에서 나는 사람들이 우글대는 팔각형 모양의 넓은 광장을 바라보았다.

우리는 그 광장을 가로질러서 각자의 방향으로 떠날 것이다. 잠깐 광장을 바라보는 사이에 한 가지 기억이 떠오르는데, 뭐랄까, 집단 기억이라고나 할까? 소위 난공불락이라던 우리 도시가 유린되었던 날을 상상하는 것이다. 샤를 10세의 프랑스 군이 화려하게 진입한다. 마지막 태수였던 하산 파차(Hassan Pacha)는 아직까지 아내들과 수많은 근위보병을 데리고 리보르노*를 거쳐 콘스탄티노플로 가는 배에 몸을 싣지 못했다.

이 광장에 올 때마다 나는 이처럼 시간을 거슬러 잠긴다. 마치 시간의 흐름 속에서 내가 뒷걸음질 치고 있는 듯한데, 이번의 경우 한 세기 반 이상이다. 왜, 도대체 이러한 환영이 머리에서 떠나지 않는 걸까?

나를 사로잡는 열기로 인해 아마르 — 예전에 나는 그 시대의 판화들(스위스인 오트, 영국인 와일드의 판화들)을 그에게 무척 많이 주었었다 — 앞에서 나는 정확히 말해 시간을 거슬러 그 현장을 바라보게 만드는 것만을 상기한다. 우리 발아래 펼쳐진 폐허, 모스크들, 궁궐들, 가옥들의 터를…… 그 모든 것이 1830년 7월 이후 3년 혹은 4~5년 사이에 무너졌다.

"파괴란," 나는 말한다. "자네도 알다시피 내게 있어서는 고통스러운 매혹이라네! 나는 고고학자가 되어 유적을 발굴하기 위해 공부했어야 했네. 그러면 여기 이 광장에서 시신보다 묘석을 발굴했을 걸세!"

아마르가 아무 말이 없기에 나는 덧붙여 말한다.

"엘 제자이르*의 구(舊) 제니나 광장, 몇 채의 궁전들, 대단히 세련된 오스만 왕조 시대의 탁월한 모스크들, 알제 시내 유적의 4분의 1 이상이 이 평지, 이 프랑스식 연병장을 만들기 위해 사라졌다네. 그들의 대성당이 된 엘 케차와 사원* 맞은편에 말이야! 파괴에서의 이러한 신속함, 그 야만적 효율성이 나는 언제나 기가 막혔다네!"

"현재의 논리로 과거를 판단하지 말게!" 내 옆에서 걷던 아마르가 충고한다. "원하든 원하지 않든 간에 19세기에는 어디서나 파괴가 관례였지. 1830년에 우리는 정복자의 가차 없는 법을 어쩔 수 없이 따랐던 거야……. 최근 20년에 대해서는, 오늘날의 우리 위정자의 도시화 정책에 대해서는 뭐라고 할 건가?"

아마르가 내 팔을 잡는다. 아마르, 그는 현재의 인간이다. 꿈속에서 헤매는 나와는 다르다. 그가 부언한다.

"그들은 퀘벡과 협력을 하는 데 있어서 프랑스어가 관계를 원활하게 해 준다는 구실로 캐나다인 쪽으로 돌아섰잖은가! 도시의 반대편에서는 막대한 예산과 함께 모든 현대화 계획이 결정되었고, 마치 우리가 몬트리올과 똑같은 기후에서 살기라도 하듯이 사이비 문화 레저 센터가 계획되었다네. 거기에다 우리 영웅들을 위한 기념 건축물을 끔찍한 스탈린식 신사실주의 양식으로 덧붙여 지었지!

프랑스어는 공급자 선정과 아무런 관계가 없다네! 단지 자본의 네트워크만 있을 뿐인데, 그것이 이러한 도시 계획의 병원(病源)이야. 그들은 무엇보다 현장에서 살게 될 사람은 염두에 두지 않아. 함께 대화해야 할 가문의 대표자도, 뒷받침해 주어야 할 전통 장인도 마찬가지야. 그래, 시민들은 전혀 믿지 않는 거야! 오직 동료 악당들끼리 나눠 가질 수입만 고려하고 있어. 자네도 잘 알고 있잖은가! (나는 쓴 웃음을 짓는다.) 만일 유구르타 왕* 시절에 알제가 존재했다면, 유구르타는 '팔아버려야 할 도시!'라는 그 유명한 모욕을 내뱉으러 로마까지 갈 필요가 없었을 걸세!"

이제 헤어질 시간이다. 우리는 그렇게 마주 보고 우리의 내면과 주변을 둘러보고 있다. 갑자기 불행했지만, 실제로는 연대감을 느끼면서. 언제나 나보다 더 냉소적인 아마르가 결론을 내린다.

"자네는 건축가 푸이용* ─ 우리의 옛 주택들 중 하나를 개축할 수 있었던 사람이었지 ─ 의 저택 맞은편에 세워진 위령비 이야기를 하면서 우리의 영웅들을 언급했지. 만일 우리 순교자들이 부활한다면, 나는 그들 가운데 또다시 자신을 희생할 것인지에 대해 망설일 사람이 많으리라고 생각한다네. 왜 그런지 아나?"

그는 하늘 쪽으로 조롱하는 듯한 몸짓을 하며 말한다.

"그들을 기린다고 여기는 수많은 꼴불견들 때문일세……!"

그는 내게 등을 돌리고, 나는 다시 이어지는 그의 퉁명스러운 목소리를 듣는다.

"산책 잘 하기 바라네, 친구. 그럼 내일 보세!"

여전히 카스바에 등을 돌린 채, 나는 신사원 첨탑 너머 터키인의 도래 이전에 건립된 대사원의 더 간결한 양식의 첨탑 쪽을 마지막으로 쳐다보았다.

그리고 나서 하늘을 향해 머리를 젖히고, 막 오후에 접어든 햇빛을 두 눈에 가득 담았다. 햇빛이 반짝거리는 듯했다. 그 강렬함 때문에 햇빛은 건물, 나무, 지붕, 한가운데 공간의 윤곽을 후광으로 둘러싸고 있었다. 아케이드 쪽에서는 사람들이 분주하게 움직이거나 삼삼오오 무리를 지어 서 있었고, 거지들은 땅바닥에 옹기종기 모여 있었는데, 몇몇 여자 거지들의 실루엣을 포함한 그 밖의 사람들은 점점 희미해지는 그림자처럼 보였다.

나는 잠시 눈을 깜박였다. 마치 옛날 어린 시절에 그랬던 것처럼 — 지금도 기억나는데, 그 시절에 나는 꽤 자주, 이젠 더 이상 없지만 내 어린 시절의 기억 속에서는 여전히 오를레앙 공의 상이 오늘과 똑같이 햇빛을 받으며 우뚝 서 있는 슈발 광장까지 위험을 무릅쓰고 가곤 했다 — 그렇다, 나는 우뚝 솟은 두 개의 첨탑, 즉 시계탑과 이븐 타슈핀 탑에서부터 더 멀리 바닥이 빤히 보이는 방파제, 배경에 있는 어장, 해군사령부까지 광장 전체를 오랫동안 응시했고, 가까이 느껴지는 여객선들의 규칙적인 엔진 소리까지도 들었다.

나는 단숨에 그 자리에서 뒤돌아선다. **나의** 산, 나의 **솔방울** 도시, 나의 카스바가 이루는 삼각형 지점에 시선을 고정시킨 채 집어삼킬 듯이 바라본다. 나의 은신처, 나의 요새, 나의 동네 **후마**(houma), 변함없는 석재 건물, 테라스 딸린 집, 응달 길, 층계참이 있는 계단, 당신을 뒤따르는 좁게 조각나 보이는 하늘, 특히 군중이 오가는 골목, 웃음소리와 노랫소리가 터져 나오는 굽이진 골목, 어른과 아이들, 이따금 사람들의 시선을 피하는 여인들, 정숙하지 못한 여자들, 분명히 원하는 때에 외출하는 정숙하지 못한 여자들 덕분에 똑같은 모습으로 남아 있는 내 동네, 이 소음, 이 혼돈, 이 잡탕, 높은 곳에 올라 앉아 바다와 파도를 향해 기울어진 이 산악 도시, 나의 카스바, 나는 그곳으로 돌아간다. 나는 다시 살기 위해 그곳으로 돌아간다. 그곳에선 내 가슴이 뛴다. 나는 그곳에서 잠들고 싶고, 언제나 안에서 회상하고 싶고, 언제나 바깥에서 달리고 싶다. 그래, 어제도, 오늘도, 언제나 그렇듯이 그날도 비록 내가 다른 곳에 있을지라도 나는 이곳에 있는 것이다…….

예전처럼 발 엘 지디드*를 통해 우리 동네로 들어가자!

20년이 지난 후 슈발 광장으로 돌아가자!

오, 나의 카스바, 나의 배여,

내 두 개의 섬,

내 첫발자국…….

사랑하는 마리즈,

내 유년기 영토의 첫 방문에 대해 당신에게 무슨 말을 해야 할까요?

나는 내가 살고 있는 두아우다*에 정착한 지 일주일이 지난
후에야 비로소 그곳에 갔다오. 그 일주일은 내가 처해 있던 침
묵 또는 내면의 부패 상태를, 동생 드리스에게 그리고 처음 나
들이 ─ 괜찮다면 그것들을 외젠 프로망탱*을 따라 **사헬*에서
의 나의 가을**이라 부릅시다! ─ 때 찍은 사진들을 정성스레 인
화해 준 아마르에게 감추는 데 성공했던 그 상태를 극복하기
위한 시간이었소.

내 본향(本鄕)과 관련해서 받은 내 고독감을 당신에게 자세
히 이야기하려 하오. 그날 황혼이 질 때까지 몇 시간을 계속
해서 거닐고 난 뒤 거의 밤이 되었을 때, 기진맥진한 상태에서
─ 파손되고 황폐화되고 심지어 타락한 이 삶의 터전과의 재
회를 우울하게 확인한 것 이상이었소 ─ 나는 예전의 풍요롭
고 붐비던 일상의 장소들을 다시 찾아내지 못했소. 그곳을 찾
으려 했지만 당신에게 편지를 쓰는 지금까지도 발견하지 못
했다오!

나는 바로 이 해변에서 출발했소. 어제 아니, 정확히 20년
전이었구려. 나는 그저 **다른 곳으로** 떠난다고, 이보다 더 진부
한 말이 또 어디 있겠소만, 이곳 사람들의 삶이 날 따라서, 그
러니까 나 ─ 잠시 스스로를 분리된 자, 쫓겨난 자라고 생각
했던 ─ 의 머릿속에 여전히 떠오를 거라고 나는 진정으로
믿었던 거요, 나는 그렇게 생각했소. 내 머릿속에 맴도는 어린
시절의 노래는 언제나 이렇게 노래했소. "그대, **엘 멘피***, 망명
자여……!" 그렇기에 마리즈, 비록 당신이 나와 떨어져 있긴

하지만, 나는 당신이 그대로 보존된 나의 옛 영지, 나의 카스바-요새를 닮았다고 생각하오. 그런데 나의 카스바는 훼손된 모습으로 내게 나타났소. 그것은 노화 이상이었소. 오, 마를리즈, 내 유년기의 장소들이 사랑하는 사람들과 똑같을 수 없음을 나는 아주 늦게야 알아차리고 있다오!

나는 가장 좁은 길, 간선 도로, 작은 광장, 막다른 골목에서 그리고 분수, 작은 사원, 교차로의 작은 예배당에서까지 예전의 나의 왕국을 찾으려 했소! 바로 그저께, 작열하는 태양 아래 모든 장소가 모습을 드러냈고, 거의 쓸쓸한 회전목마의 이미지로 내게 다가왔다오! 하지만 나는 확인했소. 그곳은 거의 살아갈 수 없는 장소로, 유기되고 헐벗은 지역으로 그리고 치명적 파괴의 흔적이 남은 공간으로 변해 버렸소!

무너져 쌓인 돌 더미 구역의 건물들, 붕괴된 낡은 집들과 그 잔해들이 쓰레기 아래, 왕왕 불가피하게 쌓인 피라미드 형태의 폐기물과 짐승 똥 아래 잠들기 시작하고 있소. 마치 바람에 길을 열어 주기 위해서인 듯 한쪽이 완전히 사라진 알제 구시가지 중심부의 몇몇 길에서조차 말이오. 이따금 무어인 카페들, 무질서하지만 생기 넘치는 작은 가게들이 있던 장소를 찾지 못하거나 어렵사리 찾곤 했고, 어쩌다 발견한 오래된 성문은 섬세하게 조각된 상인방(上引枋)이 없어진 상태였소…….

내가 당신에게 묘사하고 있는 건 갑작스레 닥친 재난도 아니고, 피해를 복구하는데 시간이 지체된 최근의 지진 여파도 아니오. 그래, 뭐랄까, 적어도 고지대 카스바의 경우에는 부분적으로 조화가 존재하는데, 집과 주민은 사람들을 강 건너 불구경하듯 대하고 있소. 사실 그곳 주민들은 대개 밀려들어 온 농민들이 피에 누아르*의 빈자리를 메웠던 1962년 이후의 거주자들이라오. 이웃한 밥-엘-우에드 가나 마랭고 가, 그리고 유대교 회당 주변에 살던 피에 누아르가 계절에 따라 사람들이 빠져나가듯 1962년 여름 몇 개월 사이에 사라져 버렸기 때문이오……. 우리가 다시 차지하게 된 이 장소들은, 왜 그런지 모르겠지만(아니면 단순히 그 동네를 회상하는 어린아이의 예리한 눈매로 보아서인지), 그렇소, 예전에 가난한 백인 정착민을 위해 마련된 이 장소들은 여전히 그들을 기다리고 있는 듯하다오.

내 당혹감을 양해해 주오. 이 무미건조한 회고로 내가 야기하는 불길한 병에 대해서는 차후에 검토하고, 천천히 둘러보고, 다시 돌아보려 하오. 당장은 —— 헝클어진 털실을 갖고 노는 고양이처럼 —— 나의 반응을, 뭐랄까 내가 굳어지는 이유를 명확히 규정하지 못 하겠구려!

여러 해 전이 아니라 며칠 전에 도착한 듯한 가정으로 메워진 그 황량한 장소들…… 어른과 아이들이 막다른 골목 안쪽 주랑(柱廊) 아래 꼼짝 않고 있소. 하지만 내가 눈여겨보는 건 밖에 나와 있는 더 많은 여자들, 대개 젊고, 손에 가방을 들고 발걸음이 경쾌한 여자들이오. 엉덩이를 강조하는 흰색의 우아한 베일도 이젠 거의 보이지 않고, 눈에 확 띄게 몸을 가린 여성들의 빛나는 시선도 없다는 점에 나는 주목하고 있소. 이제 모로코 풍의 회색 롱코트로 몸을 감추고, 이란식의 검은색 스카프로 머리를 가린 다른 여성 통행인이 발걸음을 재촉하고 있소.

사랑하는 마리즈/마를리즈, 당신의 이름처럼 내 동네로의 복귀에 대한 나의 실망감이 배가되는 것을 나는 발견한다오. 우리의 재회는 어쩔 수 없이 균열이 생기고, 마치 침몰 직전 기울어지는 배처럼 물결치는 대로 표류하고 있소. 어찌 이런 결론을 내리지 않을 수 있겠소? 허가받은 황폐화와 집단 유기에 의해 나의 카스바, 저마다 제각각일 뿐 결코 공동체, 즉 수선스럽지만 활기에 넘치는 전체의 일원이 더 이상 아닌 나의 성채는, 산과 바다를 겸비한 이 도시-촌락은 비참한 노후화 때문에 사막이 되었다고……

나는 완전히 파산이오. 이제는 이게 나의 유일한 어린 시절일까요……?

갑자기 내가 무슨 말을 해야 할 지 알 수 없게 되었음을 당신에게 말해야 할 것 같소. 어제부터 나는 어부 라시드와 도미노 선수인 식료품점 주인을 피해 왔소……. 마치 암흑 속에서 또는 묵상으로 40주야를 보내야 하는 고대의 과부처럼 나는 침묵에 빠져드오. 이러한 변화 속에서 내 반응의 거북함이 무엇 때문인지 알 수 없기에, 나는 당신에게 편지를 씀으로써 무언가 타개책을 찾으려는 거라오!

베르칸

마리즈에게 보내는 두 번째 편지 역시 이전 편지와 마찬가지로 봉인되지 않은 채 내 책상 위에 놓여 있을 것이다. 무엇이 내 거북함을 가중시키고 있는지, 즉 서서히 진행되어 온 어릴 적 동네의 돌이킬 수 없는 퇴락 때문인지, 지역의 화려한 역사를 고려하지 않는 지방 공권력의 거의 의도적인 유기 때문인지 정확히 알 수는 없지만, 나는 이 편지가 내게 도움이 되기를 바라고 있다. **알제 전투**에 대한 기억만 해도 그들은 흔히 식민 시대의 과거를 환기시키는 이름을 단지 1957년 폭압 희생자의 이름으로 대체하는 데 만족했다!

이것이 제3세계 국가에서 일어나는 기억력 마비의 운명 아니던가? 마치 그 장소에 새겨진 고통의 기록이 검인 도장 이상으로 중요하지 않다는 듯하다. 이름이라니! 그게 전부라니! 이것은 사회 전체가 숨 가쁘게 앞으로 달려가고, 기본적인 생존 임무를 향해 맹목적으로 서두르고 있다는 증거가 아닌가?

맨살이 그대로 드러난 수도 중심지에서 사라진 덧없는 흔적들이여!

하지만 나는 이러지도 저러지도 못하고 있다. 나는 정의의 사도로 고향에 온 게 아니다. 그 장소들이 그토록 내게 중요하다면 왜 내가 블뢰 가의 넷즈마 극장 —— 내가 확인한 바로 이 극장은 현재 벽이 오줌으로 더럽혀진 폐쇄된 가건물에 불과하다 —— 맞은편에 영구 정착하지 않았겠는가?

요컨대, 내가 도시 계획가이거나 건축가이거나 도시 사회학자였다면, 나는 바로 그 퇴락의 현장들에 거주해야 했을 것이다…….

율리시스가 나보다 길지 않은 기간 동안 집을 떠났다가 다시 돌아올 때, 비록 그의 냄새를 맡은 개만이 유랑자의 누더기를 걸친 그를 알아보지만, 자기 이름을 밝히지 않고 배에서 내리는 곳은 바로 이타카다. 내게는 영원히 절조(節操)를 지킬 아내가 없으니, 나의 귀향의 경우, 그러니까 어머니가 서글프게 **프랑스 여자**라 부르던 그녀가 결정한 결별의 결과로 내가 귀향하지 않을 수 없었음을 지적할 수도 있을 것이다!

그녀가 14구의 그 소극장에서 미국 작품의 여성 배역 두 개 중 하나를 맡아 연기하던 그 시절(우리 관계의 시작)이 다시 머리에 떠올랐다. 내 연인의 첫 성공이었다.

나는 그녀의 공연에 매혹되었다. 죽기 전의 메릴린 먼로와 20년 전 데뷔 당시 젊은 먼로의 유령 사이에 오고가는 긴 대화였다. 두 시간 길이의 압축된 텍스트에 무대 장식은 없으며(램프 하나, 작은 침대 하나, 의자 하나), 조명은 서서히 어두워지는 가운데 최후의 순간으로 추정되는 흥분 속에 메릴린은 사납고, 무기력하고, 환각에 사로잡힌 모습으로 몸부림친다.

나는 극장 안쪽에 자리를 잡았고, 열흘, 스무날을 계속해서 새로 들어온 관객들 이야기를 듣는 데 몰두하며 녹아들었다. 나는 눈을 감았고, 환각에 사로잡힌 그녀의 무한히 변화하는 목소리를 듣곤 했다. 그 목소리는 매일 저녁 같으면서도 달랐다……. 그런 일이 결코 끝나지 않을 듯했기에 나는 더 이상 그녀가 연기하는 모습을 연이어 보고 싶지 않았다. 새로운 공연이 시작되면, 초연일의 밤 공연에서(그녀의 분장실에서까지 나는 그녀를 격려했고, 무언의 불안을 달래 주곤 했다) 똑같은 탄식을, 그녀의 목소리에서 거의 감지되지 않는 한숨 소리를 다시 발견하고 싶은 욕망이 다시 엄습하지 않을까 걱정하곤 했다. 늘상 배회하는 자이며, 지칠 줄 모르는 먹꾼이었던 나는 그곳에서 몸을 드러내고 스포트라이트를 받으며 살아가는 여인에게 반응하며 슬퍼하거나 웃곤 했다…….

이제 나는 왜 내 안에서 마법이 일어났는지 알겠다. 흐려진 내 기억력이 그곳에서, 모든 이들의 몰입 속에서 카스바의 넷즈마 극장에서의 야간 공연의 반영을 찾아낸 거였다……!

3.

깊은 잠에 빠졌던 어느 날 밤이 지난 후, 차가운 물로 샤워를 하면서 갑자기 다시 한 번 그곳, 내 어린 시절이 요동치는 곳으로 돌아갈 필요가 있음을 깨달았다. 마비된 상태에서도 나의 무의식은 밤새도록 이 귀향하고픈 욕망, 다시 시도해 보자는 욕망을 은밀하게 꾸며 낸 듯했다. 다시 시도한다는 이 말을 나는 연인을 향해서 재차 그리고 최후의 화해 시도를 하는 애인의 심정으로 사용하고 있다…….

아침에 나는 차를 타고 단숨에 달려갔다. 서쪽 교외 지역 입구에서 경로를 바꿨다. 막혔다 뚫렸다 하는 샛길이었는데, 아마도 무분별한 내 속도 때문이었겠지만 갑자기 그 길에 차들이 없는 것처럼 보였다. 나는 성채에 이어 바르바로사 감옥 문 앞을 지났다.

순교자 대광장까지 가기를 삼가고 마랭고 공원 끝에 주차했다.

그런 다음 마치 급한 약속이 있기라도 한 듯(누구와, 나는 누구와의 약속인지 나 자신에게 묻는다) 발걸음을 재촉하여 먼저 그랑 리세 앞으로 갔다. 그곳은 언제나 알베르 카뮈를 생각나게 한다. 아직 청소년인 그가, 벨쿠르로부터 그곳 도시 반대편까지, 나의 카스바 입구까지 날마다 실어다 준 전차에서 그가 내리던 모습을. 아마도 카뮈는 카스바에 거의 들어가지 않았으리라……

그 당시 나는 태어나지도 않았었고, 내 부모조차 결혼하지 않았으며, 열한 살이나 열두 살쯤이던 나의 어머니는 프랑스 학교를 어쩔 수 없이 막 그만둔 때였다. 그 모든 것, 내가 모르는 동시에 너무나 유명한 환영(幻影)에 대한 이 몽상, 그리고 "꼬마야, 그랑 리세도 아니고, 대학도 아니야. 오로지 문학뿐이지. 훌륭한 작가든 삼류 작가든 무슨 상관이겠니. 하지만 속삭이거나 침묵하는 언어, 그리고 영원히 빛나는 언어로……"라고 말하는 듯한 표정으로 내게 자극 같은 것을 주는 이 피에 누아르 작가, 그 모든 것이……

요란스런 소리를 내는 전차에서 내리면서 서로 떠미는 아이들과 함께 그랑 리세의 문 앞을 거닐게 된다면, 나는 이내 이곳에서 태어난 유일한 프랑스인이자 스쳐 지나가는 사람이었지만 눈매가 날카로웠던 외젠 프로망탱 이후로 과거의 우리 땅 ── 프랑스 식민지였지만 우리 땅, 마치 아랍 여인이 다소곳한 눈길로 비단 베일 너머를 바라보듯이 카뮈는 그곳을 풍요로운 눈길로 바라보았다 ── 이 어떠했는지에 대해 지울 수 없는 흔적을 남길 수 있었던 두 번째 프랑스인과 수없이 나눠 온 대화 속으로 다시 빠져들게 되리라. 나는 그런 사람들 무리에서 들라크루아*와, 어느 정도는 기요메*도 그리고 또 하나의 알베르, 즉 마티스의 친구 알베르 마르케*도 배제하지 않는데, 이들 증인은 대개의 경우 화가다. 왜냐하면 화가는 왕이고, 항상 그랬듯이 지중해 양편에서 어느 쪽에도 속하지 않으면서 양쪽에 속하기 때문이다. 그들은 모험가, 해적, 배신자이면서 또한 매혹된 화가였다…….그들을 위한 불법 침입의 역사이건만, 그들 눈에는 하나의 왕국이었다.

블뢰 가에 도달하지는 못하고 단지 르가르 가까지만 갔지만, 내가 살던 동네에 가까이 가면서 나는 한동안 찾지 않았던 모든 단골이 거의 기계적으로 가장 먼저 하는 일을 했다. 제일 먼저 문을 연 이발소에 들어간 것이다.

고개를 돌리고 눈을 감으면서 20년 전에 별명이 차이다였던 외삼촌 물루드, 지금은 고인이 된 지 오래인 그분의 이발소에 있는 내 모습을 거의 본능적으로 다시 본다. 외삼촌의 후임으로 지금은 노인이 된 이발사가 마침내 나를 알아보고는 놀라서 말한다.

"차이다!" 그가 탄식하듯 외치고 나서 나지막하게 말한다. "시물르드! 알라신께서 그를 구원하시길, 바로 어제였는데……. 여보게, 그는 잊히지 않을 걸세. 틀림없어!"

크고 작은 옛일이 단숨에 다시 떠오른다.

나는 지금 이곳 코딱지만 한 이발소 안에 있다. 어린 시절에 이곳은 『천일야화』에 나오는 동굴처럼 보였다. 짧은 경력을 끝내고 프랑스에서 귀향한 전 권투 선수 차이다는 곧이어 이발업으로 전향했고, 카스바의 모든 사람에게서 '이발의 예술가'로 존경받았다. 그는 찾아오는 손님을 전부 받지 않았다. 우선, 처음 본 사람은 그 사람이 자신의 이발 서비스를 받을 만한 사람인지를 머리로(이따금 그는 낯선 사람에게 얼굴을 이리 저리 돌려보라고 했다) 심미가의 입장에서 판단했기 때문이었다. 이발을 할 경우 그 작업은 최소한 두 시간이 걸렸으며(그는 꼼꼼하게 머리털을 한 올 한 올 자르기까지 했다), 이발하러 온 사람의 완벽한 인내심을 요구하곤 했다…….

모든 것은 또한 손님이 몇 시에 들어서느냐에 달려 있었다. 일반적으로 유일하게 적절한 때는 그가 매일 맞는 마약 주사를 맞고 난 후, 그리고 적어도 그가 포도주를 마시기 몇 시간 전이었다. 파티는 대개 둥글게 모여 피우는 대마초로 끝나는데…… 그럴 때 이발소는 흡연실 모습이었다.

외삼촌이 멀지 않은 곳의 노모 집에서 저녁 식사를 하고 잠을 잘 때도 노모는 대마초 냄새를 가려낼 수 없었다. 물루드(집에서는 그가 운동하던 시절의 별명을 잊고 있었다)는 자신의 노모를 무척 공경했다…….

어린 시절에(내가 열한 살이 될 때까지) 차이다는 나와 가장 가까운 동시에 그의 생활 태도로 인해 가장 기이한 인물이었다. 그는 너무 의젓한 나의 아버지와, 너무 인정 없는 형과는 같은 세계에 살지 않는 듯했다. 나는 외삼촌 차이다를 좋아했다. 외삼촌 역시 나를 전적으로 신뢰했다.

나는 거의 매일 외삼촌을 도와드렸다. 내가 비록 어리지만 그를 사랑한다는 것을 알고 있기에, 자신의 마약 공급을 신경 써야 할 사람은 바로 나라는 듯 외삼촌은 나를 믿었다.

나는 좁은 닐 가[아랍어로는 **젠케테 엘 메스툴(zenkette El Meztoul)**, 즉 마약중독자 거리라 불렸다]로 접어들어 그 길을 끝까지 간다고 상상한다. 실제로 그 길은 카스바에서 가장 좁은 길이어서 폭이 겨우 1미터에 불과한데, 그런 길이 적어도 1백 미터는 계속된다.

어린 시절에 나는 그곳의 전설을 알고 있었다. 예전에 그 길을 만든 석공이 마리화나를 너무 많이 피워서 측량 따위를 아예 잊어버렸고, 그로부터 아랍어 이름이 나왔다고들 했다.

마약으로 환각에 빠진 이 석공은 자연스레 나의 외삼촌을 떠올리게 했다. 한편 나는 외삼촌의 심부름꾼 노릇을 한다는 사실을 당연히 아버지에게 숨겼다. 한낮에 닐 가에서 시작해 똑같은 코스를 따라가던 내 모습이 떠오른다. '갈증의 샘'에서부터 '하수도 오븐' ── 빵 굽는 화덕인데, 이곳의 한 제과업자는 중산층 부인네들이 오후의 커피를 위해 찾던 원형의 케익 **케우-카트(keu-katt)**로 유명했다 ── 을 경유하는 코스였다. 이어서 가장 유명한 재스민 목걸이와 오렌지꽃 목걸이를 파는 상인을 지나친다. 나는 시디 모하메드 셰리프 급수장으로 방향을 돌리고, 사피르(여행자) 모스크를 따라 간다. 나는 닫혀 있는 덧창들 앞에서 존경스럽기 이를 데 없는 신학생의 단조로운 신도송(信徒頌)을 들으며 숨을 고른다. 이제 거의 목적지에 와 있다. '과부들의 작은 샘'을 지나자마자 노천의 한 구석에서 침대 밑판을 파는 사람이 분명히 나를 기다리고 있다. 그는 척추장애인이다. 그는 프랑스어 대문자로 **팜니다**라고 쓴 게시판 옆에 앉아 있는데, 철자가 틀렸지만 그 사실을 그는 모른다. 고객이 와서 가격을 물을 때마다 꼽추는 거만한 태도로 대답한다. "벌써 팔렸소!"

나는 알고 있다. 그가 값비싼 상품을 침대 밑판 안에 보관하고 있다는 사실을. 나는 외삼촌이 내게 준 꽤 무거운 주화를(내 사탕 값으로는 가벼운 작은 동전을 주었다) 묵묵히 그에게 건넨다.

꼽추는 나를 미행하는 사람이 있지나 않은지 확인하기 위해 내 등 뒤쪽을 습관적으로 쓱 훑어본다. 그는 몸을 굽히고 침대 밑판에서 삼각형으로 접힌 매끄러운 종이를 꺼낸다. 그 안에 차이다를 위한 흰색 가루 하루치가 들어 있음을 나는 알고 있다.

나는 다시 반대쪽 방향으로 르가르 가의 이발소까지 달려간다. 나를 보자 외삼촌은 가게 문을 닫는다. 나는 가게 안쪽에서 그와 합류한다. 나는 외삼촌이 포장에 든 내용물을 조심스럽게 그릇에 따른 다음 수도꼭지에서 받은 약간의 물을 넣고, 그 모든 것을 재빨리 뒤섞는 모습을 본다. 외삼촌은 주사기에 그 용액을 가득 채운다. 이따금 그릇에 남아 있는 마지막 한 방울까지 탐욕스럽게 마신다. 언제 봐도 똑같이 정밀한 움직임이다. 어린아이에 불과하지만 나는 뚫어지게 보고 또 본다. 외삼촌은 셔츠 소매의 단추를 풀고, 혈관을 압박하는 고무줄을 집어 들어 자신의 이 두근 —— 나는 과거 권투 선수였던 외삼촌의 근육에 감탄한다 —— 둘레를 묶는다. 이는 혈관을 부풀리기 위해서다. 나는 고개를 들어 외삼촌이 팔을 더듬다가 바늘을 꽂고 마침내 천천히 용액을 주사하는 모습을 계속 지켜본다. 외삼촌의 이마에 땀방울이 맺힌다. 외삼촌은 눈을 감으며 더 이상 나의 존재를 안중에 두지 않는다. 마침내 주사 바늘을 빼고 안락의자 위에 털썩 주저앉는다. 여전히 눈을 감은 채로 외삼촌은 혈관 압박 고무줄의 매듭을 푼다. 그의 머리가 갑자기 앞으로 쏠린다. 꼼짝도 하지 않은 채 외삼촌이 아득한 곳에, 너무도 아득한 곳에 있어서 나는 겁이 난다. 나는 천천히 뒤로 물러선다. 나는 외삼촌을 도왔다. 나는 집으로 돌아가야 한다. 어머니에게, 특히 어머니에게는 아무것도 말해서는 안 된다. "내가 꾸물거린다"는 이유로 블뢰 가 모퉁이에서 나를 향해 으르렁대며 질책하는 형에게도 마찬가지다.

비록 어리지만 내겐 비밀이 있다. 외삼촌은 나를 신임하며, 이는 외삼촌이 죽을 때까지 그럴 것이다!

내가 지금 있는 바로 이 점포를 외삼촌은 자신과 같은 마약 중독자들을 위한 특별 장소로 만들곤 했다. 해시시 흡연자 클럽 같은 곳 말이다.

보통 이 건물 안쪽에서 대마초를 다져 만 궐련이 친구들의 입에서 입으로 전해졌다. 나는 심지어 부리 부분을 물 항아리 속에 담그고 각자가 돌아가며 빨아들이는 파이프까지 기억난다. 그들은 마침내 연기 구름 속에 잠겼고, 그들의 대화는 기묘하게 부드러운 어조로 천천히, 장황하게 늘어졌다.

물론 이러한 대마초 흡연자의 모임은 스타우엘리 가의 '샘 카페(le café de la Source)'에서 훨씬 더 자주 있었다. 적어도 **알제 전투**의 발단이었던 그날까지는. 그날 알리-라-푸앵트*(그의 별명인데, 그가 푸앵트-페스카드* 출신이었기 때문이다), 그렇다, 군대와 경찰 그리고 밀고자들에게 동시에 수배된 주인공이 되었음에도 알리-라-푸앵트는 자신의 적을 모두 무시한 채 '샘 카페'로 내려왔다. 그는 모든 사람들 앞에서 동네 마약중독자 전부에게 태형(笞刑)을 가하겠다고 공언했다……. 그리고서 그 다음 날로 실행에 들어갔다. 그것도 주아브 군부대에서 1백 미터 떨어진 곳에서. 1957년 그해 봄, 그것은 더 이상 아편과 대마초가 피난처가 아니라는 것, 이후로 독립을 위한 중단 없는 투쟁이 있으리라는 것을 뜻하는 모범적인 교훈이었다. 그렇다, 알리-라-푸앵트 그 자신은 바로 1957년 겨울, 군인들에게 굴복하느니 차라리 은신처에서 권총 자살을 택했다.

참, 외삼촌 차이다도 그때 사망했는데, 그 역시 환각자의 망상적인 삶을 충실하게 따르다가 자신의 배역에 충실한 모습으로 극적인 죽음을 맞았다.

나는 다음날에야 비로소 어부 친구 앞에서 내 외삼촌 이야기를 했다. 그는 말없이 내 이야기를 듣는다.

"일전에 당신은, 내 생각엔 독일 작가인 것 같은데, 그가 '불행하도다, 영웅을 필요로 하는 국가는'이라고 썼다고 내게 말했지요, 그렇지 않은가요?"

"맞네, 베르톨트 브레히트인데, 나치에게 넘어간 조국에서 멀리 떨어진 망명지에 있던 그는 자신의 극작품에서 영웅이란 무엇일까 자문하지!"

"알제리에서는 전쟁 영웅을 종교 용어로 **무자히딘***이라고 불렀어요, 그렇죠?"

"내 어린 시절의 영웅과는 아무런 관계가 없다네." 나는 대답한다. "오히려 '인간 말종'으로 간주되었지. 매일 마약에 취해 있었으니까! 하지만 그가 몹시 비극적인 죽음을 맞자 대중들이 그를 모범적인 인물로 만들어 놓았다네……."

"그분이 돌아가셨다고요?" 라시드가 묻는다.

나는 입을 다물고, 멍해졌다. 어쩔 수 없이 이야기해야 했다.

시내에서 테러 행위가 늘어나고 있는 가운데 갑자기 이상한 예감에 사로잡힌 외삼촌 차이다가 몹시 몸을 떨면서, 그렇지만 이번엔 멀쩡한 정신으로 우리 집에 왔다. 외할머니는 까다로운 눈 수술 이후 그곳에서 쉬고 계셨다.

외삼촌은 한 사람씩 모두에게 작별 인사를 하고 싶다고 말했다! 그 말을 가족은 심각하게 받아들이지 않았지만, 그곳에 있던 나는 유일하게 그날 내가 외삼촌에게 아무것도 가져다주지 않았다는 사실을 알아차렸다. 나 역시 그날의 희생자가 이번엔 외삼촌이 되리라고는 짐작하지 못했다. 마약 중독자이며, 돈을 벌기 위해서가 아니라 예술을 위해 일하기 때문에 자기 마음에 드는 손님만 머리를 손질해 주려 하던 괴짜 이발사인 내 외삼촌이!

우리 안마당으로 — 이미 오후가 끝나 갈 무렵이었고, 이웃 사람이 "조심들 하세요. 오늘, 야간 통행금지가 여섯 시로 당겨졌다고 순찰대가 알려 왔어요. 길에는 이미 사람이 거의 없어요. 위험 때문에 사람들이 서둘러 돌아오고 있어요!"라고 모두에게 알린 뒤였다 — 차이다는 질풍처럼 달려 들어와서, 자기 주변에 둥글게 서 있는 우리 모두를 쳐다보고, 감정이 격해진 상태에서 눈물을 글썽이며 외친다.

"오 내 핏줄들, 오, 당신들, 내 가족들, 내게 진정 소중한 사람들, 여러분에게 용서를 구하러 왔습니다!"

모두가 깜짝 놀랐고, 누구나 이렇게 생각했다. '마약 때문에 드디어 미쳤군!'

누군가 한 명이, 내 생각엔 여자 아이가, 그의 노모가 눈에 붕대를 감고 쉬고 있다고 알려 준다. 그러니까…….

하지만 차이다의 귀에는 어느 누구의 말도 들리지 않는다. 그는 작별 인사를 계속한다.

"내겐 당신들의 용서가 필요해요! 당신들은 이제 나를 다시 볼 수 없을 거예요! 오늘 저녁에……. 오늘 저녁이든 어쨌든, 나를 용서한다고 말해 주세요!"

모두가 짜증을 냈지만 나의 어머니만 유일하게 인내심, 혹은 연민을 갖고서 외삼촌에게 부드럽게 말한다.

"무슨 일이냐, 동생아? 조용히 집으로 돌아가거라! 곧 야간 통행금지 시간이 될 거야!"

전날의 대수술 때문에 눈을 붕대로 꽁꽁 싸맨 외할머니가 신음하듯 말한다.

"오, 할리마야, 이 미친 녀석을 진정시키렴!" 외할머니가 소리친다. "네 동생에게 내가 볼 수도 없다고 설명해 주렴! 의사가 당부했단 말이다. '특히 눈물을 흘려서는 안 됩니다. 그렇게 되면 수술은 성공하지 못하고 당신은 장님이 될 거예요!'라고. 오, 내 딸 할리마야. 저놈에게, 네 동생에게 내가 볼 수 없게 될 거라고 꼭 말해다오! 집으로 들어오라고……."

하지만 외삼촌의 고성(高聲)의 하소연은 길어지고, 증폭되고, 심지어 이웃까지도 테라스로 끌어 모은다.

"오, 당신들, 알라신의 자식들이여, 그리고 내 가족들이여, 당신들의 용서를 내게 베푸소서! 오, 내 핏줄, 내 가문의 사람들이여, 내게 말해 주오. 오, 나의 어머니, 나의 누이여, 당신들은 나를 용서한다고! 너무나도 큰 내 죄와 망가진 내 인생을 위해서. 내가 정말 사랑했던 당신들이여!"

외삼촌의 하소연은 다 큰 아들을 미쳤다고 하며 쉴 새 없이 자신을 한탄하는 외할머니의 탄식을 덮어 버린다. 나의 어머니는 거듭 말한다.

"야간 통행금지령을 주의해. 여섯 시가 지났어, 5분이나 10분쯤! 조심해!"

어머니가 외삼촌을 배웅하려고 현관에서 몇 발자국을 떼지만, 외삼촌은 하소연을 계속하면서 블뢰 가까지 휑하니 나가 버린다.

이제 외삼촌은 애절한 목소리로 거리 사람들에게 호소한다

("오, 나의 이웃들이여, 알라신의 충복들이여, 나를 용서하시오!"). '이제 온 동네에 애원하고 있네,' 어머니는 이렇게 생각하며 우리에게 돌아와서 걱정스럽게, 거의 자신에게만 들리게 다시 중얼거린다. "오늘 야간 통행금지 시간이 여섯 시로 앞당겨졌다는데." 그때 갑자기, 나는 제일 먼저, 바깥에서 들려오는 두 차례의 정지 명령 소리를 듣는다.

"정지! 정지!"

나는 창문으로 달려간다. 기관총 소사(掃射) 소리가 들린다. 어머니가 울부짖고, 나 역시 소리를 지른다.

"우리 삼촌이에요! 그들이 삼촌에게 총을 쐈어요! 삼촌이 다쳤어요!"

나는 창문을 통해 외삼촌을 본다. 외삼촌은 선 채로 손을 뒤로 해서 등 아래쪽을 잡고 있다. 그는 하늘을 쳐다보며 하소연을 계속한다.

"동네 사람들이여, 부탁합니다……."

군인 두 명이 그에게 다가간다. 장교 한 명과 총을 쏜 보병대 병사다. 하지만 이제 차이다는 바닥에 등을 대고 누워 있다. 한쪽 다리를 구부리고 손으로는 포석(鋪石)을 긁고 있다. 아직도 무언가를 말하는 듯 그의 입술이 움직이는데, 그는 모두에게, 전 인류에게 용서를 구하고 있다. 내 뒤에서는 어머니가 울부짖으며 동생의 이름을 부르고, 털썩 주저앉아 오열한다.

"놈들이 내 동생을 죽였어. 오, 어머니!"

마당 한가운데서 할머니는 몸을 일으켜 세웠고, 사태를 알아차렸다. 할머니는 눈에 감은 붕대를 잡아 뜯는다. 아니다, 할머니는 우는 게 아니다. 할머니는 이제 장님이 되려는 것이다! 10년을 더, 돌아가실 때까지 할머니는 장님으로 지낼 것이다.

그 다음날 나는 장례식에 앞서 신문을 탐독한다. 신문에는 흰 종이 위에 검은 글씨로 카스바 중심부에서 테러리스트가 처형되었다고 적혀 있다. "그자는 무장을 하고 있었다……."

열두 살 때까지 나는 글로 쓰인 것은 모두 존엄하다고 철석같이 믿었는데!

회상이 끝나자 나는 라시드 쪽으로 돌아섰다. 나는 이제 더 이상 아이도 아니고 청년도 아니다. 나는 장년이며, 프랑스로 이주했다가 차이다 외삼촌과 마찬가지로 거의 가진 것 없이 돌아왔다.

"알겠나, 라시드, 차이다는 어릴 적 내게 순수하고 가식 없는 영웅, 불행하고 상처받기 쉬운 영웅이었다네. 최후의 순간에 대한 그의 통찰력으로 인해 내겐 그가 카스바의 모든 사람들 중에서 유일하게 무고한 사람처럼 보인다네. 정치적 영웅도 아니고 민족주의의 영웅도 아니지. 아니, 어떻게 보면 죽기 전에 미리 우리에게 작별 인사를 했던 절대 영웅이야, 그는!"

제2부
사랑, 글쓰기
한 달 뒤

"달도 태양도 별도
나를 밝혀 주지 않았지만,
밤과 내 마음속 사랑의 빛,
그 빛줄기는 내 육체를 뚫고 지나갔다."
— 군나르 에켈뢰프*

방문객

1.

방문객인 그녀가 내 앞에 앉아 있다. 우리를 소개해 준 드리스는 떠났다.

"나는 고속 도로에서 교통 혼잡을 겪으며 알제로 돌아가고 싶지 않아!" 드리스는 이렇게 핑계를 댔다.

나는 그를 따라 빌라 밖으로 나가서 내 거처로 다시 올라가려 했다. 나지아가 내 마음에 드는 콘트랄토의 톤으로, 다소 느린 리듬의 프랑스어로 말했다.

"당신이 베르칸 씨 아닌가요……, 베르칸이라고 불러도 될까요?"

"네, 물론이죠!"

"잠시 곁에 있어 주세요, 너무 지나친 요구가 아니라면요!"

나는 다시 앉아 말없이 있었다. 그녀가 거실 안을 이리 저리 오가는 모습을 지켜보았다. "이곳을 둘러볼 시간 동안만요." 그녀가 중얼거렸다. 그녀는 드리스가 그녀의 여행 가방을 내려놓은 다른 방으로 들어갔다.

나는 잠시 바다 쪽으로 얼굴을 돌렸다. 무척 넓게 탁 트인 거실 공간이 바깥 테라스 쪽으로 나 있었고, 그것이 내가 정착한 거처 아래층인 이곳을 매혹적으로 만들고 있었다.

예전에 가족이 모여 살던 독립 초기에는 여름이면 주말마다 외가 쪽의 수많은 일가친척 모두가 이곳에 갑자기 들이닥치곤 했는데, 그러면 어머니와 누이들이 제례를 행하던 이 아래층 테라스에서는 점심을 먹기 위해 약 스무 명 혹은 그 이상의 사람들이 모이는 일이 잦았다. 그럴 때면 여러 개의 파라솔이 모래밭에 자리를 잡은 한낮의 해수욕객의 눈길로부터 우리를 막아 주곤 했다.

다시 돌아오는 소리를 듣지 못했는데, 나지아가 내 곁에 바싹 와서 부드럽게 말을 건넨다.

"이 집은 당신에게 젊은 시절의 여름을 생각나게 하겠군요, 안 그런가요?"

"맞소……. 내가 1970년에 떠났으니, 20년도 넘었군요!"

나는 자리에서 일어나 테라스 쪽에, 바다 쪽에 등을 돌렸다. 나는 방의 반대편에 앉았다.

"이 거실의 가구들은 예전과 똑같아요." 내가 말했다. "다만, 예전에는 아버지와 어머니가 살아계셨다는 것만 빼놓고요!"

나지아는 내 맞은편에 자리를 잡았다.

"무슨 말인지 알겠어요." 꿈꾸는 듯한 목소리로 그녀가 말했다. "떠날 때가 가장 힘들죠……. 물론 나의 부모님은 두 분 모두 아직 살아 계세요(그녀가 한숨을 쉰다), 하지만 내 마음을 공허하게 만들었던 분은 틀렘센의 할머니였어요. 할머니가 4년인가 5년 전 돌아가셨고, 그때 내가 돌아왔는데, 할머니가 내겐 진짜 어머니였거든요……."

나는 꼼짝 않고 있었다. 그녀가 다시 일어섰다. 나는 그녀가 무엇을 하는지 더 이상 관심을 보이지 않았다. 그녀는 잠시 후 쟁반에 유리컵과 도자기로 된 커피 잔을 담아 가져왔다.

그녀가 몸을 숙이고 내게 미소를 지었다. 내가 아무것도 요청하지 않았는데도 그녀는 내게 먹을 것을 주었고, 이어서 자리에 다시 앉으면서 자신도 먹었다. 뜨거운 커피, 광천수, 접시에 담긴 비스킷 몇 조각……. 그녀가 그곳에 살았었던가 하는 생각, 아니면 이전에 드리스와 함께(갑자기 내 마음속에 그런 의혹의 그림자가 드리웠다) 이곳에 왔었기에 요컨대, 그녀로서는 그저 습관을 되풀이하고 있을 따름이 아닌가 하는 생각이 들었다.

그녀가 커피와 잔에 든 물을 내려놓았다. 커피가 뜨거웠기에 나는 조금씩 홀짝거렸다.

둘 사이에 침묵이 흘렀다. 그녀가 나를 쳐다보았다. 나는 일어나야겠다고, 이 초대는 내가 아니라 드리스가 한 거라고 생각했다. 게다가 이 아래층은 동생의 집이었다. 나로서는 위층, 내 방으로 돌아가기만 하면 되었다. 하지만 나는 움직이지 않았다.

눈을 들어 그녀를 보다가 나는 그녀가 하염없이 먼 곳을 바라보고 있음을 알았다.

갑자기 그녀가 말을 했고, 나는 깜짝 놀랐다. 마치 너무 오랫동안 침묵하며 비밀을 지켜왔고, 고통이나 아픔으로 숨 막혀 하던 사람처럼 그녀의 목소리는 겉으로 드러나지 않는 격렬함으로 가득 차 있었다. 잘 모르겠지만, 내겐 분석할 겨를이 없었다. 그녀가 몇 마디를 건넸고, 내가 망설임으로 침묵하는 듯 보였는지 그녀는 똑같은 무게의 은밀한 힘을 담아 자신의 말을 반복했다.

"여러 해 전에 나는 이 나라를 떠났어요." 그녀가 말하기 시작했다. "가족이나 급한 일 때문에 돌아와야 할 때마다(그녀는 신경질적으로 손가락을 움직였다) 언제나 내 안에서 분노 같은 것을 다시 발견하곤 해요……!"

나는 그녀를 유심히 쳐다보았다. 그리고 기다렸다.

"이번엔 당신 동생의 친절(당신 동생은 항상 나를 도와주었는데, 우리는 대학을 같이 다녔거든요) 덕분에 알제에 왔기에, 나는 이렇게 생각했답니다. '바다를 바라보면서 잠들고 깨어나게 된다면 최소한 긴장은 풀고 다시 떠나겠구나!'"

그녀가 한 번 멈췄다가 다시 말했다.

"내가 당신에게 이렇게 이야기하는 이유는 용서를 구하고 싶기 때문이에요……. 아마도 내가 당신을 방해했을 테니까요, 고독 속에 있는 당신을요!"

나는 재빨리 아니라고 중얼거렸다. 사교적인 대화로 들어가 봤자 쓸데없는 일이라는 생각이 들었다. 나는 아주 단도직입적으로 물었다.

"당신은 분노라고 말했는데, 왜 그리 분노했나요?

나도 예전에 떠났었지만, 그저 떠나고 싶어서였거든요! 다른 곳을 보기 위해서요!" 내가 기억을 되살려 말했다.

그러자 그녀는 상체를 흔들며 격한 어조로 말했다.

"당신에게 내 이야기를 해 주고 싶어요……. 내 할아버지 이야기를……."

그녀의 말이 중단된 채로 허공을 맴돌았다. 마치 다시 떨어지지 않을 탁구공 같았다. 그녀가 자신의 말을 그대로 다시 했다. 정말 격렬해서가 아니라 초조해서 갈라진 소리였다. 나는 격한 어조로 답하는 내 목소리를 들었다.

"내게 말해 주시오. 당신의 이야기를 아랍어로 말이오!"

사실, 나는 사투리로는 반말을 한다. 상냥하지도 않고 친밀하지도 않게. 그냥 반말을 한다, 그뿐이다! 친밀감을 표하는 말에 격식을 갖출 필요는 없다는 생각이다.

그녀의 말을 주의 깊게 들으면서 나는 서서히 깨달았다. 그녀가 깊고 오래 된 상처를 다시 열었고, 마침내 내 앞에서 그 상처를 다시 닫고 싶어 한다는 사실을.

2.

"할아버지는 ── 그녀가 아랍어로 말하기 시작했다 ── 내가 바바 시디(Baba Sidi)라고 불렀는데, 아버지도 할아버지를 언제나 그렇게 불렀지요. 나는 지금까지도 할아버지의 모습을 거실의 액자 속 사진에서 보고 있어요(나는 그 사진을 축소 복사해서 여행 중에 갖고 다닌답니다). 사진 속의 할아버지는 우아한 사십대의 모습이지요. 갈색 머리에 키는 그다지 크지 않고, 지중해인의 얼굴에 수염은 짧게 깎고, 입술 위로 섬세하게 수염 자국이 있고, 가벼운 웃음을 머금고 있는 모습이에요. 그는 영국식으로 재단된 양복(할아버지는 자동차도 그렇고 복장도 영국인이 되기로 결정하신 것 같았어요)을 입고 있답니다. 맞아요, 꽤 빨리 성공한 담배 도매상인이었던 할아버지는 유대인과 이슬람교도 고객만큼 유럽 고객이 많은 아랍인으로서 '가장 세련된' 편의를 즐겼어요. 파리 이외에도 터키나 이탈리아로 여행을 갔고, 2년에 한 번씩 여름이면 비시*에 치료차 갔지요(반면에 그는 성지 메카에 갈 계획은 전혀 세우지 않았어요). 자신을 위해 선택한 역할에 의해서, 유대인과 아랍인 음악애호가 동아리 사람들과 이익을 나누던 사업의 명백한 성공에 의해서 할아버지는 본인이 오랑 시의 신사가 되기를 바랐답니다. 사람들 말에 따르면, 할아버지는 초등학교밖에 다니지 못했지만 책을 거듭사 읽고, 경마 신문뿐만 아니라 정치적인 신문도 정기구독해서 완벽한 프랑스어를 했다고 해요.

있잖아요, 베르칸, 내가 소설처럼 꾸며 내는 이야기가 아니에요. 있는 그대로 할아버지를 묘사하고 있는 거랍니다! 연극의 등장인물이 아니란 거죠. 물론 부르주아이면서 속물이고 어쩌면 방탕한 사람일지 모르겠지만, 결국 이런 유형의 인물이 식민지 시대에는 오직 오랑에서만, 프랑스 풍이거나 아프리카 풍이면서 스페인 풍이기도 한 이 국제 도시에서만 존재할 수 있었답니다! 내가 당신에게 이런 식으로 바바 시디 이야기를 하는 것은, 분명히 내 할머니인 를라 레키아, 신앙심이 무척 깊은 이슬람교도이며, 세련되고 전통적인 부르주아이고, 프랑스어는 문맹이지만 스페인어를 유창하게 하고, 틀렘셴이나 파시 억양이 스민(아무것이든 상관없지만) 가장 순수한 아랍어를 말하며, 출입이 금지된 생활에도 불구하고 여성들의 모든 모임을 지배했던 할머니가 남편을 사랑하는 아내로서, 남편의 변사 이후 수십 년 동안 내게 자신의 추억을 이야기해 주었기 때문이랍니다.

할아버지 할머니에게는 자식이 둘 있었어요. 위는 딸이었는데, 아주 어려서 결혼한 후 장티푸스에 전염되어 죽고 말았어요. 이렇게 딸을 잃고 나서 충격을 받은 할머니는 모든 것을 하나뿐인 아들 하비브, 그러니까 나의 아버지에게 쏟아 부었대요. 아버지는 열네 살 때 할아버지의 독단에 의해 학교를 그만두셨어요. 바바 시디는 장차 사업을 하게 될 아들을 직접 훈련시키려 했던 거죠.

하비브가 열아홉 살이 되었을 때, 같은 계층 출신의 처녀와 전통적인 방식으로 결혼을 시켰답니다. 신부도 역시 열아홉 살이었고, 열두 살까지 프랑스 학교를 다녔대요.

내 부모님인 하비브와 아니사의 결혼식은 1954년 초에 거행되었어요. 당시 오랑에서, 그해 11월에만 해도 꽤나 신속하게 '사건'이라고 불리게 될 일을 어느 누가 걱정이나 했겠어요? 하지만 1957년 10월 초에 내 눈앞에 죽음이 엄습했을 때, 그것은 드라마보다 더했지요! 내겐 아직도 그 흔적이 남아 있어요. 이 시점까지 내 삶은 오랑에서 가장 활기차고 부르주아 가문들이 가장 살고 싶어 하는 구역 중 하나인 자르댕 가의 부겐빌리아 꽃들로 둘러싸인 바바 시디의 넓은 집에서 안락하고 즐겁고 평온하게 흘러왔어요."

나지아가 일어나서 물병을 찾으러 갔고, 자신의 잔에 물을 따랐고, 그 기나긴 독백에 깊이 빠져든 채 아무것도 묻지 않는 내 잔에 물을 따랐다. 그녀는 내 존재를 거의 다시 발견한 듯이 나를 응시했고, 희미하게 미소 지었다.

"내 서론이 너무 길군요. 연극에서는 곧바로 본론으로, 돌발적인 전개로, 급격히 단절되는 급변으로, 고통의 비명이나 광기로 돌입하는 게 더 낫다고들 하지요. 그럴 수도 있겠지요, 하지만 나는 당신에게 최후의 전개는 이야기하지 않을 거예요, 절대. 내 가족의 역사, 바바 시디와 그의 아내, 즉 내 할머니의 역사는 내가 어디를 가든 바로 내 역사니까요. 나는 이사를 많이 하는데, 아마도 일부러 그러는 것이고, 내가 오래 전부터 오랑에 살지 않는데, 그것 역시 일부러 그러는 거예요……. (그녀는 몽상에 잠겼다.) 사람들은 종종 이역만리까지 불행을 운반하잖아요!

시간이 흐르지 않는 듯했어요, 1957년 가을의 그 운명의 날 이전에는요. 하려고 한다면, 내 어린 시절뿐만 아니라 바바 시디와 를라 레키아 부부, 음악과 여행과 손님과 함께 하는 그들의 일상, 편안하고 매력적인 삶을 길게 환기할 수 있을 거예요, 요컨대 행복을……. 아마도 당신에겐 그런 걸 이야기해야 할 것 같아요!

그런데 내가 그 이야기를 많이 하는 이유는 그것이 내가 알았던 유일한 행복이기 때문이에요. 밤낮으로 나를 무릎에 앉혀 보살피고, 옷을 입혀 주고, 계절의 변화에 따라 모직 베일이나 비단 베일을 쓴 채 나를 데리고 외출하던 할머니가 묘사하고 아쉬워하던 행복이지요. 어린 시절의 그 행복은 지금의 나에게는 할머니 냄새라고 말할 수도 있을 거예요." 나지아의 목소리가 약해졌고, 그녀는 더 나지막하게 덧붙여 말했다. "적어도 할머니가 울지 않았을 때는요. 왜냐하면 내가 점점 자라자 할머니는 **그 운명의 날 이전** 이야기를 시작하면 바로 눈물부터 흘렸기 때문이에요! 매일 아침, 기도가 끝나고 **바바 시덱, 네 할아버지 바바 시디** 이야기를 꺼낼 때면, 할머니가 눈물을 흘리기 시작했고, 침묵 속에서 오랫동안 눈물이 흘렀답니다!

그렇지만 내가 커 가면서, 학교에서 돌아오면 내가 할머니에게 이야기를 하곤 했지요. 선생님, 프랑스 친구들과 아랍 친구들, 자질구레한 성공 따위를요. 여전히 눈에 눈물이 고인 채 할머니는 내게 미소 짓고, 한숨을 쉬며 '우리 여왕님, 우리 공주님!'이라고 말하곤 했어요. 할머니는 나를 따라 웃었고, 내 이야기에 귀를 기울이셨지요. 음마 레키아는 나를 굉장히 자랑스러워했어요. 그러다가 갑작스럽게 기억이 되살아나면 할머니는 **바바 시덱, 네 할아버지 바바 시디**를 읊어 댔고, 다시 눈물을 흘리기 시작했어요, 여러 해가 지난 후에도요!

이렇게 길게 돌아서 온 이유는," 나지아가 다시 말을 이었다.

"단 하루의 날짜에 도달하기 위해서예요. 내 할아버지 라르비가 민족해방전선*에 의해 암살된 날이죠. 정확히는 1957년 10월 10일이었어요⋯⋯."

"알제 전투가 얼마 안 있어 끝나가던 때였군!" 내가 기억을 되살렸다. 내 나이는 딱 열한 살이었다. 졸업반 바로 아래 학년이었을 것이다.

"당신은 몇 살이었소?" 내가 나지아에게 물었다.

"나는 겨우 두 살 하고 몇 달 더 되었었죠! 설마 그럴 수 있을까 하겠지만, 나는 그 운명의 날에 관해서 모든 것을 복원할 수 있었어요⋯⋯. 내가 **복원**이라고 했는데, 왜냐하면 내가 맨 처음 트라우마를 겪었기 때문이에요. 그 충격에 대해서 나는 여러 계층의 사람들에게서 다양한 진술을, 즉 아버지의 진술, 많은 여성의 진술을 수집할 시간이 있었어요. 하지 브라힘 댁 여자들이죠. 오랑에서는 우리를 그렇게 부른답니다⋯⋯."

이야기를 하던 그녀가 숨을 가다듬었다.

"할머니가 내게 말씀하셨죠, 1955년부터 바바 시디가 민족주의자를 위해 분담금을 내기 시작했단다. 당연히 집단 연대감을 갖고 있었지만 왠지 모를 약간의 거리감도 있었지. 이듬해에 분담금 요구는 늘어나기 시작했고, 점점 더 많아졌단다. 바바 시디는 이의를 제기하기 시작했지. '어떻게 하라는 거요? 세 군데 단체에서는 기념일, 결혼식이 더 많아지고 있는데, 나는 오로지 당신을 위해서만 일을 해야 한다는 거요? 그렇게 부풀려서 당신은 나를 파산시키려 하오?'

사실 그랬어요, 분담액 인상은 도발 전략에 속하는 듯했어요. 오랑 사람들의 생활은 축제와 파티의 연속이었거든요. 아마도 사람들을 각성시켜야 할 필요가 있었겠고, 그러기 위해서는 경제적으로 가장 주목받는 사람들을 노려야 했을 거예요.

바바 시디는 미리 대비할 줄을 몰랐답니다. 은밀히 활동하는 민족주의자들 중에서 서열이 가장 높은 사람에게 부탁할 줄 몰랐던 거죠. 자신보다 더 부유한 사람들은 계산에 더 밝았는데!

사실 담배 도매상인 라르비 하지 브라힘은 정치에 전혀 관심이 없었어요. 그는 보란 듯이 거느리고 있던 음악 애호가들과 함께 저녁 시간을 보내곤 했지요. 그는 대영주 같은 자신의 습관을 포기하지 못한 거예요.

음마 레키아가 내게 이야기한 바에 따르면, 1957년 10월의 첫째 주 목요일, 바바 시디가 평소보다 일찍 가게 문을 닫고 집에 돌아왔을 때, 평소 찾아오던 수금원이 문 앞에서 그를 기다리고 있었대요.

바바 시디는 그를 들어오게 해서 집안 화단쪽으로 통하는 안마당에 앉게 했답니다. 그렇지만 걱정이 된 할머니가 자기 방 창문의 덧문 뒤에 숨어 지켜보았죠. 할머니에게는 방문자의 등밖에 보이지 않았어요. 그 방문자는 앉아 있었고, 남편은 서 있었지요.

할머니는 바바 시디가 얼굴이 시뻘개져서 외치는 소리를 들었어요. '비 알라!' 내가 그만한 금액을 어디서 찾는단 말이오? 그리고 축제 철은 이제 막 시작되었는데!'

음마 리아는 등밖에 볼 수 없었던 그 남자가 아주 낮게 말하는 소리를 들었고, 희미하게나마 협박조로 변하고 있음을 알아차렸어요…….

'나는 즉시 결정을 내렸지!' 나중에 할머니가 이렇게 말씀하셨어요. 곧바로 머리에 모직 숄을 두르고 서랍장으로 갔단다. 내 개인 보석함(해마다 네 할아버지는 내게 값비싼 선물을 해 주었단다)을 꺼냈지. 나는 은쟁반 위에 되는 대로 보석들을 거의 모두 쏟았고, 그것을 팔에 가득 안고 두 사람 쪽으로 나갔단다.

말을 하던 남자가 놀라서 돌아섰지. 나는 그를 거의 쳐다보지 않았고, 남편에게만 단호한 목소리로 말했단다.

'시디,' 나는 남편에게 말했지. '당신에게 민족해방전선(아랍어로는 **엘 제바**˚라고 했단다)을 도울 여력이 없다는 사실을 알고 있어요. 그래서 말인데, 당신 대신 내가 나의 보석 전부를 내놓겠어요! 전부 다 가져가세요, 이것들은 정말 비싼 것들이에요!' 그런 다음 내가 상당히 젊었던 그 외부인을 향해 돌아서자, 그 사람은 시선을 떨구었단다.

남편이 나를 꾸짖으려고 했지, 이런 식으로 외부인 앞에 나오다니! 하고 말이야. 그 외부인은 인사조차 없이 떠났단다. 그 사람이 가져가지 않은 그 보석들을 앞에 두고 내가 말한 게 기억나는구나.

'주세요, 그들에게 전부 줘 버리세요, 망설이지 말고요. 오, 시디! 당신이 살기만 한다면!'

네 할아버지는 대답하지 않고 나보고 내 방으로 들어가라고 했지. 보석들을 정리하는 동안 말이 없는 그를 보며 나는 그가 진짜 협박받고 있다는 걸 알았단다!

할머니는 정확하게 기억하고 있었는데, 그 때가 1957년 10월 초였어요.

다음 일요일 상당히 늦은 시각에 우리와 함께 살던 하녀들 중 가장 어린 하녀가 누군가가 문의 노커를 두드리는 소리를 들었어요. 가족들 모두가 두 번째 안뜰에서 향기를 내뿜고 있는 재스민과 월계수 옆에서 저녁 식사를 하기 위해 모여 있었지요.

투마가 급히 문으로 달려갔지만, 늦은 시각이었기에 문을 열려고도, 가족 중의 누군가에게 미리 알리려고도 하지 않았어요.

'누구세요?' 그녀가 경계심을 품고 물어봤어요.

걸인의 목소리가 들려 왔어요. 알라신과 마호메트의 이름으로 신자들에게 동냥하는 늙은이라고, 그 목소리가 말했어요.

'이상한데,' 그녀는 그렇게 생각했어요. 보통 걸인은, 특히 이슬람식의 자비를 들먹이며 구걸하는 거지들은 아침에 혹은 한낮의 기도가 끝난 바로 다음에 부르주아의 문 앞에 나타나거든요!

투마는 갑자기 두려워져서 안주인인 듯 꾸며 대며 그 미지의 인물에게 답했대요. 그녀는 안주인의 말투를 썼고, 의례적인 표현을 사용했어요.

'오, 알라신의 피조물이여, 알라신께 귀의하라! 너무 늦어서 당신에게 문을 열어 줄 수 없습니다. 내일 아침에 오세요. 알라신께서 당신과 함께 하도다!'

하소연을 계속할 수도 있었을 걸인의 목소리가 갑자기 끊어졌대요.

'조르지도 않잖아!' 어린 투마는 놀라워했고, 더욱 의심스럽다고 느꼈답니다.

그렇지만 그날 저녁 투마는 어느 누구에게도 그 일을 감히 이야기하지 않았어요.

다음날 아침, 첫 새벽에 바바 시디는 여느 때처럼 제일 먼저 외출 준비를 하고 있었어요. 그의 아들 하비브는 아버지와 함께 나가기 위해 서둘렀지요. 월요일은 일이 많은 날이기 때문에……. 이 이야기를 내게 계속해 준 사람은 아버지였어요.

내가 나갔지, 기억이 나는구나, 대문 근처, 구석이긴 하지만 눈에 잘 띄는 구석에서 나는 걸인의 신발 한 짝이 굴러다니는 것을 발견했단다. 한 짝만 있네, 나는 이렇게 생각했고, 그 신발을 발로 가볍게 찼지. 그리고 이렇게 중얼거렸단다. '신발이 한 짝뿐이야, 그런데 왜 여기에 이게 뒹굴고 있지?' 즉시 나는 발을 뒤로 뺐단다. 그 밑에 얼룩 같은 것이, 작고 빨간 반점 같은 것이 있었기 때문이지. '피인가?' 나는 불안해져서 중얼거렸단다.

그 일을 이야기하면서 아버지는 소리 내어 이렇게 말했어요. '피인가?' 그리고는 아버지가 입을 다물었고……."

나지아가 일어선다. 마치 모든 것이 멈추는 것 같다.

이제 글을 쓰고 있는 나는 그 후의 여러 날들을 복원하고, 나지아를, 추억을 떠올리는 그녀의 목소리를 회상한다. 나는 그녀의 이야기, 아랍어로 장황하게 늘어놓은 그녀의 추억을 파악하고, 테두리를 두르고, 내 책상에서 그것을 프랑스어로 기록하고 있다. 한편…… 그녀가 이야기하는 동안 우리는 아직 아래층에 있었다. 나지아는 내 방으로 들어온 적이 없었다. 그래, 나는 글을 쓰고 있다. 나는 서기(書記)다, 보잘것없는 고독한 서기다.

"'피인가?' 이렇게 물어본 사람은 아들인 하비브였어요. 그런데 그의 목소리는 꺼져가는 듯했지요.

이 계절이면 여자들은 집안에서, 항상 그늘지고 재스민향이 나는 현관에서부터 분주히 움직인답니다. 바로 그곳, 보랏빛 등나무 꽃송이들이 붉은색 대리석 기둥들을 화려하게 꼬아 감싸며 2층까지 벽을 타고 올라가고 있는, 좁은 마당 안쪽에서 여자 어른들 — 젊은 여자들과 할머니들 — 과 집밖으로 나가서 조르주-라피에르 학교(물론 프랑스 학교지요)를 오가는 여자아이들, 여자아이들을 데리고 있는 부인들, 때로는 경직된 표정이거나 분주하거나 잠이 덜 깬 채 몽상에 잠겨 눈에 잘 띄지 않는 여자들, 그 모든 여자가 그날은 소곤거리는 목소리로 혹은 갑자기 흥분된 목소리로 하비브가 놀라서 뜻밖에 외친 말을 입에서 입으로 전하죠. 부친의 상속자이며 어머니 를라 레키아가 가끔 '우리 미래의 새끼 사슴'이라고 부르는 외아들 하비브의 말을."

"말이라니, 어떤 말이죠? 얘기해 주세요."

"한 짝밖에 없는 잃어버린 신발에 관한 말일 거예요, 전날 왔던 걸인의 신발이요. 너무 늦게 왔었다고 투마는 기억해요……."

"굴러다니던 신발이랑 하비브가 한 말이라……."

"우리 왕자님이 뭐라고 했는데요?"

"하비브는 발로 신발을 툭툭 찼어요. '여기 굴러다니는 게 뭐지?' 그는 이렇게 중얼거렸지요, 그리고…….

그리고 그는 얼룩을, 진홍색의 작은 반점을 보았죠. '피인가? 말라붙은 피?' 그는 이렇게 소리쳤어요.

그리고 나서 잠시 후 하비브는 목소리가 나오지 않았어요…….

'목소리가요.' 다른 여자 한 명이 다시 말을 이어요, 단숨에요.

하비브의 목소리가 메아리쳐요.

'피인가?'

그의 목소리가 꺼져 갔어요, 갑자기 바깥으로, 길 쪽으로 문이 열린 집의 여자들 중 세 번째 여자가 한숨지으며 말해요…….

여자들은 모두 열어 젖혀진 문으로 급히 달려갔어요. 자르댕 가의 하지 브라힘 댁 문으로요."

"알제리, 오랑 시 자르댕 가, 1957년 10월 10일 그날 새벽.

아직 여덟 시가 되지 않은 시각, 3년 전 결혼해서 두 살하고도 몇 개월 된 딸아이를 둔 하비브가 서두르는 아버지와 나란히 걸어가요.

긴 골목, 그리고 가장자리에 플라타너스가 심어진 신작로. 바바 시디는 서둘러 길을 가며 자신의 말을 공손하게 듣고 있는 아들과 이날 아침 내방을 알린 손님 이야기를 나누어요. 하비브는 굴러다니던 신발에 대해 아버지에게 주의를 주려고 하지 않았지요.

한 젊은이가 다가왔어요. 행색은 그저 농부 같았지만 눈빛이 강렬했지요. 그들과 마주치자 그가 발걸음을 멈추며 아버지를 갑자기 불러 세우고, 아버지는 침착하게 발걸음을 멈춰요. 하비브는 아버지의 팔을 잡았어요.

'라르비 하지 브라힘 씨인가요?' 낯선 사람이 말을 걸며 모직 토가(toge) 속에 싸여 있는 팔을 내밀어요.

바바 시디는 망설이다가 대답해요. '알라신의 이름으로, 내게 무슨 볼 일이 있소?' 하비브에게는 아버지의 대답에서 앞부분만 들려요. **'비⋯⋯알라.'**

세찬 바람이 반복해서 불어 왔어요. 라르비는 양팔을 벌린 채 얼굴과 배 쪽으로 그대로 엎어졌어요. 분출하는 피가 튀는 가운데 하비브는 필사적으로 전력을 다해 누워 있는 아버지의 몸에 달려들어 비명을 지르며 울부짖었어요.

'아버지! 오, 아버지!'

발작적으로 쓰러진 아버지의 몸을 이리저리 만지면서 하비브 자신도 얼굴, 가슴, 팔이 더러워지고, 몸 전체가 피에 젖어요. 그는 온몸에 피를 칠하고, 피 속에서 허우적거려요.

'아바! ⋯⋯오, 아바!'

지나가던 사람들이 무리지어 달려와 피투성이가 된 채 울부짖는 하비브의 몸을 떼어 내고, 그를 들어 올려 데려간 뒤, 희생자인 라르비 하지 브라힘의 식지 않은 시신을 천으로 덮고 차로 실어 가요.

하비브의 비명은 계속돼요. '아바! ⋯⋯오, 아바! 아버지!' 하비브는 자신에게 말하던 아버지의 피, 그 목소리가 아직도 들리는 듯해서 아버지의 피를 닦아 주려는 사람들을 거부해요. 지켜보던 사람들이 스물 두 살의 젊은 아들과 싸우며 그를 진정시키려 해요.

'자기 아버지의 피를 봤잖아……!'

'하지 브라힘의 피를 온통 뒤집어쓰고 있어!'

'닦으려고도 하지 않아!'

원하지 않는데도 사람들이 아버지의 시신에서 그를 떼어 내려 하자 나의 아버지 하비브는 헐떡거리며 울부짖어요."

"그때 를라 레키아가 길에 나타나요. 저기, 문을 활짝 열어 놓은 집 문간에 여자 걸인 한 명이 와서 여자들에게 소식을 알렸거든요. 를라 레키아는 엷은 보라색 머리쓰개를 하고 긴 비단 옷을 입고 있어요. 그녀는 사춘기 이후 처음으로 베일, 모직이나 비단으로 짠 지극히 신성한 직물인 **하이크***, 튜닉, 숄을 잊은 거예요. 라르비의 아내이며 하비브의 어머니인 그녀는 땋은 머리를 가리는, 반짝이는 술이 달린 머리쓰개만 쓴 채 **벗은 모습으로** 집을 나섰던 거죠. 그녀가 달려갔고, 그녀 역시 절규했어요. 그녀는 분노를 터뜨리며 금세 거리를 헤매는 여자가 되었어요. 그리고 피를 뒤집어쓴 채 불안에 떠는 아들 앞에 가서야 비로소 멈춰 서요.

지켜보던 다른 사람들, 남편의 친구들은 알 수 없는 비명을 지르는 그녀를 진정시키려고 애를 써요.

'당신 집으로 돌아가세요, 를라 레키아!'

'점잖지 못하잖아요! 전능하신 알라신의 뜻이에요!'

음마 레키아가 울부짖으며 절규하는데, 마치 암호랑이 같아서 아무도 그녀에게 손을 대거나 말릴 수 없어요. 아들 앞에 가서야 누구이고, 무슨 일인지 물으며 고함치는데, 마치 맹수의 울부짖음 같아서 아무것도 알아들을 수 없어요!

'시 라르비…… 너무 늦었어요. 구급차가 그를 데려갔어요!'

'그의 시신이요, 아아, 숨이 끊어졌어요, 음마 레키아! 알라신의 뜻에, 알라신의 자비에 우리를 맡깁시다!'

한두 시간이 지난 후에야 아들과 부인을 진정시킬 수 있었어요. 베일을 쓰지 않고, 연보라색 물결무늬 머리쓰개는 한 손에 쥔 채 땅에 끌고 있는 를라 레키아는…… 한 쌍의 미치광이였어요, 어머니와 아들이.

두 살짜리 계집애인 나는 집에서 멀리 떨어지지 않은 곳에서 그들을 쳐다보고 있어요, 할머니와 아버지를! 나는 보도에 쪼그려 앉은 채 넘쳐 나는 비명과 음마 레키아와 나의 아버지 하비브를 에워싸고 있는 이웃들의 뒤섞인 목소리를 듣고 있어요. 두 사람이 엉킨 채 돌아오는 모습이 보여요. 그들이 다가오는데, 그들은 나를 보지 못해요. 하지만 나는 그들을 응시하고, 그들을 삼킬 듯이 쳐다보고, 그들의 목소리를 들어요. 오랑의 10월 그날 이후 수십 년 동안 그 장면이 귀에 생생하게 들려요.

내 아버지의 아버지, 오랑의 담배 도매상은 그날 민족해방전선에 의해 암살되었어요. 아버지 하비브와 할머니 를라 레키아는 누가 앞에 있는지 모르게 서로 얽혀 있었어요. 나는 왕왕 할머니가 계속 울부짖으면서 팔을 앞으로 내밀어 자신보다 앞서 나가면서 자신이 없으면 주저앉을 것 같은 아들을 꼭 잡고 있었다는 생각이 들어요……. 그래요, 두 분이 비틀거리는 모습이 보여요. 나는 그들을 기다리고 있어요. 나를 향해 다가오는 그들의 걸음걸이가 갑자기 지옥의 까마득히 높은 길처럼 끝이 없고, 더디고, 멈추지 않는 것처럼 보여요. 내가 지옥이라 하는 까닭은 아버지와 그의 피, 아니 아버지의 뺨과 코, 이마에 묻은 바바 시디의 피가 보이기 때문이에요……. 그래요, 그들이 내 쪽으로 와요, 비틀거리면서 그다지 안정되지 않은 모습이지만 다가오고 있어요. 사람들이 그들을 억지로 집으로 돌려보내 몸을 깨끗이 씻게 할 거예요. 그런 모습을 본 적이 없는 나는 ── 어렴풋하게나마 ── 그들이 결코 이전과 같을 수 없으리라는 것을 이미 알고 있어요!

늙은 할머니(이 일은 할머니가 나이 든 후였어요)와 젊은 아버지, 서로 결속되어 있는 두 사람이 실성한 건 그날이었다고 생각돼요……. 그들은 영원히 미친 사람이 되었어요. 나와 너무도 가까운 사람들, 영원히 불타 버린 사람들, 치유할 수 없는 사람들. 그들이 뒤집어 쓴 피 때문이에요!

두 살짜리 계집아이인 나는 늙은 걸인이 잃어버린 신발 바로 가까이에 쪼그려 앉아 있어요. 쪼그려 앉은 채 할머니와 아버지를 기다리며, 다가오고 있는 그들을 관찰해요. 내가 그만큼 그들과 함께 고통을 겪어야 한다는 걸 나는 알고 있어요. 마치 이 연관된 혼란스런 고통이 나를 감싸게 될 것 같아요, 영원히! 아니, 영원히는 아니에요! 그래요, 바바 시디의 피를 본 그날 이후로 나는 이 세상 어디를 가든 그리고 어디에서든 잊어버리겠다고 결심해요."

3.

나지아는 입을 다물었다. 내 앞에서 펼쳐진 독백, 나는 그 독백을 거의 무단으로 침입해서 들은 것 같았다. 내 침묵 앞에서 혹은 내 침묵 때문에 나지아는 나를 완전히 망각했다. 그녀는 다시 두 살짜리 계집아이가 되었다.

두 살. 그녀는 이제 거의 마흔 살이 되어 간다. 원숙한 여인인 그녀가 닻을 내리고 있는 곳은 어디인가? 최초의 드라마가 있었던 그 현장인가, 아니면 망명지마다 그녀가 모시고 다닌 할머니의 끝임없는 고통 속인가?

그녀는 이야기를 마치자 물을 따라 마셨고, 그녀가 이 집에 묵기 전에는 내가 내려온 적 없었던 아래층 거실 앞을 이리저리 걸었는데, 그녀는 도착 당시 동생 드리스가 자신을 내게 소개시켰을 때 "이, 삼일 동안만 머물 거예요"라고 말했었다. 그때 나는 그녀에게 기분 전환이나 하자고 제안했다.

"아직 차를 차고에 넣지 않았는데, 원하신다면 어디 가서 저녁 시간을 마무리할 수 있을 거요!"

"고마워요," 그녀가 말했다. "저는 괜찮아요, 당신과 함께 있으니까요! 저는 수다 떨기를 즐기거든요, 꼭 과거 이야기가 아니더라도요."

그녀가 웃었는데, 아주 젊은 여자다운 웃음이었다. 그녀는 어떻게 단번에 기억의 껍질을 떼어 놓는 법을 알았을까? 할아버지의 암살과 아버지의 정신착란, 그 모든 드라마를? 나지아는 내 앞에서 무거운 짐을 내려놓았다. 고통까지는 아니더라도 아마 외투 정도는 벗은 듯했다.

나는 내 쪽으로 돌리고 있는 그녀의 얼굴을 뚫어지게 바라보았다. 윤기가 돌고, 반짝이는 눈빛에 입가에는 미소를 머금은 얼굴이었다.

마음속이 혼란스러웠다. 표정이 이렇게 회복된 모습을 보이다니, 방금 전 생생하게 고통을 겪었는데 마치 아이처럼 무구한 얼굴을 하고 있다니.

나는 문득 그녀에게 성욕을 느꼈다. 그녀가 그것을 눈치챘으리라 생각한다. 왜냐하면 내가 이번엔 의도적으로 공통 방언의 반말을 사용해서 그녀를 초대했기 때문이다.

"괜찮다면 내 집으로 놀러 와요, 바로 위층이니까. 더 편하게 수다를 떨 수 있어요. 마실 것도 있고, 먹을 것도 있거든!"

그녀가 내게 미소를 지었고, 아무 말 없이 앞장서서 바깥쪽으로 두 층을 연결하는 돌계단을 올랐다. 밖에 나오자 그녀는 차가운 밤공기에 몸을 떨었다.

나의 집에 들어오자 나는 그녀에게 몸을 덮을 웃옷을 가져다주면서 자연스럽게 그녀를 안았다. 그녀는 입술을 내밀었다.

사랑을 나눈 직후 그녀는 침대 속에서 완전히 벗은 채 평온하게 자리를 잡고 앉는다. 그녀는 과거 속으로 다시 빠져든다. 혼란스럽지만 유쾌하고, 대부분 프랑스 학교와 관련 있는 기억들 속으로.

나는 그녀 이야기에 귀를 기울이는 한편으로 그녀를 찬찬히 응시한다. 갈색의 알몸이 포동포동하고 부드럽다. 하지만 우리 사이에 지속되는 쾌락, 그녀의 어깨, 엉덩이, 무릎을 감싸고 있는 팔(그녀는 마치 해변에서 수영복 차림으로 내 맞은편에 쪼그려 앉아 있는 듯했다)을 후광으로 둘러싸는 그 쾌락의 자취 때문에 내게는 차차 그녀의 얼굴만, 전등이 드리우는 그림자 밖으로 반쯤 드러난 그녀의 얼굴만 눈에 들어온다. 완벽한 아치형의 짙은 눈썹, 다소 부은 듯하고 이따금 내리깔리는 눈꺼풀, 때때로 미동도 하지 않는 촉촉한 입술이.

그녀의 시선이 멍하게 먼 곳을 쳐다보다가 다시 원기를 찾고, 경쾌한 기쁨의 미소가 그녀를 새로이 변모시킨다.

그렇다, 나는 그녀의 모습을 뚫어지게 바라보며 또한 그녀의 이야기를 경청한다. 나는 처음부터 그녀가 달리 사용하는 사투리, 내가 잊어버려서 그 의미를 짐작해야 하는 몇몇 희귀한 단어에 민감하다. 특히 내게 가깝고도 동시에 먼 것처럼 말하는 그녀의 아주 특이한 억양에 나는 감동한다.

상쾌하면서도 야릇한 그녀의 제비꽃 향기가 나를 감싼다. 내게는 그 향기가 오랫동안 그녀와 연결되어 남게 될 것이다. 그녀가 아주 낮은 목소리로 묻는다.

"말해도 돼요?"

"물론이오, 나지아."

"내 사투리가 거슬리지 않으세요? 우리 어머니는 모로코인이거든요. 내 말투는 오랑식이지만 어느 정도는 어머니를 닮기도 했어요!"

"나 역시 카스바의 알제리어로 대답하고 있소!" 내가 온화하게 말한다.

그녀가 웃더니 갑자기 안도하며 내게 고백한다.

"사랑을 나누는 중에 아랍어를 쓰지 않은 지 꽤 오래되었거든요. 더구나 (그녀가 머뭇거린다) 사랑을 나누고 난 후에는요!"

나는 그녀를 건드리고 만지고 싶은 참을 수 없는 욕구를 더 이상 느끼지 않는다고 말하려 했다. 어둠 속에서지만 그녀의 말을 들으며 꼼짝 않고 싶었던 것이다. 특히 어둠 속에서……. 나는 해명할 필요가 없었다.

그녀가 다시 내 곁에 와서 누웠고, 내 옆구리에 자신의 몸을 비볐다. 내가 왜 그녀에게 집착하게 되리라고, 혹은 어쨌든 그녀로 인해 오랫동안 혼란스러워 하리라고 예감했는지 그때는 알 수 없었다.

그녀가 속삭였다.

"나는 당신이 전혀 질리지 않아요!"

목소리에 나른함이 묻어 있는 이 꾸밈없는 말, 그녀가 한숨을 내쉬며 자신도 모르게 내뱉은 듯한 거의 탐욕스러운 열정의 고백이 내 욕망을 다시 불러일으켰다. 그녀의 피부와, 그녀의 숨결 그리고 그에 더해 그녀의 말에 대한 욕망을.

나는 준비 작업 없이 격렬하게 그녀를 탐했다. 이번에는 애무도 없었던 것 같다. 그녀는 순응했고, 나의 폭력적인 욕망 앞에서 고분고분했으며, 마지막에는 감미롭고 기나긴 신음 이외에 말이 없었다.

나는 곧바로 잠이 들었나 보다. 얼마나 잤는 지 모르겠다. 어렴풋이 그녀가 침대를 빠져나가 아마도 발소리를 죽이며 떠나는 소리가 들렸다. 예전에 습관적으로 꾸던 소란스럽고 형태를 알 수 없는 꿈이 나를 엄습했다는 생각이 든다.

잠에서 깨어 몇 분이 지나서야 기억해 냈다. 내가 진짜 내 고향 **내 집에서** 잠을 자고 있다는 것, 내 창문 아래로 정말 파도가 밀려왔다 밀려가는 소리가 난다는 것을. 그리고…… 전날의 나지아의 아랍어와 탄식 때문에 그 나머지는 기억에서 지워져 버렸다.

옆방에서 전화벨이 울렸다. 나는 전화를 받으러 일어나지 않았다. 파리에서 온 것이든 알제에서 온 것이든 상관없었다! 이제까지 오랫동안 금욕해 왔던 육체의 피로감이 느껴졌다.

그 이후의 시간, 10월의 그 아침에 나는 느긋하게 수영을 했다. 바닷물은 미지근했다. 그리고 나서 라시드가 내게 가져다주었던 생선을 조리했다.

'글을 써야 해.' 나는 이렇게 생각했다!

나는 마리즈에게 쓴, 부치지 않은 편지들을 손으로 찢어 버렸다.

'나를 위해 써야 해.' 나는 이렇게 결론을 내렸지만, 전날의 방문객 나지아의 목소리에 오랫동안 정신을 빼앗겼다. 나는 생각했다. '그녀를 묘사하기 위해서야, 지난밤 그녀가 거친 숨결로 가득 채웠던 이 방의 정적 속에서 그녀 목소리를 다시 듣기 위해서!'

'요컨대 글을 써야 해, 하지만 오직 나만을 위해서!'

4.

하룻밤,

두 번째 밤,

나지아와 함께 보낸 세 번째 밤, 이 마지막 밤 이전에 우리는 방을 나가지 않았다. 그러니까 우리는 침대 속에서 지낸 것이다.

밤이 지나고 새 밤이 오기 전 그녀는 떠났다. ──"알제에 해결해야 할 급한 일이 있다"고 그녀는 탄식하며 말했다. 나는 그녀가 자동차 시동을 걸고 알제로 다시 떠나가는 소리를 들었다. "한나절이면 돼요, 진행 중인 간단한 일이니까, 곧 돌아올 게요!" 그녀가 이번엔 프랑스어로 약속했다. 그녀가 현관에서 입술을 내게 내밀었고, 옷을 반쯤 입은 채로 그러니까 완전히 옷을 갈아입기 전에 선채로 자신의 몸을 내게 밀착시키며 부드럽게, 거의 애정을 표시하는 아랍어로(자신의 말을 마치기 위해 그녀는 **야 하비비!***"라고 말했다) 밤이 되기 전에 돌아오면 곧장 내 집에 와서 **바로 지난밤처럼** 하룻밤을 더 지내겠다고 약속했으며, 내 귀에 대고 덧붙여 말했다 ── 갑자기 그녀의 감미로운 말이 떠오르지 않지만 그 의미, 그녀의 호흡, 시트 냄새와 어쩌면 내 땀 냄새와 섞인, 내가 잊지 못하는 그녀의 향수 그리고 그녀의 몸에 뿌려진 내 정액 냄새는 기억난다. 나는 그녀가 나가기 전에 마지막으로 그녀의 냄새를 맡고 싶었다. 복도에 서 있는 그녀를 나는 벽에 밀어붙였고, 그녀는 숨을 죽인 채 내 머리를 손으로 잡고 내가 위에서 아래로 그녀의 몸을 핥게 내버려 두었다. 내 머리는 벌써 그녀의 배, 그녀의 엉덩이에 있었고, 그녀는 자신의 치마를 걷어올렸다. 나는 그녀가 내 위에서 탄식하며 헐떡이는 소리를 듣는다. 길게 내지르는 고양이 울음소리, 쉰 목소리로 시작하는 감창소리 그리고 **"야 하비비! ……야 하비비!"** 라고 외치는 소리를. 나는 그녀의 가슴에 파묻혀 거의 질식할 지경이다. 나는 그녀를 돌려 세우고 다시 돌려 세운다. 그녀는 여전히 벽에, 내 얼굴에, 탐욕스러운 내 입, 갈증을 느끼고 시장기를 느끼는 내 입에 기댄 채 다시 한 번, 두 번 탄식을 터뜨린다. 나는 혀로 그녀의 몸 전체를 누비며 그녀가 돌아오도록 그녀 몸의 오목한 곳과 터진 틈을 모두 들이마시고 또 마신다. 저녁에 그녀가 돌아왔다. 그녀는 문짝의 목제 노커를 두세 번 두드렸다. 초인종을 못 보았기 때문이었다. 나는 이미 아래층 대문 앞에 자동차가 멈추는 소리를 들었지만 움직이지 않았는데 —— 아침에 그녀가 복도에서 했던 약속이 내 머릿속에 박혀 있었기에 기다리긴 했지만 그다지 확신은 없었다. 나는 그녀와 살을 맞대고, 그녀의 다리 사이에서 그녀를 물고 늘어졌고, 그 사이에 그녀는 은행에, 소지품을 가지러 드리스의 집에, 비행기 표를 사러 여행사에 들렀다. 나는 그 동안 줄곧 기다렸다 —— 그녀는 목제 노커를 두드리고 나서, 아니 세 번 긁고 나서 문을 열었고, 바로 이 복도로 몇 걸음을 내디뎠다. 나는 그녀를 포옹했고, 그녀를 꼭 껴안은 채 그녀를 이 방으로 돌아오게 했다. 그녀는 내 손님, 내 방문객, 내 사랑, 를라 레키아의 말처럼 "내 여왕"이었다.

그날 나는 식사 때를 제외하고는 하루 종일 침대를 떠나지 않았다. ── 커피를 마시고 또 마시며, 글을 쓰고 또 쓰며 ── 나지아의 목소리 속에, 그녀의 오르가즘의 기억 속에 몸을 담고, 특히 그녀의 사투리에 대한 열의, 나지아 특유의 그 사랑의 **시(詩)**에 대한 열의 속에 안주하기 위해서였지만, 어디에서 비밀을 찾고, 어떤 문을 열어야 하고, 어떤 출구로 나가야 할까? 낮 동안에도 나는 외출하지 않았다. 기껏해야 창문을 통해 먼 바다를, 가까운 곳에서 찰랑거리는 바다를 오랫동안 관찰했을 뿐이고, 라시드가 초인종을 눌렀을 때, 나는 내 집인데도 마치 도둑처럼 살그머니 내려왔다. 라시드는 주석 접시에 담긴 생선을 내게 건넸고, 내가 말하지 않으리라는 것, 또 자신과 함께 노닥거리지 않으리라는 것을 눈치챘다. 글로 쓰였거나 상기된 그 모든 말들 때문에 내 두 개의 언어가 갑자기 뒤섞이고, 혼란스러워지고, 엉클어져서 내가 나의 목소리를 잃어버렸음을 그에게 어떻게 말해야 할까. 내 안의 그 매듭을, 그리고 그 진한 쾌락의 기억을 그에게 어떻게 설명해야 할까?

나의 손에 들린 작은 붉은 숭어들은 방금 잡아온 것이라 냄새가 좋았다. 나는 감사의 표시로 그에게 미소를 지어 보이고, 정말로 편도에 염증이 생기기라도 한 듯이 목구멍을 보여 주었다. 그가 걱정할 게 분명했다. 나는 다정하게 그의 어깨에 손을 올리고, 실어증에 걸린 환자처럼 태도를 바꿔 그에게 침대에 가서 누워야겠다는 표시를 했다. 나는 그의 면전에서 서둘러 문을 닫았다. 그리고는 라시드를 잊었다.

그녀가 가볍게 문을 두드렸다. 나는 문을 열고, 입구에서 그녀를 얼싸안았다.

"당신을 기다리고 있었소." 나는 프랑스어로 속삭였다.

나의 손 사이에서 그녀의 눈이 웃고 있었다. 나는 그녀의 옷을 벗겼다. 그녀가 다시 어린 계집아이가 되었기 때문에 그녀의 할머니가 유령이 되어 이곳 방 안을 감시하는 것 같았다…….

다시 내게 봉헌된 여인이 되기 전, 그녀는 옷을 벗고 일어선 상태에서 바로 옆의 작은 탁자 위에 놓인, 헝클어진 채로 있는 내가 쓴 원고들을 무심히 건드렸다. 그녀가 말없이 내게 미소를 지었다. 그녀는 내 원고에 대해 아무것도 묻지 않았다. 그 흩날리는 원고들 —— 내가 프랑스어로 쓰긴 했지만, 전날의 그녀 목소리, 우리에게 닥쳐왔던 간밤의 그녀 목소리로 가득 차 있는 원고들 —— 을 다시 읽지 않고, 아마 내일이면 던져 버릴 거라고 말할 용기가 내겐 없었던 것 같았다. 내 품안에서 차갑다가 뜨거워지고, 이내 요동치던 그녀. 순간적으로 나는 이런 생각이 들었다. 행복하겠다, 보다 예리한 기억력 덕분에 함께한 쾌락, 무엇보다도 함께하고, 뒤엉키고, 짝지었던 쾌락의 소리에 대해 아무것도 잃어버리지 않을 수 있는 음악가들은……. 꼬일 수도 있겠지만 여전히 흘러가는 충만한 삶의 소리에 대해.

이렇게 잠깐 동안의 몽상(혹시 어느 날 그녀와, 아니면 다른 어떤 여자와 말과 감각이 일치하는 관계에 놓인다는 것, 살과 살을 맞댄 채 즉각적으로 사고한다는 것, 이것이 유토피아일까?) 이 끝나자 다시 나지아 생각이 절실하게 났다. 지금 이 순간, 오 내 사랑, 나는 왕자이고, 군주이고, 그대가 거대한 모습으로 군림하고 있는 하렘의 향락 추구자라오. 왜냐하면 벗은 모습으로 조용히 기다리고 있는 그대의 육체를 응시하는 사이에, 테이블 위에 놓인 그대의 맨손이 닿는 순간 바로 그 기다림 때문에, 나는 내가 강간의 강박관념을 갖고 있지 않은 야만인이고, 납치의 욕망이 없는 해적이라 느껴지기 때문이오. 내가 그대를 만난 게 어제인가 그저께인가는 중요치 않소. 그대는 무심코 온 거였소. 그대는 두 살 때의 그날 이후로 혈연을 피하려고, 할아버지의 시신, 아버지의 광기, 영원히 그대를 자신의 **여왕**이라고 부르는 할머니의 눈물과 사랑을 멀리하려고 달리기를 멈추지 않았기 때문이오. 그리고 이곳에서 그대는 이제 나의 여왕이 되고 있소, 그대의 할머니는 내게 일을 떠넘긴 거요……

"하비비!" 잠자리에서 벌거벗은 채 몸을 움츠리며 내게 기대 그대가 중얼거리오.

그 말은 그대만이 쓰는 밀어(蜜語), 그대가 항상 되풀이하는 말이오.

내게는 손이 두 개밖에 없소. 두 손에 제일 먼저 그대의 눈을 담고 또 담는다오. 그대의 아미(蛾眉)를 응시하기 위해서요. 그대는 눈을 감는구려. 괜찮소. 그대의 눈에 키스하고, 손가락으로 입술 가장자리를 따라 더듬으며 더 집요해질 수 있으니까. 굶주려 있는 나는 그대의 젖가슴을 한 손에 하나씩 쥔 채 혹시 애정이 담겨 있지 않더라도 그대에게 날것 그대로의 욕망을 되살려주고 싶소. 다가오는 그대의 출발 이후엔 그 애정이 절대적으로 필요할 거요, 아!

나는 그대의 욕망을 서서히 자극하고 싶은데, 내겐 그대를 알고, 그대의 오르가즘의 리듬을 알 수 있을 만큼 충분한 시간이 없소. 나는 그대 육체의 문맹자이고, 우리에게는 그대가 떠나기 전전날인 오늘 밤밖에 없소. 왜냐하면 마지막 밤은 딴판일 테니까. 마지막 밤은 말들로, 새로운 말들, 간직해야 할 말들로 가득차고 넘칠 테니까. 지금 나는 그대를 세세히 알고 싶소. 아침에는 이슬 같고, 정오에는 폭풍우 같고, 저녁에는 뇌우(雷雨) 같은 그대. 어떻게 그대의 육체는 활력이고, 감미로움이고, 부드러움이고, 가벼운 떨림이거나 심지어 거부(拒否)인지를 알고 싶소. 나에게는, 아니 우리에게는 이제 충분한 시간이 없소. 그대가 알제에서, 타인의 거리에서, 먼지 가득하고 훔쳐보는 사람투성이인 바깥에서 허비한 하루를 우리는 함께 했어야 했소……. 포만감이나 비뚤어진 경계가 아닌 영원을 경험하기 위해서 나지아, 나는 천천히 그러면서도 서둘러 확신을 갖고서 그대를 원하오. 나는 내가 탐욕스럽다는 것을 알게 되오. 왜냐하면 그대가 돌아왔고, 우리가 우리의 시간을 함께 하고 있으니까. 잠자지 말 것, 특히 잠들지 말아야 하오! 아무리 피곤하더라도 그대를 알아야 하오. 그대를 만났으니, 아니 다시 만났으니 내게는 모든 추억이 필요하오. 나의 누이여, 나는 이제 그대를 알게 되었는데, 그대는 떠나가려 하는구려. 그대는 스쳐지나가는 사람이오. 그대는 나의 환영(幻影)이 될 것이오. 우리는 어디로 가는지, 언제 우리는……

우리의 것처럼 두 육체 간의 사랑은 긴 시간이 걸릴 수 있다고 누가 말했던가? 단 하룻밤의 사랑 이후에 나는 그녀의 육체와 동시에 목소리의 포로가 되고, 그녀의 오르가즘과 내 양쪽 손에 잡힌 그녀 젖가슴의 포로가 된 것은 첫 번째 밤과 두 번째 밤 사이의 긴장감 속에서이긴 했지만, 그 하룻밤의 사랑 이후에 우리가 사랑에 빠지게 되는 여인, 그 여인은 더 이상 스쳐지나가는 여인이 아니라고, 그 여인은 내 아내, 내 아이, 내 쌍둥이가 된다고 누가 단언했으며, 누가 단언할 것인가? 그 두 번째 밤은 긴, 아주 기나긴 여행이었고, 동시에 밤의 공간과 무한한 지속 속에서 끈질기게 반복된 추적이었다. 우리는 기이한 산과 계곡들로, 우리 두 사람에게 알려지지 않은 미지의 지역으로, 환하게 이어지는 서역의 밤과 새벽들을 연장시키는 기이한 동방으로 함께 말을 타고 갔다. 때로는 헐떡거림, 경련, 실신이 동반되는 여행이자 탐구, 헝클어진다기보다 침몰되는 때로는 점진적으로 파괴되는 촉촉한 가속의 리듬이었다. 내 청각 가장 깊숙한 곳의 리듬, 나는 당신 또한 들었으리라고 확신한다. 나는 단 한 번, 당신이 곧이어 이렇게 신음하는 소리를 듣는다. "당신은 날 고문하고 있어요, 당신은 날 아프게 해요!" 가볍게 떨리는 이 아랍어 단어들이 얼마나 육감적일 수 있는지를 나는 알고 있었다. 내 입이 당신의 입 속에서 열리고, 나는 당신의 입천장 안까지, 당신의 이(齒)까지, 거의 당신을 질식시킬 정도까지 느끼고 싶다. 그렇다, 당신의 깊은 입 속의 안쪽을 나는 원한다. 한편 나는 당신의 숨겨진 동굴을 뚫고 들어가, 그곳에서 뒹굴며 내 몸을 둥글게 웅크리고, 내 몸을 파묻고, 당신의 몸을 주무르고, 당신을 흥분시키고, 당신을 가득 채우고, 당신을 풍요롭게 하고, 당신을 적신다. 당신 안의 나는, 적어도 그렇게 할 수 있다면 당신이 신음하는 소리를 듣는다. 사실, 쾌락의 마지막 소리는 기이하게도 최초의 소리이고, 넋을 잃은 감미로운 신음이다…….

"당신은 날 아프게 해요! 당신……."

아랍어는 거친 말이 아니라 마음을 흔드는 사랑의 말이며, 강렬하고 애절한 동조를 부르는 정열적인 말이다. 나는 당신을 아프게 한다, 오 그렇다. 나는 양보하지 않았고, 중단하지 않았다. 내 안의 야만인이 갑자기 말한다. 눈을 떠라, 내 얼굴을 봐라, 냉혹한 게 아니라 끈질긴 의지가 깃든 내 눈을 봐라. 너에게로, 네 피부 아래로 다가가려 하고, 네게 흔적을 남기려 하고, 네 마음 속 보이지 않는 깊은 곳에 네 모습을 새기려 하는 의지가 깃든 눈이다. 매정한 누이여, **내가 너를 아프게 한다**하더라도 모든 명료한 쾌감은 상처를 치유한다. 내게는 네 하소연이 들리고, 그 소리는 마찬가지로 내게도 상처를 주고, 또다시 탄식을 일으킨다. 그 탄식은 고통도 아니고 강박도 아닌, 끝없는 요청이고 지칠 줄 모르는 간청이다. 너 자신에 반대하지 말라는, 포기하지 말라는, 격정 속에 너를 비추어 보려는 나의 부드러움에 대한…….
우리는 되는 대로, 하지만 함께, 위험한 항해, 피해야 할 수많은 함정이 있는 항해에 나설 것이다. 순결한 사막에서 **나는 너를 아프게 하고,** 너는 나를 황폐하게 한다. 나는 예감한다, 나중에, 아주 오래 뒤에 모든 것이 나를 위해 되돌아올 것이다. 나를 보라, 오 나의 동족이여, 이렇게 확고부동한 사랑이 쾌락에 맞서고 있다……. 그렇지 않다면 어떻게 우리가 내면적 이해에 도달하겠는가?

이제 우리 얼굴은 긴장이 풀려 있고, 내 손은 그녀의 몸 전체를 만지고 있으며, 내 다리는 나의 배 밑으로 접혀 있는 그녀의 엉덩이와 무릎 부위를 꽉 죄고 있다. 내 손가락은 묶여 있다가 얽혔다가 자유롭게 되어 그녀의 모든 뼈마디를 다시 훑고 있고, 내 눈은 다시 그녀의 눈을 바라보고 있다. 나는 비록 그것이 고통이고 강박이고 고문이라 할지라도, 내가 늘 하는 상투적인 언사를 다시 늘어놓는다.

"아프오? 그렇소, 어쩔 수 없소, 우리에겐 시간이 없다오! 당신이 나를 지나치게 일찍 잊지 않았으면 좋겠소!"

그녀는 안 그러겠다고 말하고, 내 손에 잡혀 있는 머리를 흔든다. 그녀의 긴 머리카락이 눈 위로 쏟아진다. 하지만 나는 그녀의 시선을 보고 싶다. 그녀의 시선이 뒤집히거나 굳거나 아니면 이기적으로 감기는 모습을 보고 싶다…….

나보다 더 민첩한 나지아가 자기 몸을 빼낸다. 그녀가 말을 타듯 내 몸에 걸터앉고, 나는 그녀를 그대로 놓아둔다.

"이젠 당신 차례요, 날 굴복시키시오! 나는 당신의 포로요." 그러면서 나는 왜 그런지 이유도 모르면서 정확하게 어머니가 사용하던 사투리 억양으로 덧붙여 말한다. "오 나의 누이여[**야 크흐티(Ya khti)!**]."

마치 말하기 시합처럼 그녀에게서 즉흥적이면서 무엇보다도 유쾌한 수많은 세련된 말들이 터져 나오게 만든 게 혹시 그녀의 말투와는 약간 다른 이 마지막 두 마디였을까?

그녀는 나의 몸 위에 올라탄 채 마치 벌거벗은 기사처럼 팔을 허공으로 치켜들고, 달콤한 말을 속삭이는 아주 긴 시구(詩句)를 내게 쏟아 낸다. 그 시구들이 날아오름과 동시에 내게 풍부함을 과시한다. 나는 그 시구의 정확한 의미를 이해하지 못하는데, 그녀가 너무 빨리 그리고 너무 쾌활하게 읊기 때문이다. 하지만 나는 그것이 오랑의 오래된 사랑 노래라는 사실을 알고 있다. 그녀는 떨리며 흔들리는 목소리로 박자를 붙여 한 소절 한 소절씩 노래 부른다. 그녀는 내 몸, 내 얼굴, 내 배, 내 성기를 애무하며 흉내 내고 있다. 그런데 무엇을 흉내 내는가? 그녀는 마침내 어린 아이 같은 웃음을 지으며, 예전에 이 노래 ── "비록 이 노래는 이제 유행이 지났지만"이라고 그녀는 즐거워하며 인정한다 ── 를 유행시켰던 가수가 자기 아버지의 술친구였다고 고백한다! "왜냐하면 거의 모든 유산을 탕진하기 위해 아버지에게는 시간이 필요했기 때문이죠!" 그녀는 말문을 닫고 한동안 멍해진다. "잊기 위해서예요, 파티와 시 속에서, 비극적 사건을 몽땅 잊기 위해서!"

우리는 함께 졸았나 보다. 그녀가 침대에 앉아 내 엉덩이에 기댄 채 자신을 위해, 나를 위해 회상한다.

"바로 내 어린 시절과 청소년기의 전부예요, 이 노래는. 이후로 그 노래를 흥얼거린 적이 있냐고요? 있어요, 한 번, 지구 반대쪽, 인도에서인 듯해요, 아니 이집트에서인가, 기억이 안 나요. 어린 시절, 내 가족 모두, 특히 할머니. 모든 게 다시 가까워졌고 나는 눈물을 흘렸죠!"

그녀가 몸을 꼿꼿이 하며, 걱정스런 표정의 내 얼굴과 입술을 손가락으로 가볍게 두드린다. 그녀는 내게 미소 지으며 말한다.

"내가 열일곱 살이었던 그때, 이 도시를 떠나기 직전 당신이 있어서 당신이 이 아랍 시를 내게 노래해 주었다면, 나는 당신을 떠나지 않았을 거예요. 물론 어딘가로 떠났겠지만 당신과 함께였을 거예요." 그녀가 마치 혼잣말인 듯 속삭였다. "그 이후로도 나는 여전히 당신과 함께일 거예요!"

나는 말없이 그녀를 다시 안았다. 그녀가 갑자기 다정하게, 이전과는 다르게 느껴졌다.

"정말 좋군요," 나는 그녀의 귀에 대고 속삭였다. "그 사랑의 장시는." 그러면서 나는 내 소망을 적당한 때로 미루었다. "그대를 영원히 내 품에 안고 싶소!"

바로 그때 그녀가 항의하듯이 그리고 지친 듯이 내게 말했다. "우리 이제 얘기 그만해요! 말이라는 게 뭘 더 가져다주나요?"

그녀가 다소 거칠게 그리고 이번엔 프랑스어로 물었다. 그녀의 검은 눈이 웃고 있었고, 나는 그 열기를 받아들였다. 그녀의 손이 다가와서 내 얼굴을 만졌고, 그녀의 어깨, 그녀의 모든 굴곡들, 다시 그녀의 풍만한 나신(裸身)이 드러났다. 다시 한 번 그녀가 느리고 신중하며 항해하는 듯한 외설적 몸짓, 고대의 무희 같은 몸짓을 했고, 그것이 우리를 하나로 결합시켰다……. 내 사랑 그녀는 우리의 욕망을 실은 배의 사공이길 원하고, 우리는 우울한 침묵의 물결을 거슬러 올라간다! 내 연인의 투명한 왕국을!

지속되는 사랑이 얼마나 무지갯빛으로 치장되는지를 언젠가 누군가가 말해 줄까? 그런데 무엇으로 치장될까? 당연히 말들이겠지, 기록되지 않는 말들……. 그녀는 어제의 말, 지난 세기의 말, 우리의 잊힌 공동 조상의 말들을 찾아냈고, 리듬에 맞춰 우리의 쾌감이 다시 비약할 때마다 그 어휘들을 하나하나 내게 건네주었다. 별안간 나에게 생소하기조차 한 그녀의 언어가 마치 길게 굽이치는 행로에 구멍을 내는 것 같았다. 변칙적인 자세로 혹은 서로의 모습을 비추면서 우리 두 사람의 몸은 유연하면서도 굳은 자세로, 달빛 밝은 드넓은 숲을 뚫고 나아갔다.

우리의 호흡이 배로 가빠졌다. 우리가 싫증나고 피곤할 때까지 그 기나긴 밤이 요동쳤지만 우리를 떼어 놓지는 못했다. 우리 둘 중 누가 먼저 잠들었는지 혹은 더 오래 잤는지 나는 알지 못했다. 두 육체(우리를 대역하고 또다시 대역하는, 우리를 닮은 이 쌍을 말한다)는 결합된 채로 있었던 것 같다. 새벽 직전에 깨어난 내가 기진맥진한 눈으로 방을 쳐다보면서도 인식하지 못할 정도였다. 나는 내게 기대고 있는 나지아의 배와 엉덩이, 허리의 곡선과 젖가슴 한 쪽을 손가락으로 기계적으로 애무했다. 갑자기 깨어났던 나는, 바로 이 순간, 정말로 —— 모든 것이 환각이 아니라면 —— 그날 밤의 격렬한 사랑의 꿈들, 쾌락에 몰두했던 내 꿈들이 완전히 깨어나지 않은 내 연인의 무의식 속으로 물방울처럼 스며들었음에 틀림없다고 생각했다.

환각일까? 그렇지는 않다. 나라면 애무와 더불어 고백으로 넘쳐 났던 그 화려한 밤의 끝에서 그녀 —— 오르가즘의 절정에서 내가 "나의 누이", "야 크흐티!"라고 불렀던 —— 를 위해, 내가 카스바에서 보낸 청소년기에 대해 잊고 싶고 부정하고 싶었던 모든 기억을 일깨우고 되살릴 수 있을까?

아니다!

이제 다음날 밤에는, 그러니까 마지막 밤에는 내가 그녀에게 이야기를 해야겠다고, 나 자신의 참모습을 찾아보고, 내 속마음을 털어 놓아야겠다고 다짐했다.

동이 트기 직전에 나는 배가 고팠다. 어제 종일 아무것도 먹지 않은 탓이다.

"붉은 숭어를 조리해 놓은 게 있소. 안초비처럼 프렌치 드레싱으로……."

"다른 건 뭐가 있나요?"

"고추를 넣은 샐러드가 있을 거요."

"빵은요, 나는 올리브유를 바른 빵이 먹고 싶어요!"

우리는 새벽 어스름 속으로 들어갔다. 우리는 옷을 걸치고 싶지 않았다. 우리는 어둠 속을 더듬었다. 나는 그녀에게 빵을 찾아 주었다.

"사랑을 나눌 때마다 갑자기 빵이 먹고 싶어지거든요(그녀가 웃는다). 사실은, 할머니가 만들어 주던 갈레트가 먹고 싶어요. 아직도 몇몇 서민 시장에서 볼 수 있어요, 알제에서도."

그녀가 몽상에 젖었고, 빵을 먹으면서 자신의 맨발을 내 무릎 위에 올려놓았고, 붉은 숭어와 씨를 뺀 올리브 몇 개를 얹은 빵 조각을 게 눈 감추듯 먹어 치웠다.

"할머니가 만들어 주던 갈레트와 가장 유사한 빵이 인도 레스토랑에서 파는 **난(nan)**이에요. 그러니, 언젠가 제가 당신에게 인도식으로 먹으러 가자고 요청하면, 당신은 다른 무엇보다도 내가 향수에 사로잡히는 모습을 보게 될 거예요!"

"당신을 그렇게 허기지게 만든 건 할머니와 함께 했던 당신의 어린 시절의 향수요, 아니면 사랑의 회상이오?"

그녀는 대답하지 않았다. 나는 이 중간 휴식 시간이 좋았다. 그래서 나는 우리 둘이라면 한 평생을 함께할 수도 있겠다는 헛된 기대에 빠졌다……. 하지만 나는 입을 다물었다. 나는 그렇게 슬픔에 잠겼다.

겨울 일기

1.

우리가 함께한 마지막 날⋯⋯. 나는 우리가 나눈 말, 토론, 지적, 발견에 정신이 팔려 있다. 그리고 우리는 각자, 이따금 각자 상대의 시선을 받으며 마치 자신이 혼자 있기라도 하듯이, 하지만 더욱 정돈된 기억력으로 디테일을, 각자 고립되어 있다면 정말 잃어버렸다고 생각할 수도 있었을 사건들을 다시 정리하면서 회상에 젖곤 했다. 쌍둥이 같은 상대의 이러한 시선과 기다림이 순결한 세상을 지워지지 않는 필름에 담아 자신에게 되돌려주기라도 하듯이.

마지막 날 아침에 나지아에게 집 앞 바로 맞은편 쪽으로 수영하러 가자고 제안했지만, 그녀는 말없이 그저 머리를 흔들며 거절했다. 나는 갑자기 나의 카스바에 대해 그녀에게 말하기 시작했다. 며칠 전 찾아갔을 때 발견한 그곳의 황폐한 상태를.

"내가 되돌아 왔을 때, 나는 이곳에서 원기를 회복하게 되리라 믿었소. 마침내 그냥 호사가가 아니라 지속적으로 글을 쓰고 싶다는 바람을 갖고서 말이오……. 물론 에피날 판화*의 이미지로 이따금 내 귀환의 틀을 보곤 했소. 허름하면서 안락하지 못하지만 테라스가 딸린 옛날식 아랍 주택에 내가 있는 모습을. 먼 바다, 여인들의 소리, 이웃 마당의 아이들을!"

나지아는 가벼운 웃음을 터뜨렸다. 거의 조소였다.

"탕헤르*의 회교도 거주 지역에서 정착하시는 게 낫겠군요! 알제만보다 더 널찍한 전망은 아니지만 똑같은 소리들이 있는 곳이니……. 당신 주변의 이국취미 병에 걸린 몇몇 영국 사람처럼……. 결국 구시대의 생활이에요!"

"아무래도 상관없소," 나는 대답했다. "나는 이곳, 이 바닷가 마을이 좋소."

잠시 후 낮에 그녀가 내게 부드럽게 말했다. 다시 내 품에 안긴 채.

"당신은 수도에서 겨우 한 시간 거리밖에 떨어져 있지 않은데…… 마치 사막의 은둔자처럼 살고 있어요. 당신 곁의 모든 것이, 국가가 화산이 되었다는 것을 알고 계셨나요. 광신도들, 아니 차라리 신야만족이 날뛰고, 광장을 차지하고, 젊은 실업자들을 불러 모으고, 특히 무엇보다도 새로운 매체들을 지배하고 있어요……. 있잖아요, 내 느낌으로는 그들이 선거에서 이길 것 같아요!"

그녀가 내 얼굴을 어루만졌고, 애무와 더불어 속삭였다.

"바로 이러한 때에 당신은 귀향을 선택했고, 파리의 평온을 버린 거라고요!"

몇 분 뒤 우리는 각자 거실 테이블 양쪽에서 얼굴을 마주하고 있다. 나지아가 계속 말했다.

"그들이 이길 거예요!" 테이블 위로 가슴을 내민 채 그녀가 내게 말했다. 그리고는 열렬한 모습으로, 급박한 문제라도 되는 듯 똑같이 낮은 목소리로 말을 이었다.

"다시 말하지만, 광신도들이 장악하게 될 거예요……. 이제 내게 대답해 주세요. 나는 조용히 떠나고 싶거든요. 당신네 지도자들은 무엇을 하려는 건가요, 그들은 어떻게 공격을 피할 건가요?"

나는 자리에서 일어났다. 잠시 바다를 쳐다보았다. 성적 매력이 넘치는 이 자그마한 여자는 마치 대학생의 성토 대회에서처럼 내게 말하고 있군!

"우선은," 나는 대답했다. "그들은 '내' 지도자가 아니오. 군인과 경찰도 '내' 군인, '내' 경찰이 아니고, 다른 사람도 마찬가지요. 정복을 입고 있든 젤라바'를 입고 있든 간에…… 이봐요, 우선 그들이 쓰는 말로 그들을 판단하시오. 그들은 수십 년 전부터 **책임자**라고 서로 말하고 있소."

나는 쓴 웃음을 지었다.

"그 용어를 들었을 때 나는 독립과 더불어 이곳에서 많이 쓰였던 그 단어, **책임자**라는 말이 아랍어 **엘 메술(el Mesoul)**에서 왔고, 이어서 프랑스어로 번역되었다는 내용을 전혀 알지 못했소……. 이 경우 프랑스어에서의 뜻은 잘못되었소. 사실, **엘 메술**은 **질문 받는 사람**으로 번역되어야 할 거요. 이는 대화, 즉 이쪽과 저쪽 양쪽의 말을 전제로 한다는 것이고, **메술**이 질문자에게 대답해야 한다는 것을 뜻하오. 물론, 자신이 알 수 있는 것을…… 하지만 그가 결정을 내릴 필요는, 특히 타인을 고려하여 결정을 내릴 필요는 없소.

그러니까 우리나라에서 정치적 언어로서의 프랑스어는 쇠락하고 있는데, 우리의 지배 계층에서는 그것이 30년 이상 지속되고 있소! 이들 하찮은 특권적 지식인은 끊임없이 파리라는 거울, 그리고 프랑스 정치가라는 거울에 자신을 비춰 보고 있소. 더 교활한 이들 프랑스 정치인들은 겉으로 보기엔 겸허한 언어를 사용하고 있기는 하지만 말이오. 그들은 자신을 **선민**으로 간주했고, 누가 뭐라 해도 지금도 그렇소! 아, 나지아, 당신도 알다시피 이곳에선 이따금 지도자가 ─ 전 항불지하운동가이거나 사형수이거나 아니면 진짜 영웅(젊은 시절 석 달 내지 3년간 용기를 보여 준)이거나 ─ 수십 년 동안 계속 이렇게 부풀려진 언어에 안주하고 있는데, 내 생각에 그것은 옛날에 그렇게 아름다웠던 내 불쌍한 카스바 가옥들의 파괴와 똑같은 퇴화라오!"

나지아는 주의 깊게 내 말을 듣고 있었다. 그녀가 일어서더니 끈기 있게 다시 논거를 제시했고, 나는 그녀의 고집스러움에 놀랐다.

"하지만 다른 사람, 다른 쪽에 있는 광신도들은요. 당신은 그들의 거친 말을, 그들의 고함 속에 담긴 증오를 느꼈나요? 그들의 아랍어는요, 문학어로서의 아랍어, 시어로서의 아랍어, **나흐다***의 아랍어, 그리고 현대 소설의 아랍어를 공부했고, 내가 체류했던 중동 지역의 몇 가지 방언을 말할 줄 아는데, 이곳 아랍어는 알아듣지 못하겠어요. 그것은 혼란스럽고, 난삽하고, 내가 보기엔 방향이 빗나간 듯한 언어예요! 그 말은 내 할머니가 쓰던 말, 그녀의 다정한 말과 아무런 관계가 없고, 예전에 오랑의 인기 가수였던 하스니 엘 블라위*가 노래한 사랑과도 아무런 관계가 없어요. 우리 여자의 언어는 그들이 한숨을 쉴 때, 그리고 그들이 기도할 때조차도 사랑과 생기가 넘치는 언어예요. 그것은 반어와 신랄함 속에서 이중의 의미를 가진 단어로 이루어진 노래를 위한 말이라고요." 그리고서 그녀는 얼굴을 아주 가까이에서 내 얼굴에 맞댄 채 미소를 지었고, 낮은 목소리로 이렇게 말했다. "당신도 잘 알다시피, 성(性)을 나타내는 말로 **야 하비비**라는 아랍어가 있어요. 대체로 조심스럽고, 가장자리에 머무르고, 암시적이지만, 매우 유망한 말이죠……."

갑자기 일어서서 그녀가 방안에서 소리쳤다.

"그런데 어떤 방언을 쓰고 있나요, 그 사람들은? 그들이 부르짖는 건 뭔가요……?"

그녀는 자신의 요리 실력을 보여 주기 위해, 주방에서 요리사처럼 우아하게 고수향이 나는 알제식 수프를 차려 주었었다. 그녀가 내게 그 수프를 맛보게 했고, 나는 그 매콤한 수프가 좋다고 말했었다. 수프는 매콤했지만 나는 그다지 배가 고프지 않았다.

마치 폭풍우가 한창 몰아칠 때 덧문을 왈칵 열어서 들이치는 바람이 모든 것을 뒤엎어 놓은 듯이 나지아는 모든 것의 걸쇠를 벗겨 버렸었다. 사물, 욕망, 우리의 감정까지도. 나는 심지어 시간이 빠르게 흘러가고 있음을, 우리 둘에게 다른 긴급한 일이 있음을 잊을 정도였다……. 그녀는 다시 다른 것을 떠올리기 시작했는데 정말이지, 밖에 폭풍우가 몰아치는데도 창문들을 여전히 열어 두고 싶어 하는 모습 같았다. 내게 이렇게 말하는 듯했다. "이러한 것들을 앞에 두고 내가 당신을 떠나는 거예요! 보세요, 보라니까요!"

여전히 불안한 기색이 눈에 띄게 남아 있긴 했지만, 그녀의 어조는 다시 평온해졌다.

여느 때와 마찬가지로 그녀가 말했다. "나는 요즘 들어 알제에서 택시를 많이 탔어요. 전에는 운전사와 즐겁게 이야기하곤 했죠. 그들 상당수는 꽤 나이가 든 사람들인데, 누군가가 물어보기라도 하면 그들은 단숨에 자녀수라든지, 대학에 다니는 자식이라든지, 새로운 직업에 아주 잘 적응하고 있는 딸에 대해 말해 주죠! 비록 간결하긴 하지만 오랑에서, 알제에서의 이런 대화들이 내게는 기쁨이었어요! 이제 (그녀는 한숨을 쉬었다) 곧 선거 캠페인에 돌입한다고 알고 있어요. 이런 이야기를 하는 이유는 택시에 타자마자 카세트테이프를 틀기 시작하는 운전사들이 많기 때문이에요. 그런데 그게 이집트 노래도, 요즘 유행하는 라이도 아니에요. 그래요, 차 안에서 큰소리로 반복되는 건 어느 이슬람 지도자의 비난 연설이에요. 당신은 이처럼 쏟아지는 말에 귀 기울이기를 거부하겠지만, 운전사는 의기양양하게 당신에게 알려 주겠죠. 전날 콩스탕틴에서, 바트나에서, 혹은 블리다에서[*] 녹음된 연설이라고! 그는 당신에게 분명히 말할 거예요. '스타디움에 모인 2천 명, 아니 5천 명의 관중 앞에서였죠!' 내 청소년기의 축구 시합보다 더 고통스러워요!"

나지아가 이야기를 풀어놓는다. 그녀는 열기에 차 있다. 나는 그녀의 울분 혹은 억제된 분노를 대부분 무시한다. 나는 긴장을 풀고 그녀의 이야기를 듣는다.

"대부분의 경우," 그녀가 말을 계속한다. "이처럼 배경에 깔리는 고함에 대해 돈을 내야 한다는 생각이 들자마자 나는 격렬하게 항의해요. '그 시끄러운 소리 좀 꺼 주세요, 즉시요!' 어떤 운전사는 그렇게 해 주지만, 모두 다 그렇지는 않아요. 어떤 운전사는 심지어 대로에서 택시를 세우고, 적의에 찬 목소리로 내게 이렇게 말하기도 했어요. '당신, 내려!' 내가 프랑스어로 말했더라면, 그는 좀 더 고려했을 거예요, 나를 관광객으로 여기고요! 나는 택시에서 내렸고, 운전사에게 돈을 주려고 했는데, 그게 두 번째 실수였어요. 결국 5분을 걸어 가야 했거든요……. 그가 눈을 부라리고 돈을 돌려주면서 무슨 말을 했는지 아세요? 앞이 약간 파인 내 옷에 비위가 상했다는 거예요, 글쎄!"

그 장면을 흉내 내며 계속 이야기하는 나지아 앞에서 나는 즐거운 마음으로 기다렸다.

"늦어도 한 달 뒤면, 이곳의 모든 여성들 옷차림이 단정해질 거예요!"

"두고 봐야 알죠," 나는 흔들리지 않으려고 그녀에게 이렇게 대꾸했다. "남자뿐만 아니라 여자들도 투표하잖소!"

여전히 거리 장면에 빠져 있는 그녀가 나를 처다보았다. 그녀가 어깨를 으쓱했다.

"내가 '파인 옷'이라고 했는데, 그건 내가 몸을 기울였기 때문이었고, 그 운전사에게 내 목 아랫부분과 그보다 좀 더 아래쪽 살이 약간 보였기 때문일 거예요, 아마도! 한 달 뒤였다면 아마 그는 내가 머리에서 발끝까지 검은색 차도르를 뒤집어쓰고 있는 모습을 원했을 거예요……."

바로 그날, 나는 나중에 느닷없이 더 먼 과거에 빠졌다.

"당신에게 이야기해 주고 싶소, 나지아. 1962년 1월에 ── 독립하기 6개월 전이오 ── 내가 수감되어 있던 수용소에서(나는 막 열여섯 살이 되고 있었소) 한 신참이 우리들 속으로 어떻게 다가왔는지 말이오. 삼십대의 그 신참은 자기가 어느 도시 출신인지 말하지 않았소. 그는 체포 당시 무슨 일을 겪었는지도 이야기하지 않았소. 처음엔 침묵을 지키면서 우리가 평범한 일상 속에서 하루를 살아가는 모습을 지켜보았소. 결국 그는 2백 명의 수감자가 있는(다른 한 명과 함께 내가 가장 나이 어린 수감자였소) 그 공간에서 저녁 때 정치적 토론이 개최되지 않는다는 사실에 놀랐소. 우선, **정치적**이라는 용어가 문제였소. 우리는 서로를 바라보았소. 우리 각자는 그가 왜 그곳에 있는지, 그가 밖에서 무슨 일을 했었고 무슨 일을 하지 않았는지 알고 있었소……. 그런데 **정치적**이라니? 그 말은 추상적이었는데, 우리는 추상적인 사람들이 아니었소. 그리고 웬 토론이란 말이오? 우리는 각자 하고 싶은 대로 시간을 보내곤 했소. 담배를 피우는 사람들, 카드놀이를 하는 사람들, 또……. '토론이라고?' 사람들이 그를 쳐다보았소. 요컨대 그는 이미 **메술**이었소. 하지만 그는 겸손해 보였고, 잘난 체하지 않았소. 그는 유치하다고나 할 우리의 참여 수준에 놀랐소. 그는 우리가 훗날에 대해 이야기를 나눈다면 더 강해지리라는 것을 증명하는 데 뛰어들었소……." "훗날?" "그렇소, 후에 오게 될 시간!

'왜 토론을 해야 하지요?' 누군가가 말했소. '훗날, 어 그러니까 훗날에 우리는 해방되기를 기다리고 있어요. 우리는 언제 가족들에게 소식을 전하게 될지 알고 싶어요!'

다른 사람이 덧붙여 말했소.

'훗날이요? 그럼, 독립이겠군요! 우리 모두는 독립을 기다리고 있어요! 언제 독립이 올 지 당신은 혹시 뭔가 알고 계신가요?

신참이 어깨를 으쓱했소. 그가 초조해하며 말했다오.

'우리끼리 이야기를 해야 합니다. 왜냐하면 준비해야 하거든요, 일단 독립하게 되면!'

그는 계획을 갖고 있는 듯했소. 계획이래 봤자 그저 자신의 가족을 되찾고, 가족 모두가 살아서 다시 만나리라 믿는 데 불과한 우리 각자의 계획과는 달랐소! 그 사람은(스포츠맨이면서 신경질적인 사람 같은 기품으로 내게 강한 인상을 주기 시작했소) 무척이나 감동적인 연설을 시작했고, 다음과 같이 프랑스어 문장으로 끝을 맺었소.

'독립 후에는,' 그가 열정에 싸여 결론을 내렸소. '논의해야 할 많은 문제들이 있고, 선택해야 할 수많은 방향들이 있을 겁니다……. 예를 들어 한 가지 중요한 문제가 있습니다.' 그러면서 그는 프랑스어로 넘어가서 단지 이렇게만 말했소. '알제리는 세속 국가가 될까요?'

내 주변의 어떤 사람은 아랍어나 베르베르어밖에 모르는 사람들에게 이 문장을 서둘러 번역해 주었소. **알제리**라는 말은 번역할 필요가 없었소. 모든 사람이 **엘 제자이르**를 반복했소. **국가**라는 말도 물론 번역되었소. 하지만 그들은 '세속'이라는 단어에서 모두 벽에 부딪쳤소.

지금도 기억나는데, 이 단어는 마치 소음처럼 내 주위를 맴돌았소. 대부분의 사람들은 프랑스어 발음 때문에 **라이드**(l'Aïd)를 머릿속에 떠올렸소. 왜냐하면 그들은 이 6년간에 걸친 집단 투쟁 동안에 **라익**(laïc, **세속적**)이라는 단어를 들어 본 적이 없었기 때문이었소. 확실히 1957년 말 이후로는 카스바에서조차 민족주의 단체는 궤멸되었었소. 어떤 사람은 죽었고, 산 사람은 도주했거나 은신처로 피했소. 그들을 대신해서 나타난 사람들이 **레블뢰**(les bleus), 즉 친불파 부역자들이었소…….

마침내 누군가가 아랍어로 연설자를 불렀소.

'형제여, **라이드**가 여기엔 무얼 하러 오는 거요?'

그런데 사실, 대부분의 사람들은 축제(아랍어로 **라이드**)라는 개념 자체가 머리에 떠오르지 않은 지 무척 오래되었다고 생각했소. 신참은 기가 막힌다는 듯 우리를 응시했소.

'내 말은,' 그러면서 그는 그 프랑스 단어를 두 개의 음절로 나누어서 반복해서 말했소. **라─익**이라니까요. **라이드**가 아닙니다!'

나지아, 당신에게 이 장면을 이야기하다보니, 이 '라익'이라는 단어에 해당하는 말이 우리 아랍어에 아직까지 없었다는 것을 깨달았소……. **합의, 대표자 회의, 내각**을 뜻하는 수많은 아랍어와 베르베르어가 존재하고 있고, 뭔지 모르지만 더 있을 수도 있소. 하지만 '라이시테(laïcité)'? 우리들 각자의 고향에서는 그리고 그 수용소에서는 공허한 말이고, 개념조차 없는 말이었소. 고백하건대 당시 내 머릿속에서도 공허한 말이었소! 열여섯 살에 그 마레샬 수용소에 들어갔을 때 나는 정치적으로 무식쟁이였소."

나지아는 말이 없었다. 나는 다시 떠올랐던 그때의 장면에 대해 잠시 상상했다. 우리와 마찬가지로 알제리 사람이고 같은 처지(체포, 구금)에 놓인 그 남자는 마치 황소의 뿔을 잡으려는 듯이 보였는데, 왜 그랬을까? 사람들이 토론하도록 하기 위해서라니! 저녁 시간을 **토론하며** 보내야 한다는 원칙이라도 있다는 건가? 군인이 있었고, 우리도 있었다. 문제는 간단했다. 버티는 게 중요했다!

나는 왜 나지아에게 그 수용소 이야기를 했을까? 한 달 뒤에는 이 나라의 모든 여성들이 좋든 싫든 간에 **단정한 옷차림**을 하게 되리라고 단언하는 택시 운전사와 벌인 논쟁을 그녀가 아주 실감나게 몸짓과 표정으로 표현했기 때문이리라.

얼마간 흥미롭게 귀를 기울이고 있었던 나지아가 태도를 바꿨다.

"당신은 다시 떠나야 할 거예요!" 그녀가 내게 충고했다.

그리고 그녀는 자신의 여행에 대해 이야기했다. 그녀의 동반자는 이탈리아인이었다.

"나는 로마에서, 파도바에서 편안함을 느껴요……. 특히 파도바에서요……."

"나의 탐험가, 나의 방랑자, 나의……."

그녀가 내 입을 손으로 막았다.

"조금만 상상해 보자고요!" 그녀가 말했다. "할머니는 틀렘센의 구시가지에 있는 작은 집을 내게 남겨 주셨어요. 10년, 15년 후에 나는 거의 노인이 되겠지요. 나는 한 가지 소원을 빌어요. 당신과 함께 음마 레키아의 집에서 살고 싶다고요. 정말이에요. 당신을 결코 떠나지 않을 거예요!" 그녀가 한숨을 쉬며 말했다.

나지아가 떠난 다음날 나는 이 작은 새 공책에 우리의 마지막 대화를 기록할 필요를 느꼈다. "나라가 화산이 되었어요." 그녀는 이렇게 말하곤 했다.

동시에 그녀의 마지막 한숨, 마치 소원을 빌듯이 거의 슬픈 목소리로 말했지만 그녀 자신도 실현되리라고 생각하지는 않았던 그녀의 희망 사항이 내 머리에 떠올랐다. "10년 뒤 틀렘센에서요!" 이어서 그녀는 우리가 나중에 함께 사는 게 어떻겠냐고 말했었다. "확실해요, 당신을 결코 떠나지 않을 거예요!"

고백일까? 그녀는 나와 함께 있고 싶다는 소망을, 카스바가 불가능하다면 틀렘센에서의 먼 미래 속에 투영시켰던 소망을 표현한 걸까?

나는 내키지 않지만 이렇게 생각했다. '당신은 대꾸조차 하지 않았소. 왜 즉시 답하지 않았소? 왜 당신은 이곳에 가능한 한 오래 머무르려 하지 않는 거요?' 나는 아마도 그녀가 나에게서 그런 소망을 기대했을 거라고 뒤늦게 생각했다. 마지막 순간에 우리 관계가 너무 긴밀해졌기에, 사실 나는 나지아가 떠난다는 걸 믿을 수 없었다. 아이들 놀이에서처럼, 나는 그녀의 존재를 너무 강하게 느꼈기에 시야에서 현실을 놓쳤다. 모든 것이 유희이자 쾌락이 되었고, 나는 우리를 괴롭힐 평범한 현실을 인식조차 하지 못했다!

우리는 미래에 대해서, 그녀가 할 여행에 대해서 이야기했는데, 나는 무감각 상태였다. 그녀라는 존재가 가진 매력, 그녀와 나 양쪽의 넘치는 감정, 내가 억누르고 있던 분노가 나머지 다른 것들을 은폐하고 쫓아냈다.

그런데 그녀가 떠났다.

그렇다, 나는 그녀의 존재의 무게를 조금이라도 파악하기 위해 글쓰기를 서둘렀다.

나는 내가 처할 소리의 결핍 상태(나는 무엇보다도 그녀의 목소리가 그립다)를 예견했어야 했다. 왜 나는 나지아의 목소리를 녹음할 생각을 못했을까? 아직까지 풀지 않은 여행 가방들 중 하나에 작은 녹음기가 한 개 있다. 언젠가 파도 소리를 저장하기 위한 것이다……. 하지만 나지아와 함께 생활하면서, 나는 그녀가 떠나면 익숙함의 결여에서 오는 공허감에 빠지게 되리라는 점을 잊어버렸다……. 나는 피할 수 없는 왜곡을 감수하고 글을 쓸 수 있을 뿐이다. 그녀는 아랍어로 말했는데, 다른 언어로 그녀의 말을 기억해서 이야기한다면, 그 글이 어떻게 진정으로 그녀의 부재에 대한 위안이 될 수 있을까?

어째서 이러한 기억의 이탈이 생기는 걸까? 열여섯 청소년이었던 과거의 나, 우리에게 '라이시테'에 대해 이야기했던 수용소의 그 남자. 나는 중얼거렸다. "이런, 그 남자 이름이 어부와 마찬가지로 라시드였잖아! 어떻게 지낼까, 그 라시드는?"

그리고 나는 순간적으로, 너무나 오랫동안 망각 속에 묻혀 있던 그 라시드를 다시 찾아보고, 그가 어떻게 되었는지 알아보고 싶었다. 그때 이 **라익**이라는 단어가 불쑥 떠올랐다. 마치 어둠 속에서 어뢰가 튀어나오듯이!

둥글게 에워싼 수감자들과 더불어 전체 장면이 떠오른다. 막내인 나는 지켜보고 있다……. **"라익!"** 라시드의 목소리는 그 두 개의 음절을 나누어 발음했는데, 그는 우리가 얼마나 정신적으로 무기력한 상태에서 그 감금을 견디고 있는지를 확인하고는 당혹스러워했다! 2백 명이 똑같았다. 그 감옥 안에서 우리는 이미 완전히 우매한 민중이었던 것이다!

촌사람이든 도시인이든, 가장(家長)이었던 모든 성인(成人)은 우리 모두가 빠져 있는 허무의 상태를 제일 어린 축인 우리에게 내보이지 않으려고 신경을 썼었다. 그런데 한마디로 충분했던 거다! 아무도 번역할 수 없었던 프랑스 단어 하나로! 체포되기 전, 나는 2년 동안 식자공 견습생으로 일했었다. 작업 중이었다면 사람들은 내게 물어볼 수도 있었을 것이다. "꼬마야, **라익**이라는 말을 아랍어로는 뭐라고 하니?" 학교에서 쓸 어떤 소책자를 인쇄하기 위해 기오생 인쇄소 동료들과 함께 있었다면 그런 일이 일어날 수도 있었을 것이다.

나는 막연하게나마 **라익**이라는 단어가 현대적인 의미를 갖고 있다는 것, 그 의미를 자세히 검토했다면 오로지 독립만을 꿈꾸고 있던 우리가 발전할 수 있었을 것이라고 짐작했다……. 나는 그 라시드가 바삐 그리고 멀리, 우리 앞에서 길을 서두르고 있다고 느꼈다…….

2.

11월(며칠인지 더 이상 모르겠다), 두아우다-쉬르-메르, 새벽.

나는 아랍 문자로 글을 쓰고 있지 않다. 하지만 우리의 얼마간의 융화를 표현하는 데는, 저지(低地) 카스바의 코란 학교 칠판에 가장 짧고, 가장 쉬운 코란의 마지막 장(章)을 베껴 썼던 시절처럼 아랍 문자가 더 적합했을 것이다. 어린아이였던 나는, 이러한 글자 쓰기가 치유보다는 그저 신을 찬양하고 온갖 불행을 예방하는 데 쓸모가 있을 뿐이라는 사실을 알지 못한 채 코란의 단편을 휴지에까지 적어 넣곤 했다!

나지아의 환영 속에서 나는 발열과 불면에 시달리며, 증발해버린 관능적 순간들의 흔적에 대해 프랑스어로 쓰고 있다. 어쨌든 내가 적고 있는 로마자는 이 세상에서 수 세기를 살아온 문자다. 그것은 다갈색 묘석에 새겨졌고, 그리고는 폐허 속에 잊혀졌다. 하지만 그 폐허들은 대부분 화려한 모습으로 남아 있다.

달포 전에 나는 내 귀향과 일상의 무기력한 리듬을 마리즈에게 묘사하곤 했다. 마리즈, 내가 비밀을 털어놓을 수 있는 여인이여! 느닷없이 나지아가 나타났다가 이제 떠나갔다! 나지아에게 편지하려고 했지만 내겐 주소가 없다. 어떤 일이 있어도 절대 드리스에게 주소는 묻지 않을 테다.

나지아는 내 귀에 대고 끊임없이 속삭인다.

"사랑을 나누면서 아랍어를 쓰지 않은 지 오래 되었어요……." 침묵이 흐르고, 다시 그녀가 속삭인다. "사랑을 나눌 때도, 사랑을 나눈 후에도요!

너무나도 친근한 그 나른한 목소리. 제2의 언어로 보존하기 위해 그 아랍어 단어들을 이동시키고, 흘려버려야 할까? 우리 모국어로 표명된 그녀의 말들을 나는 그 특유의 음악 속에서 듣는다. 그리고 내게 있어서 프랑스어는 내 숙소의 공간 속에서 반짝이고 있는 관능적 쾌락의 고백을 보존하기 위한 하나의 '좁은 문'이 된다.

「나지아에게 바치는 시」

나는 오로지 그대의 목소리를 듣기 위해 글을 쓴다. 그대의 어조, 그대의 어투, 그대의 호흡, 그대의 헐떡임을 들으려고.

나는 그대 앞에, 그대 맞은편에, 그대 곁에, 내 침묵의 말 안에 서기로서 자리 잡는다.

프랑스어로 나는 내 유일한 증언을, 그대를 향한, 그대의 그림자를 향한 나의 유일한 추적을 계속하고 있다.

글을 쓰며 사비르어에 빠져드는 것, 그것은 그대의 목소리, 그대의 말들을 아주 가까이에 간직하는 확실한 수단이다. 욕망의 실처럼 선명하게, 바다와 수평선을 향한 내 방 안에 울려 퍼지는 이 지속적인 메아리가, 언젠가 내 말이 —— 내 경우 역시 '사랑을 나눈 후의 말'이다 —— 그대에게 도달하리라는 희망을 간직하는데 도움이 된다!

내가 끈질기게 그대에게 말을 건넬수록 그대가 더 이상 돌아오지 않으리라는 불안감, 그대를 찾으러 지옥에까지 가기를 포기한 늙은 오르페우스인 내가 어디에서도 그대를 다시 찾지 못하리라는 불안감이 스며드는 듯하다!

그래서 나는 내 누이-연인인 그대, 내 품에 안긴 그대에게 아랍어로만 말을 건넨다. 지금, 나는 우리가 로마에 있다고 상상한다. 호텔 방 창문을 통해 나보나 광장의 소음이 우리에게 들려온다. 나는 그대와 내 어린 시절의 말을 주고받고, 열기에 짓눌린 안마당 쪽으로 문을 반쯤 열어 놓은 채 낮은 침대에서, 파란색 타일 바닥에 아무 매트리스나 그냥 깔아 놓은 침대에서 그대와 다시 사랑을 나눈다. 사슬에 묶인 여행자로서, 이 재회의 포옹 속에서 서로에게는 아닐망정 그래, 타인의 폭력, 오직 우리 둘에 대해서만 요구하는 상냥함으로 인한 분노로 새어 나오는 똑같은 어린 시절의 말들에 의해 결속된 여행자로서 우리는 곧이어 아마도 시실리에서, 하지만 다음 세기에, 다시 만날지도 모른다. 나는 내 안달루시아 사투리로 그대를 부른다. **야 크흐티**, 나의 누이여! 우리의 근친상간은 단지 표면적일 뿐이고, 우리는 비슷하지만 정반대이고, 말이 없으면서 똑같이 까다롭다⋯⋯.

나는 그대의 환영 속에서 그 찬란한 빛이 내게 상처를 입히는 고독의 언어로 글을 쓴다! 이 프랑스어는 내 목소리를 얼어붙게 만들 것인가? 내 손이 종이 위를 달리는 사이에, 나는 그대와 나 사이에 수의(壽衣)를 펼쳐 놓고 있는 걸까?

나는 그대를 위해 글을 쓰는가? 아니면 그대에 저항해서? 오로지 그대를 위해서라고 생각했는데, 갑자기, 아무 어려움 없이, 내가 작가의 언어 속에 (살아오는 동안 처음으로) 들어 왔고, 깊이 자리 잡고 뿌리를 내리고 있다고 말할 수 있을 듯하다.

망명지에서 나는 나 자신이 끈질기지 못한 작가임을 드러냈다!

그대 덕분에 내 말들을 찾으려 할수록 나는 더욱 더 내 리듬을 발견한다. 아마도 그대에게 다가가고 싶고, 비록 내 품안이 아니더라도 최소한 이처럼 폭발하는 내 의지 속에서 그대를 되찾고 싶기 때문일 것이다⋯⋯.

그대를 향해 펼쳐지는 내 글은 내 피부, 내 근육, 내 목소리가 된다. 그대가 내 창문 아래서 파도 소리를 들었듯이, 그대가 이해할 수 있도록 나의 프랑스어는 변화하고 있다. 그대는 그 파도 소리를 기억하는가?

사랑-열정은 영속되는 융합 속에서 넘쳐나는 말, 애무, 폭력이 아니라 읽어야 할 종이 위의 문신이다. 내가 그대나 어느 누군가에게로 돌아오지 못할 경우에 읽어야 할……

나는 그대에게 편지를 쓴다. 나는 그대에게 말하며, 그대의 청취에 기대어 나를 지탱한다……

3.

12월 25일

이번 동절기에(내일은 1차 선거일인데, 나는 투표하러 가지 않으련다. 선거인 명부에 제때 등록하지 않았기 때문이다) 쓰기 시작하는 게 정말 일기일까.

드리스가 내게 전화한다. 그는 1차 투표의 예상을 뛰어 넘는 결과에 당황하고 있다. 대중의 불만으로 이슬람주의자 진영이 불어나려 하고 있었던 것이다. 드리스는 동료들과 함께 그들의 주간지 발간을 위해 밤낮으로 일할 거라고 말한다.

나지아는 변화를 예감했었다. 내일, 국외에까지 이러한 위험의 징조가 전해진다면, 그녀는 자신이 **은둔자**라고 불렀던 나를 생각할 것이다.

나는 그녀 앞에서 내가 환기시켰던 수용소 사건을 다시 떠올렸다. **라이드**로 변형된 **라익**의 그 잘못된 의미가 오늘은 비극적으로 보인다. 아랍어로 **벽을 떠받치는 사람들**이라고 스스로를 자조

적으로 부르고, 어쩔 수 없이 주어진 그들의 한가한 시간을 때우기 위해서 아프가니스탄에서 돌아온 몇몇 **이슬람 지휘관**을 둘러싸고 숭배하는, 나이가 열다섯에서 스무 살까지였던 그 일군의 **생각 없는 자들** 앞에서 있었던 장면이, 1962년의 마레샬 수용소에서와 똑같은 장면이 재연될 수도 있을 것이기 때문이다.

그들에게 "우리의 새 국가는 세속 공화국이다!"라고 단언하는 사람이 있다면 그에게는 즉각적으로 분노나 모욕의 답이 돌아올 것이다. 증오에 이은 분열이 시민의 불화가 가까워졌음을 예고하고 있다.

나는 요전에 마리즈에게 전화로 그렇게 말했다. 언제나 전화하는 쪽은 그녀다. 대개의 경우 일요일 아침에……. 한번은 그녀가 변명했다. 일요일에는 전화 요금이 더 싸서 더 오랫동안 이야기할 수 있다고……. 나는 그녀가 우리가 머물던 호텔로 돌아올지도 모른다고 생각했다. 최소한 그곳의 카페테리아 때문에라도……. 그녀가 여전히 다정하기에 나는 가벼운 빈정거림을 섞어 농담할 수 있었다.

"당신 마음속에 나를 대신하는 누군가가 있음을 내가 언제 알게 될 것 같소?"

그녀는 그저 가볍게 웃으면서 기다렸고, 나는 덧붙여 말했다.

"일요일에 당신이 내게 전화하지 않게 될 때요!"

그녀는 반박하지 않았다. 그녀는 적어도 우리 둘 중 한 명에게 엄습하려는 연민의 방향을 돌리려 했다.

"당신이 나와 함께 봄에 여행하고픈 생각이 들게 만들고 싶었어요!"

"당신이 여기까지 오겠다는 거요?" 나는 이죽거렸다. "이 나라는 앞으로도 관광객에게 그다지 호의적이지 않을 텐데……."

"생각해 봤는데…… (그녀는 망설였다.) 3월에 이집트 북부로 일주일간, 어때요?"

나는 반응을 보이지 않았다. 나는 이 나라를 떠나지 않을 것이다. 하지만 나는 자기 식으로 너무나 변함없는 마리즈에 대해 밀려드는 감사의 마음에 사로잡혀서 신중한 태도를 취했다.

"당신에게 말하고 싶소. 당신 덕분에, 그리고 내가 귀국했기 때문에 드는 생각인데, 지난 몇 년간 당신의 사랑이 나를……" 나는 잠시 주저했다……. "진정시켜 주었소!"

나는 이 말의 중압감을 즉시 알아차렸다. 나는 알제리인 이민자이고, **그들의** 나라 프랑스에서 일하고 있는데, 마리즈가 그런 나를 나 자신과 화해하게 해 주었다니! 수화기를 내려놓으면서 나는 '낙하산 부대원들(paras)', 1957년 겨울의 그날 저녁 블뢰 가에서 거리의 모든 사람들에게 작별을 고하며 소리치던 내 외삼촌을 죽인 사람들이 다시 생각났다. 그래, 마리즈에게 야간 통행금지령을 지키지 않았다는 이유로 총탄 세례를 받았던 내 외삼촌에 대해 이야기할 수도 있었을 텐데……. 이어서 마리즈에게, 어머니가 '프랑스 여자'라고 불렀던 그녀에게 이렇게 말했을 텐데.

"당신은 나를 진정시켜 주었소! 그래서 내가 이 귀환을 실행할 수 있었소, 내 조국으로 말이오!"

1991년 12월 30일

나라가 들끓고 있다.

나는 일간 신문을 사러 매일 아침 친구의 가게에 간다. 이따금 그와 나는 오랜 시간이 걸리는 도미노 게임을 한두 차례 한다. 우리는 시국에 대해서는 거의 이야기를 나누지 않는다.

예상되는 혼란 앞에서 내가 해야 할 일은 그저 글쓰기밖에 없다. 내 청소년기의 추억을 시간의 연속성 속에 복원시켜야 한다. 어부 라시드나 나지아 앞에서 그 시절의 몇몇 장면을 회상했을 때처럼.

연말

레베용*이다. 몇 시간 뒤면 1992년이 시작된다. 어쨌든 유럽에 서는 축일이다. (나는 **레베용**이라는 말의 의미를 꽤 늦게야 알았 다. 그 말에 익숙해지지 않는다.)

이곳은 열기뿐만 아니라 두려움에 싸여 있기도 하다.

나는 간밤에 「청소년」을 쓰기 시작했다. 이제부터 나는 1960년 12월, 1961년 시절을 살아간다……. 조급함이 엄습한다. 가능한 한 빨리 마구간에서 뛰쳐나와 지평선까지 질주하고 싶어 하는 말처럼 내 기억력이 앞발로 땅을 걷어차고 있다…….

1992년 1월 12일

나라가 격변을 겪고 있다. 트라우마 때문일까, 쿠데타 때문일까? 어쨌든 간에 막다른 골목에 다다른 듯하다. 30년이 지났는데도 과거 전쟁의 상흔에서 완전히 회복되지 못한 국민 전체를 이끌기 위해 병영과 모스크 중 하나를 선택해야 하는 막다른 골목!

나 개인적으로도 자질구레한 변혁을 겪고 있는데, 그로 인해 내 모든 에너지가 소요되고 있다.

청소년이 내 앞에서 살아 숨쉬기 시작한다. 그것은 실존하지 않지만 친근한 망령처럼 움직이고, 꿈을 꾸고, 소리를 듣고, 어른을, 자신과 마찬가지로 수감되어 있는 다른 사람을 쳐다본다!

자신의 과거에 대한 글쓰기는 일종의 자기중심주의를 전개하는 거라고 나는 생각하고 있었다. 천만의 말씀이다! 자기애(自己愛)가 있는 게 사실이지만 거의 익명의 형태다.

비록 어둠 속으로 나아간다고 해도 계속 글을 쓰려면, 결국 약간은 자신을 사랑해야 한다! 잘못을 저지르지 않았다고, 어렴풋이 그렇게 느껴야 한다.

1월 18일

오늘 밤, 아직 잠이 덜 깬 상태에서 나는 모호한 욕망을 느꼈다. 사랑에 관련된 것도 성적인 것도 아니었고, 약간은 뱃속에서 아이의 태동을 느끼는 임신부가 가질 법한 그런 욕망을.

나를 깨운 것은 내 기억이었다. 거의 폭풍우가 몰아치는 듯한 불면이었다. 무기력 때문에 나는 일어날 수 없었다. 4시간밖에 못 잔 게 틀림없었다. 그렇지만 마비 상태 깊숙한 곳에서 무언가 가 움직이고, 흔들리고, 이동했다.

국내에서는 양쪽 진영에서 이미 폭력이 시작되었다. 하지만 발표는 회피되고 있는데, 그렇게 해서 그들은 숨겨진 광기를 침묵시킬 수 있으리라 여기고 있다. 게다가 잊혀졌던 영웅이 있었다. 강경하고, 다소 침울한 편이고, 상당히 감동적이며, 마침내 국가의 책무를 받아들인 거의 노인이 다 된 영웅. 나는 신문들에서 그가 비행기에서 내리는 사진을 보았다. 부디아프*, 그는 신이 선택한 지도자일까? 물론 많은 사람이 그렇게 생각했다. 국민들이 국가 분열을 염려하자 5월 13일 정계에 복귀한 드골*과 같다고.

나는 식료품점에서 나왔다. 버스를 기다리고 있는 한 무리의 시골 사람들을 뚫고 나아갔다. 이곳저곳에서 새 대통령의 이름이 유포되는 동안 내 곁에 있던 시골 여자 한 사람, 그렇다, 어떤 노파의 걱정스러운 목소리가 아랍어로 터져 나왔다. "알라신께서 그분을 보호해 주시길! 오, 제발!"

가슴이 조이는 듯 아팠다가 진정되었다. 민중의 열망이 담긴 그 억양에 감동했기 때문이다.

나는 새 대통령에 대해 드리스와 전화로 이야기를 나누었다. 그는 지나치게 낙관적이다. 내게 이렇게 말하기까지 했다, 확신에 찬 웃음과 함께.

"형과 마찬가지로, 11월 1일의 영웅인 그 분도 귀국하는 거야."

나는 힘없이 웃었다.

"나야 물론 돌아왔지, 하지만 나는 영웅과 거리가 멀어! 그래, 그 점은 확실해!"

그러자 드리스가 순진하게 말했다.

"형은 아마(이렇게 말하는 드리스의 목소리에는 천진함이 묻어 있었다) 어린 시절 내내 형이 **나의 영웅**이었다는 사실을 모를 거야!"

드리스는 잘못 생각하고 있다. 과거에 나는 기껏해야 소요에 휩쓸린 군중 속의 목격자, 아이였을 뿐이다.

2월 14일

글을 써야 할 필연성이 급격히 커지고 있다. 사랑하는 사람이 떠나가고, 더 이상 그를 잊을 수 없을 때 그가 당신의 글을 읽도록 하기 위해 당신은 글을 쓰기 시작하는 것이다……!

나는 나지아 생각에 사로잡힌 채 글을 쓰고 있고, 그녀가 언젠가 지구 반대쪽에서라도 내 글을 읽으며 내 목소리를 알아보기를 바라고 있다! 그럴 개연성은 거의 없지만, 완전히 불가능한 일도 아니다. 이별에도 불구하고 나는 그녀의 환영 속에서 글을 쓰고 있다. 비록 내가 알던 카스바는 먼지로, 흙더미로 사라져 가고 있지만, 나는 어린 시절의 영토에 다시 자리를 잡는다.

나는 유년기의 영지에서 잃어버린 연인을 위해 글을 쓰고 있다. 너무 긴 망명 생활 동안 마음속에서 없애 버렸던 것을 되살리기 위해서.

프랑스에서 너무나 오랫동안 나 자신을 잊고 살았던 나는 지금 프랑스어로 글을 쓰고 있다.

사랑, 글쓰기. 나는 매일 밤 그것들을 체험한다. 이따금 바다 소리가 더 이상 들리지 않는다. 이 추운 계절의 너무도 장엄한 새벽마다 태양빛을 받으며 모습을 드러내는 것 같다, 잠자는 사람 같은 것이. 나지아, 오 나의 에페수스 동굴*이여. 거기서 나는 홀로, 어쩌면 기껏해야 개 한 마리를 데리고 잠을 잔다. 아무도 그 사실을 모른다. 나, 그리고 원컨대 내 글을 읽게 될 당신을 제외하고는.

일이 년 후 당신은 생쉴피스나 베네치아의 카날 그란데에서 멀지 않은 곳의 서점에 들어가리라. 당신은 이 책을 구입하고, 단숨에 읽으리라. 당신은 그 다음 수일간에 비행기를 타리라. 당신은 이곳에 모습을 나타내리라.

나를 포옹하면서 당신은 내게 말하리라.

"약속대로 돌아왔어요. 틀렘센에서, 할머니 집에서 같이 살려고요!"

나는 놀란 척하지 않으리라. 이어서 침대에서 당신에게 백 번이고 천 번이고 말하리라.

"당신이 약속을 지키리라는 걸 알고 있었소!"

떼려야 뗄 수 없는 모든 밤들이여!

그대, 되찾은 나의 카스바여.

청소년

1.

1960년 12월 초, 알제, 독립 전쟁 발발 6년 후. 열기가 새롭게 끓어오르고, 재차 폭발하게 된다.

이번에는 카스바가 아니라 도심 반대편, 서민들이 사는 근교인 벨쿠르에서 시작된다. 열다섯에서 스무 살까지의 젊은이들이 거리로 나서고, 그 뒤를 나이와 상관없이 베일을 벗은 여성들이 빠르게 뒤따른다.

12월 11일. 예기치 못한 폭발. 맨손을 쳐들어 하늘을 향해 벌리거나, 아니면 진을 치고 있는 프랑스 군인들 코앞에서 알제리 국기를 펼치면서 반항적인 얼굴로 "알제리인의 알제리!"를 외치며 솟아오르는 군중의 함성. 구호는 즉각 더 먼 곳에서 다시 연호되고, 골목과 큰길을 따라 가난한 백인 정착민이 놀라 즉시 집

안에 숨거나 자기네 발코니에서 지켜보는 구역 중심지로 퍼져 나간다.

나는 곧 열다섯 살이 된다. 내가 직장에 다닌 지도 일 년이 되어 간다. 가족(어머니, 할머니, 누이들)은 몇 달 동안 융자와 여러 가지 임시방편으로 살아 왔다. 아버지에 이어 형이 체포된 이후 알제 전투가 진행되는 동안 그랬다.

일 년 전 동네 이웃 한 사람이 내게 와서 제안했다.

"내 식자공 친구가 알제에서 가장 큰 인쇄소에서 연수받을 수 있을 만큼 어느 정도 학력이 있는 젊은 견습공을 구하고 있네. 그 인쇄소는 연병장에서 그다지 멀지 않은 곳에 있는데, 아마 자네 집에서도 멀지 않을 걸세!"

"어느 정도의 학력이라고요?" 나는 머뭇거리며 말했다.

1958년도에 심하게 고문을 받았지만, 결국 남부의 강제 수용소에 수감된 아버지의 운명을 우리가 알게 된 이후 나는 수당 가의 학교에 더 이상 가지 않았다.

나는 6학년 시험에 응시하지 않았었다. 하지만 벤블리디아 교장 선생님에게는 그랑 리세* 입학시험을 치러 가겠다고 약속했었다. 나의 동네를 벗어나 거의 혼자서 유럽 아이들하고만 함께 있게 된다는 것, 그것이 나를 두렵게 했다. 왜냐하면 우리, 그 거리의 우리는 누가 유태인인지, 스페인인인지, 몰타인인지, 혹은 (그때까지 우리 동네에서 한 번도 본 적은 없지만) **본토 프랑스인**인지 알고 있었기 때문이었다!

나는 과거에 나를 학교에서 내쫓으려 헸던 곤잘레스 교장의 후임으로 온 친절하고 마음씨 좋은 벤블리디아 선생님에게 시험을 치르겠다고 약속했었다.

결국 나는 입학시험을 보러 가지 않았다. 나는 나의 카스바를 떠나고 싶지 않았다. 아버지는 수감되어 있고, 아버지에 이어 알라우아 형은 체포되었다. 집안에 남자라곤 나밖에 남지 않았다. 갑자기 자유롭다는 느낌, 달리 말하면 여자들, 특히 나의 누이들과 관련하여 내 지위에 대해 확신에 찬 느낌이 들었다. 그들을 누가 지켜줄 것이고, 낯선 사람이 그들에게 보이는 무례한 태도를 누가 막아 줄 것인가? 학교에 다니는(나보다 더 열심히) 나의 두 여동생들, 나는 그들을 모욕(너무 집요한 구경꾼의 시선, 그들이 지나갈 때 슬그머니 건네는 허튼 수작)으로부터 보호하기 위해 싸울 준비가 되어 있었다. 여동생 하나는 열한 살이었고, 다른 하나는 아홉 살이었다!

그래서 나는 우리 동네에서 자동적으로 그들의 보호자로 간주되었다! 나는 시험을 보고 중학교에 들어가지 않기 위해서, 나 스스로 이러한 핑계, 혹은 이러한 합법적인 역할(어쨌든 나는 유력 인사 시 사이드의 아들이었다)을 찾아냈다.

나는 무어인의 카페를 배회하기 시작했다. 나는 오후에 넷즈마 극장 주변에 몰려드는, 글을 모르는 녀석들에게 연재만화를 파는 방법을 알았다. 녀석들은 이집트나 미국 영화의 상영시간을 기다리면서 쪼그려 앉아 내게 잡지를 샀고, 그림에 감탄하곤 했다. 나는 이따금 녀석들에게 줄거리를 간략하게 요약해 주었다. 녀석들은 말풍선 속의 글을 읽을 수 없었기 때문이었다. 녀석들은 그림을 보고 마음껏 소설 같은 이야기를 상상하곤 했다. 그들은 나의 충실한 고객이었고, 나는 동네에서 하나뿐인 극장 앞 도로 위에 만화책을 진열해 놓았다. 매일 저녁, 열 명 내지 스무 명의 단골손님이 찾아왔기 때문에 내게는 꽤 짭짤한 용돈이 들어왔다. 그러자 **정숙하지 못한** 집들에 가 보고 싶다는 욕망이 나를 사로잡았다. 내게 새로운 세상을 보여 줄 사람, 멋진…… 여자를 생각하면 나는 가슴이 뛰곤 했다. 멋진……. 하지만 어떻게? 나는 아직 감행하지 못하고 있었다. 매일 저녁 꿈꾸기는 했지만…….

더 이상 학교에 다니지 않기 때문에 —— 학교에 다니는 나의 두 여동생들을 밖에서 보호하기 때문에, 다시 말해 감시하기 때문에 —— 분명히 나는 이제 어린아이가 아니었다. '거의 어른이지,' 나는 이렇게 생각했는데, 당시의 무지 혹은 순진함 속에서 그래도 중간적인 시기, 즉 **청소년기가** 존재한다는 것을 내가 의식조차 하지 못한 게 아닌가 싶다.

나는 지금 매우 아름다운 이 프랑스어 단어, **청소년**을 쓰고 있다! 영화에서 **주연 배우**라고 하듯이 우리 동네에서라면 아랍어로 **세기르(seghir), 즉 젊은이**라고 말했을 것이다. 그것은 이집트 영화 목록의 달콤하고 아름다운 사랑 영화에 나오는 배우를 지칭했다……. 그러나 그것이 내 모델은 아니었다! 아버지는 체포되어 고문당하고, 형은 투옥되어 있는데, 나 자신이 이러한 연애 이야기의 트펠*이나 **세기르**라고 여길 수 없었다. 우리나라에서는 자신이 더 이상 어린아이가 아니라고 느낄 때면 **강인한 사람**, 즉 프랑스 낙하산 부대원에게 저항했다가 대부분 죽임을 당했던 사람들처럼 되기를 꿈꾸었다! 알리-라-푸앵트처럼!

2.

알라우아, 나의 형이 방금 감옥에서 석방되었다. 그는 일을 하고 있지 않지만, 풀려난 이후로 다른 무언가로 바쁜 듯하다. 나는 일 년 전부터 기오생 인쇄소에서 상근 견습공으로 근무하고 있다. 얼마 안 되는 봉급이 어머니에게는 도움이 되었다. 저녁에 만화 판매로 얻은 수익은 나를 위해 간직한다.

알라우아는 어머니와 긴 밀담을 여러 차례 나눈다. 이따금 그는 며칠 동안 모습을 보이지 않지만 어머니는 더 이상 그를 걱정하지 않는다. 나는 그가 나에 대한 감시를 다시 시작하지 않았다는 데 오히려 만족하고 있다. 그는 내가 밖에서 누이동생들을 돌보게 내버려 두고 있다. 나는 꼼꼼한 감시자다. 그런데 나는 매일 저녁, 잠들기 전에 **정숙하지 못한** 집의 여자들을 꿈꾼다.

1960년 12월 11일. 우리는 집안의 좁은 부엌에서 점심을 먹고 있다. 알라우아 형이 함께 있다. 권위적인 말투로 그가 요구한다.

"열두 시네! 요즘 사람들은 신경과민이야. 라디오 뉴스 좀 들읍시다!"

때마침 여자 아나운서가 프랑스어로 자신의 논평을 마치는 중이다. "오늘 아침부터 벨쿠르 구역에서 시위가 전개되고 있습니다……. 보안대가 이 구역을 포위했습니다."

우리는 가슴 졸이는 침묵 속에서 뉴스를 듣는다. 아나운서가 말을 마치며 뱉은 마지막 문장에 형이 벌떡 일어선다. "카스바가 평온한 만큼 질서는 쉽게 회복될 것으로 보입니다."

형은 "카스바가 평온하다"는 말에 마치 자기가 무시당한 듯이 화를 낸다.

"그래서 어쨌다는 거야, 카스바, 카스바라니……. 우리는 어른이 아니라는 거야, 우리가?"

우리는 그를 돌아본다. 그의 말이 옳다. 그는 덧붙여서 여자들, 즉 어머니와 누이들에게 명령한다.

"어머니와 누이들이 꿰매고 다림질하고 개켜서 서랍에 숨겨둔 대형 국기 있죠, 그것을 가서 찾아오세요……. 오늘이 바로 그날이에요!"

나도 자리에서 일어선다. 알라우아 옆에서 나 역시 그 깃발을 기다린다. 카스바의 모든 가정에는 깃발이 하나씩 있다. 우리의 영웅들이 죽임을 당하거나 투옥되었던 1957년 말 알제 전투 종결 이후 우리의 상징, 우리의 희망인 그 수수한 헝겊 조각은 침묵 속에서 자신의 시대를 기다리고 있는 것이다!

알라우아와 나는 테라스로 올라간다. 형은 빨랫줄을 거는 데 쓰는 막대기 하나를 빼어 든다. 그가 그것으로 재빨리 깃대를 만든다. 활짝 펼쳐진 깃발을 누이들이 가져온다.

알라우아와 나는 조심해야 한다는 사실을 완전히 잊은 채 깃발을 한껏 펼친다. 인접한 몇몇 테라스에서도 다른 깃발들이 나타난다. "카스바가 평온한 만큼"이라는 여자 아나운서의 말이 이심전심의 반응을 유발했음이 분명했다. 훗날 알라우아는 말한다. "그날 라디오를 들었을 때, 나는 모욕받은 느낌이었다!"

고지 카스바의 모든 테라스에서 유유 소리가 날아올라 하늘과 바다 쪽으로 퍼져 나가는 사이에 나이와 상관없이 모든 젊은이가 손에 깃발을 든 채 거리를 가득 메운다.

높은 곳에 있는 여자들은 젊은이들이 골목을 급히 내려가서 저지대 부근의 더 넓은 도로로 흩어지고, 첫 대로로 몰려가는 모습을 지켜본다. 그들의 날카로운 유유 소리가 시위자들을 뒤따르고, 끊이지 않는 폭포 소리가 되고, 갑작스런 환희를 발작적으로 배출한다. 계속되는 과감한 선동……

넓은 마랭고 가로 빠져나가는 군중의 물결이 가장 밀집한 곳에 나는 서 있다. 그 거리 반대편에서 피에 누아르의 동네가 시작된다. 우리가 접근하자 모든 곳이 서둘러 문을 닫았다. 작은 가게, 카페, 집……. 그들, 피에 누아르가 창문에서, 발코니에서, 덧문 뒤에서 우리를 지켜본다. 그런 것은 아무래도 상관없다!

함성과 슬로건이 분출하는 가운데(그리고 여전히 놀라서 외치는 여성 합창대의 날카로운 소리, 끝없는 웅얼거림) 나는 튼튼하고 기다란 말뚝이나 어쩌면 의자 다리 같은 것 하나를 손에 쥐고 있는 내 모습을 본다. 나는 유리창을, 그저 낮잠 시간이어서 닫혀 있기라도 하듯이 닫혀 있는 상점의 유리창을 깨뜨리기 시작한다.

내 주변에는 다른 파괴자들이 있다. 그들도 나처럼 즐거워하고, 나처럼 흥분해서 외친다. "알제리! 엘 제자이르……." 우리는 즉석에서 구호를 만들어 내고, 그것을 변형시키고, 박자에 맞춰 외치고, 우리를 위해 그리고 거리 반대편의 사람들을 위해 프랑스어와 아랍어로 노래한다. 우리는 그들이 우리를 바라보고 있고, 그들이, 내려진 덧문 뒤에 감춰진 그들의 눈이, 우리를 기다리고 있다고 느낀다! 내게서 멀지 않은 곳에서는 다른 녀석들이 더 요령 있게, 더 냉철하고 단호하게 파괴하고 있다. 우리에게 결코 음식을 팔지 않았던 프랑스인 카페들, 우리가 포도주도 맥주도 결코 주문할 일이 없을 술집들을.

그들이 숨어 있고, 그들이 떨고 있다. 이제 우리 시대다! 아, 라디오의 그 여자 아나운서는 감히 "카스바가 평온한 만큼"이라고 말했다. 나는 이렇게 결론을 내린다. "그건 절대 평온이 아니었어, 마담. 그것은 기다림이었을 뿐이야!"

나는 아나운서의 말에 나보다 먼저 흥분해서 "아니 뭐야, 우리는 어른이 아니라는 거야?"라고 했던 형을 시야에서 놓쳤다. 우리는 어른이다. 아이들이면서 어른들이다. 몇 년 전부터 우리는 우리 시대를 기다리고 있다. "깨어나라, 오 카스바의 주민들이여, 1958년 이래로 그들은 아르키*와 레블뢰, 대불협력자의 존재로서 당신을 능욕해 왔다! 알리-라-푸앵트는 헛되이 죽은 것인가?"

오늘, 카페는 약탈당하고 상점의 유리창은 산산조각 났다. 소년들, 청소년들이 이제 밖으로 나오고 있다. 그들은 명랑하고, 자유분방하고, 열광적이다. 우리의 수가 얼마인지 나는 모른다. 우리는 무성해지고 캄캄해지는 삼림 같고, 야유, 비난, 분노의 함성은 증폭되고 있다! 나는 갑작스런 침묵에 사로잡힌 채 깨뜨리고, 파괴하고, 분쇄하면서 전진하는 군중들 중 한 명에 불과하다는 느낌이 든다. 소란스러운 물결이 군중을 앞으로 밀어낸다.

갑자기 소강상태가 찾아온다. 우리는 스페인인의 빵집 앞에 도달한다. 가게는 열려 있고, 빵들은 평상시처럼 가지런히 정렬되어 있다. 빵집 주인 부부와 아랍인 점원은 미동도 하지 않는다. 웃지도 않고 긴장도 하지 않는다. 그들은 빵을 내줄 각오, 빵을 판매하거나 아니면 기부하려는 각오가 되어 있다.

평정을 되찾은 군중은 아무도 빵을 주문하지 않으며, 하나뿐인 그 빵집 앞을 평화롭게 줄지어 지나간다. 사람들은 입을 닫고, 말없이 스페인 사람 빵집을 우회해서 가던 길을 계속 간다. 다른 유리창을 깨뜨리러.

나는 가장 먼저 잡화점에 침입한다. 선반 위에는 판매를 기다리는 신품 손도끼들이 진열되어 있다. 횡재다! 내가 앞장서고 다른 사람들은 내 뒤를 따르며 서로 앞 다투어 손도끼를 집어들 것이고, 앞에서는 널찍하고 시원한 그늘이 더 짙게 드리워지고, 물론 아무도 없는 그 건물 전체에 대한 조직적이고 유쾌한 파괴가 있을 것이다.

나는 진짜 반달족*이 된다. 리듬과 박자에 맞춘 환희……. 저

쪽에서 누군가가 금전등록기를 열고, 다른 한 사람은 니켈 또는
은 동전을 공중에 던지고 지폐를 뿌린다. 희미한 빛 속에서 동전
이 반짝이는 비처럼 천천히 떨어진다. 세 번째 사람이 마치 연기
하듯이 외친다. "우리는 도둑이 아니야!" 그는 아랍어로 소리쳤다.
 '저 사람도 아주 즐거워하는 것 같군, 나처럼!' 이유 없는(그리
고 떠들썩하지 않은) 파괴의 순수하고 황홀한 기쁨에 완전히 빠
진 채 나는 이렇게 생각했다.

　이처럼 잡화점에 넘치는 생기 속에서 나는 갑자기 내가 우중
충한 시간을 보내고 난 후 기분을 풀고 있는 한 무리의 아이들
을 이끄는 지도자인 듯한 착각에 빠진다……. 또한 예기치 못한
정적이 기억난다. 우리 카스바 여자들의 유유 소리가 더 이상 우
리에게 들려오지 않는다. 우리는 인적 없는 이곳 그늘진 추위 속
에, 적지에 있는 것이다. 우리는 우리 선조들, 그 옛날 북방 민족
의 땅에 상륙해서 모든 것을 약탈하고 유린하던 무시무시한 알
제의 해적을 닮았다…….

　거친 폭력의 물결로 변한 이 격정 속에서 나는 두 개의 거대한
나무통을 마주하고 서 있다. 나는 무분별하게도 도끼를 손에 든
채 목적 없는 의지에 흔들리고, 허무로 변하게 될 즐거움에 가득
찬다. 나는 그 나무통을 공격하기로 결정한다. 그 안에 무엇이
들어 있을까? 곧 알게 되겠지, 정면에서 그 통들을 공격하라는
내 부추김을 받은 다른 두 소년과 함께. 나는 그들을 자극하려고
외친다.

　"분명한 건 여기서 흘러나오는 게 포도주는 아니라는 거야!"

우리는 나무통을 두드리고 때린다. 어린애다운 유치한 잔치다! 갑자기 어떤 통에서 부글거리는 액체가 뿜어 나와 끓어오르며 우리 눈을 멀게 만들고 숨을 쉴 수 없게 만든다…….

호기심은 사그라지고 눈은 붉게 충혈된 채 나는 물러선다. 질식시킬 듯한 이 연무(煙霧) 속에서 망설이던 군중은 바깥쪽으로 이동한다. 마지막으로 빠져나온 나는 통풍이 잘 되는 곳에서 고래고래 소리를 지르며 민족주의자의 구호들을 다시 외치기 시작하는 다른 사람들과 합류한다. 우리는 마랭고 가 아래쪽을 향해 계속 내려간다.

"슈발 광장으로 갑시다!" 앞쪽에서 누군가가 날카로운 목소리로 외친다.

갑자기 내가 어떤 혼란에 처해 있는지 이해되지 않는다. 이상하게도 몇몇 사람들이 건물의 문을 부수고 난 다음 복도처럼 생긴 곳으로 사라진다……. 나는 그 무리를 따르고 있지만, 확신이 서지 않는다. 내 앞의 사람들이 멈춰 선다. 나는 호기심에 이끌려 그들 앞으로 나선다. 정말이지, 숨쉬기가 더 나아진다. 잡화점의 연무로부터 해방된 듯한 느낌이 들고, 내 눈은 더 이상 빨갛지 않다.

정적이 감돈다. 나는 군중을 헤치고 나아간다. 그제야 이 긴 복도가 아파트 일층 복도라는 사실을 알아차린다. 복도 끝에서 네댓 명의 사람이 두려움에 찬 얼굴로 움직이지 않고 우리를 쳐다보고 있다.

"살려주세요! 우리를 죽이지 마세요!" 어떤 여자가 소리친다.

나는 손에 도끼를 들고 있었다. 내게는 그것이 마치 꿈같다. **사람들 틈에** 있으니 답답한 느낌이다. 그런데 곧이어 그 네댓 명의 사람들 속에서 나는 누군가를 알아본다……. 나는 그가 누구인지 알아보고, 소리친다.

"포폴이야! 같은 반 친구! 걔한테 손대지 마세요!"

도끼를 손에 든 채 나는 겁에 질려 내 등 뒤에 있는 그들과 우리 패거리 사이에 자리를 잡는다. 단호하게 나는 다시 외친다.

"친구라니까요! 얘는 건드리지 마세요!"

그리고 나서 나는 손에 무기를 쥔 채 다른 사람들을 내보낸다.

밖에서는 수천 명의 시위대가 사방팔방에서 갑자기 나타난다. 마치 우리 카스바의 후미진 곳 어디에서나 기어 나오는 개미 떼 같다.

"슈발 광장으로!" 사람들이 외친다.

나는 무리를 따라 가려 한다. 그런데 왼쪽의 어떤 골목에서 사람들이 마치 더 정연하게 흐르는 물살처럼 열을 맞춰 다가온다. 그들이 우리의 무질서하고 무절제한 모습을 응시한다. **이 소규모 군대**(그들의 침착성과 단호하지만 느릿느릿한 거동 때문에 나는 그렇게 생각했다)의 맨 앞줄에서 형 알라우아를 발견한다.

형이 내게 다가온다. 형은 아무 말 없이 내 손에 들린 도끼를 쳐다본다. 무뚝뚝하고, 거의 심판자 같은 형의 눈길. 나는 얼굴을 돌린다. 형은 자신의 팔로 나를 돌려세우고, 내게서 도끼를 빼앗으면서 변함없이 권위적인 말투를 되찾는다.

"네 꼴이 어떤지 봤어?" 그가 나직하게 말한다.

"무슨 말이야……?"

"바보 같은 놈." 알라우아 형은 아주 작은 소리로 덧붙인다.

"네놈 등에 묻은 이 빨간색 페인트를 봐……!"

나는 아무렇게나 페인트칠이 되어 있는 뭐랄까, 주홍색으로 물들어 있는 내 모습을 발견한다. '아마 잡화점에서 그런 것 같은데, 어떻게 된 건지 나도 모르겠군!' 나는 생각한다. 알라우아 형은 자기 무리와 함께 떠나기 전에 내게 빠르게 충고를 남긴다.

"우선 가서 씻고 옷을 갈아입어! 광장에서 우리와 합류할 시간이 있을 테니!"

형이 사라진다. 형의 말이 옳다, 이번에는. 하지만 형의 충고가 맞다는 생각이 들자 나는 화가 난다. 집은 여기에서 몇 분 거리에 있다. 단숨에 달려가서 몸을 씻고, 옷을 갈아입고, 가능한 한 빨리 돌아와야지…….

나는 블뢰 가의 집으로 바람처럼 달려가서 30분 만에 모든 일을 마친다. 테라스의 세탁장에서 샤워를 하고 ── 그 끈적거리는 붉은색이 내 몸에서 흘러 나가게 하기 위해 ── 여동생이 왔다 갔다 하며 내게 갈아입을 속옷을 가져다주자, 나는 물에 젖은 머리를 정성스럽게 빗는다(거울 조각에 내 모습을 비추어 보면서 마치 이웃의 결혼식에 서둘러 가려는 듯이). 눈먼 할머니의 소리가 포함된 유유 소리를 들으며 다시 나오다가 나는 내 뒤에서 할머니가 사람들이 얘기하는 그 붉은 색이 왜 묻었는지 걱정스럽게 묻는 소리를 듣는다…….

"페인트냐, 정말? 피가 아니고? 내게 숨기는 거 없지?"

나는 귀에 울리는 할머니의 걱정스러워하는 말에 미소로 답하면서 다른 사람들과 합류하려고 서두른다. 그런데 할머니로부터 전해지는 일종의 예감 같은 것이 있었다. 나를 지켜 준 것은 바로 이 붉은색 페인트였다.

광장 부근에는 군인, 경찰, 해군 본부 병력들이 모두 대기하고 있었는데, 그들이 **정부 광장**이라 부르던 그곳에 해방되고 속박을 벗은 기쁨에 넘치다가 이내 두려움에 빠진 군중이 가득 들어차자 그들은 일제 사격을 시작했다.

총격은 수십 분간 계속되었다.

비명. 퇴각. 쓰러진 시체들. 부상자들과 죽어가는 사람들, 그리고 달아나고, 뒷걸음치고, 울부짖는 사람들. 좀 전과는 달라진 어조로 아직도 "알제리인의 알제리!"라고 외치는 사람들.

이어지는 혼란. 다시 시작되는 진압. 흩어졌다가 다시 모이고, 이따금 피범벅이 된 채로 작은 길과 골목들을 지나가는 수많은 시위대들, 부상자들을 옮기거나 구조하는 건장한 사람들. 곧 그곳까지 올라오게 될 경찰들을 피해야 한다……. 하지만 정말로 우리 소굴 속으로 감히 들어오지는 못할 것이다. 경찰도, 그들의 개도, 그들의 레블뢰도.

몇 시간 후, 해지기 직전에 머리를 흰색 양모로 따뜻하게 감싼 꼬부랑 할머니들이 여전히 바둑판 모양으로 구획된 드넓은 광장의 포석 위를 찾아 헤맬 것이고, 시신들 속에서 누가 자식이고 누가 남편인지를 가려내러 올 것이다.

형의 명령에 따라 옷을 갈아입고 차림새를 가다듬기 전에 가능한 한 빨리 씻어 내려고 했었던 그 붉은색 페인트 덕분에 나는 다른 사람들의 피가 묻지 않았다. 내 손에는 얼룩 한 점도 없었다! 곧 열다섯 살이 되는 나, 핏속에 과도한 반항의 열기가 흐르고 혈기 방장하지만 번번이 헛물만 켜는 나는 태어나서 처음으로 패배를 겪고 도망자들을 목격했다.

모르는 사람들에게 쫓길 때처럼 잊히지 않는 섬뜩한 대화들이 내 곁에서 정처 없이 흩어진다.

"하지만 끝난 게 아닙니다, 형제여!"

"시신들을 수습합시다! 밤에 사망자들을 기립시다!"

"내일 새벽에 다시 시작합시다, 형제여!"

"카스바는 부름에 응할 겁니다. 내일 봅시다!"

맞다, 나는 듣고 보며, 내가 사망자들 가운데 있지 않고 또 부상자들에 포함되지도 않았다는 사실을 이해하지 못하거나 거의 간신히 이해한다. 또한 내가 도망자들 속에 있지 않다는 사실을. 나는 말없이 천천히 돌아온다. 이 모든 소동, 이 열광, 이 해방감이 꿈이라는 건가? 집에 도착하자, 문 입구에서 어머니는 걱정에 싸여 있지만 눈물을 보이지 않는다.

어머니가 할머니를 안심시킨다.

"알라우아는 살아 있는데, 숨어야 할 거예요! 베르칸은 방금 돌아왔어요. 마호메트여, 찬미 받으소서!"

여자들은 집안에서 입을 다물고 있다. 테라스에서 밤을 지새우며, 그들은 똑똑히 보이는 촛불 때문에 사망자나 죽어가는 사람을 위해 기도를 올리고 있음을 알 수 있는 이웃집을 서로서로 가리킨다.

다음날 첫 통계 자료가 유포된다. 슈발 광장 한곳에서만 적어도 50명에서 70명이 사망하고, 도시 전체로는 수백 명이, 국내 다른 도시들에서 쓰러진 희생자가 천여 명이라고 한다.

카스바의 폭동은 일주일간 계속되었다. 확실히 점점 덜 격렬해졌지만, 흰색 테라스에서 터져 나오는 여성들의 노랫소리 — 마치 우리 발아래 펼쳐진 바다를 향해 부르는 찬가 같은 — 에 자극을 받아 새벽부터 다시 시작되고, 계단으로 이루어진 굽이진 골목에서는 점점 더 나이가 어린 소년들이 삼삼오오 무리를 지어 박자에 맞춰 구호를 외친다. "알제리인의 알제리!" 느닷없이 터져 나오는 지칠 줄 모르는 강박관념의 말, 강박적인 분노의 말을.

모든 학교의 문이 닫혔다. 아이들은 거리에서, 생기발랄한 카스바의 끓어오르는 거리에서 배운다. 마랭고 가에서 유럽인은 자신들의 가게를 닫아 놓고 있다. 엘 케타르*에서는 파헤쳐진 묘지 주변에서 베일을 쓴 할머니들이 허리를 굽힌 채 시편을 낭독하고, 오랫동안 기도를 드리고는 말없이 미로 같은 좁다란 길로 돌아오곤 한다.

일주일 후, 다시 일을 시작하고, 거짓 평화로 돌아가야 했다!

카스바의 서민들은 모두 일용직 노동자다. 그러니 아무리 마음이 무거운들 어느 누가 일하지 않고 일주일 이상을 감히 버틸 수 있겠는가?

3.

당시 나는 열세 살, 아니 열세 살 6개월이었던 것 같다. 있는 용기를 다 짜내고, 대담한 생각에 가슴은 두근거리며, 손에 하루 동안 번 동전들(이미 몇 달 전부터 나는 만화 판매로 약간의 수입을 얻고 있었다)을 가득 쥔 채 나는, 서너 번 넷즈마 극장의 입장권을 사지 않았으니 마침내 내가 점찍어 두었던 **정숙하지 못한 집들** 중 한 곳에 손님으로 들어갈 수 있는 액수가 되었을 거라고 갑자기 계산한다.

이런 집들 두세 곳에서 나는 **정조 관념 없는 여자들**이 그저 우리 집안 여자들과 거의 비슷하게 살고 있는 모습을 보곤 했다. 똑같은 옛날식 집, 똑같이 허름한 안뜰이었다. 그 여자들은 장 보러 나갈 때면 알제 여자들이 쓰는 비단이나 양모로 짠 베일을 썼지만, 사람들은 때때로 다리를 드러내거나 목 위로 베일을 활짝 열어 젖혀 흘러내리게 하는 그들의 방식에 의해 그들을 알아보곤 했다. 그리고 그 여자들은 유럽 여자처럼 화려하게 화장을 했다. 마지막으로 그 여자들은 아침저녁으로 금으로 만든 패물을 목이나 머리에 착용하고 있었다. 요컨대, 아이들인 우리까지도 그들이 우리 이웃 여자들, 우리 친척 여자들과 닮았지만 진짜 똑같지는 않다는 사실을 알고 있었다. 우리는 언제나 그 여자들을 알아보았다!

내가 나중에 가서야 알게 된 일이지만, 그 여자들은 유곽(遊廓)에서가 아니라 거의 독자적으로 일했다. 그 여자들에게는 보통 자신의 리듬에 따라 살아가게 해 주는 보호자가 한 명밖에 없었는데, 아마도 그 보호자가 그 여자의 후원자이면서 애인이기 때문이라고들 했다. 그런 점에서 나는 그녀들의 일을 수공업적이라고 말하고 싶다.

그리고 아마 1960년 12월에 터진 나의 분노 이전이었을 텐데, 아직까지 거의 아이이긴 하지만 얼마 전부터 꼭 필요한 돈은 벌고 있던 나는 태양이 비추던 어느 날 아침 갑자기 그 **정숙하지 못한 집들** 중 한 곳으로, 그것도 우리 블뢰 가에서 그다지 멀지 않은 집으로 달려갔다. 나는 (나 자신에게 용기를 불어넣기 위해서) 나의 대담한 생각에 겁먹은 내 또래의 두 아이에게 장담했었다.

"그래, 난 거기 갈 거야!" 나는 그들 앞에서 결정을 내렸다.

"가렴, 하지만 얘기해 주는 거다, 나중에. 약속하지?"

"얘기해 줄게!" 나는 나의 사기를 북돋우기 위해 즉각 대꾸했다.

나는 일주일 전에 내가 점찍어 두었던 작은 집까지 단숨에 달려갔다. 문이 반쯤 열려 있었는데, 어른처럼 단번에 그 문을 밀어젖혔다. 나는 질풍처럼 안으로 들어갔다. 카스바의 자기 안마당에 서 있던 그 여인, 샘물 앞에 놓인 함지 위로 허리를 반쯤 숙이고 있다가 내가 들어서자 놀라서, 하지만 웃는 모습으로 뒤돌아서던 그 여인에 대한 기억이 아주 생생하다.

"무슨 일이니?" 그녀가 무척 차분하게 묻는다.

나는 동요하지 않고 그녀를 향해 손을 내민다. 내 재산인 온갖 동전들로 가득 찬 손바닥을!

나는 내가 무슨 말을 지껄이고 있는지 더 이상 모르고, 다시 똑같은 몸짓을 한다. 그러자 여인이 웃음의 성격을 바꾼다. 그녀는 이제 아주 재미있어 하는 듯하다.

나는 당황하지 않는다. 나는 팔을 내민 채 그녀 앞에 서 있다. 그녀는 마침내 이해할 것이다. 아마도 다소 이른 아침 시간이긴 하지만, 그래도 그녀는 나를 손님으로 여겨 줄 것이다!

"너 몇 살이니?" 그녀가 나이부터 묻는데 입가에서 미소가 떠나지 않고 있다. 하지만 나는 더 이상 아무것도 보이지 않는다. 갑자기 그녀가 나를 길로 내쫓을까 봐 너무 무서워진다!

"열다섯이요!" 나는 용감하게 대답한다.

그녀는 갑자기 짓궂은 표정, 여하튼 간에 재미있어 하는 표정으로 말한다.

"열한 살도 안 돼 보이는데 그래!"

나는 필사적으로 동전들을 내민다.

"알았어, 알았어." 그녀가 말한다. "돈이야 있겠지!"

그녀는 여전히 물에 손을 담근 채였다. 사실 그녀는 빨래를 마무리하고 있었다. 그녀 집 안마당에 깔린 타일이 기억난다. 붉은 벽돌색이었는데, 그중 몇 개는 약간 금이 가 있었고, 한쪽 구석에는 보조 수도꼭지가 있었다.

그때 내게 오랫동안 잊히지 않는 동작으로 그녀가 손을 말렸다. 그녀는 일종의 춤사위처럼 태양빛에 비추며 손을 허공에서 엎었다 뒤집었다 했다. 갑자기 우리 둘 사이에서 물방울이 다발 모양으로 떨어지며 반짝였고, 거의 엄마뻘인 그녀가 웃기 시작했다.

"아하, 그렇구나." 조금 경망스럽지만 부드러운 표정으로 그녀가 말한다. "네게 돈이 있고, 벌써 열다섯 살이니까 그래도 되겠구나, 꼬마야, 가자!"

나는 그녀를 따라 어두침침한 방으로 갔다. 어둠과 서늘함으로 가득 찬 방이었는데, 바깥의 햇빛 때문에 아직도 눈이 부셔 보이지 않았다. 그녀는 등을 반쯤 돌린 채 무관심하게 덧붙였다. "가져온 것을 서랍장 위에 놓으렴!"

여인은 액수를 확인하지 않았다. 갑자기 그녀가 액수에 아랑곳하지 않았을 거라는 확신이 든다. 그녀는 자신이 열세 살짜리 혹은 열다섯 살짜리 소년의 입문 안내자임을 알고 있었다. 열셋이나 열다섯이나 무슨 상관인가. 태양이 내리쬐는 그날 아침, **정숙하지 못한** 그 좁은 집안에서 그녀는 내 동정을 가져갔다.

그녀가 나를 입문시킨 것은, 그래, 너무나 순식간이었지만 호의적이었던 듯하다.

나는 될 수 있는 한 빨리 그녀 곁을 떠났다. 두 친구는 시장의 작은 광장에서 나를 기다리고 있었다. 나는 친구들에게 아무것도 말하고 싶지 않았다. 아무것도! 짐작하건대, 너무나 진부한 동시에 너무나 단순했고, 모든 게 뒤섞였고, 뒤죽박죽이었다, 정말!

이제 와서 생각해 보면 (아마도 나를 자신의 방으로 들여보내기 전, 작은 안뜰에서 햇빛에 손가락의 물을 털던 그 소박한 여자 때문이겠지만) 그러한 육체적 관계들 속에서도 내게는 약간의 순진함이 남아 있었던 듯하다. 짧은 반바지 차림의 내 나름으로 아마 카스바의 그 입문 안내자에 대한 충정에 의해 그리고 그녀의 미소, 그래, 호의적이라고 할 만한 그녀의 미소 때문이 아니었나 싶다.

4.

나는 나의 이행기 시절 이야기 속을 오가고 있다. 무엇을 향한 이행이고, 어디를 향한 이동인가? 그때까지의 나는 정말 무엇인가? 열세 살, 열세 살 하고 6개월 때, 식자 견습공으로서의 일 덕분에 가족을 책임지던 내가 이름조차 알지 못한 그 '여인'의 집에 용감하게 들어가던 때. 그 **여인**은 신중하게 나를 입문시켰고, 그래서 나는 조용히 —— 생각건대, 마음 깊숙이 슬픔을 느끼며 또한 비밀을 간직한 채 —— 그녀의 집에서 빠져나왔다.

시간은 흘러간다. 1960년 12월의 시위가 발발하고, 나는 이 집단 폭력으로의 또 하나의 입문을 지난번의 비밀경찰 같은 입문과 달리 암담한 열광으로 체험했다. 눈길, 손, 그리고 아주 가까이, 너무나 가까이 있던 여인의 살결이었던 지난번과 달리 군중의 열광 속에서, 그리고 그들의 분노 속에서 막은 내렸는데, 바람에 찢어진 얼굴과 복면 말고 내게 남은 건 무엇인가…….

이 최초의 경험들은 내게 무엇을 남기고 있는가? 나는 아이도 아니었고, 완전한 청소년도 아니었다. 미지의 여인 곁에 다가서고, 그녀의 움직임을 내 어설픈 육체 속에 간직하면서 때로는 굳게 결속되어 있다고 느끼는 무리 속에서, 때로는 단독으로 아직은 암중모색하는 그림자였다.

그래, 거의 맹목적으로 내딛은 이 첫 걸음에서 내게 무엇이 남아 있는가? 모든 것이 갑자기 폭발하고, 둑이 터진다. 누군가가 당신을 끌고 가거나 당신 스스로 날아오른다! 청소년이 변화보다 단절을 체험하는 거라면, 내게 있어서 그 단절은 정말이지 몇 개월 사이에 이루어졌다. 1961년 12월부터.

이번 민족주의자의 시위들은 자발적인 게 아니다. 2주 내지 3주 전, 기력을 회복한 민족해방전선과 매일 저녁 어느 집에서나 청취하는 라디오-카이로*의 목소리 또는 '수텔 아랍(아랍인의 목소리)''이 1960년 12월 사망자들의 일주기를 기념하자고 우리를 부추기고 있다.

우리는 다른 지역 이상으로 카스바에서 준비하고 있다. 이전의 몇 날 며칠간 영웅이었고, 주동자였고, 혹은 더 겸허하게는 일렬에 나선 시위자였던 나는 이미 맨몸과 맨손으로 군인들 앞에서 쓰러진 내 모습을 상상하곤 했다(마치 순교자의 이슬람 낙원에 기대어 사후에 나 자신의 영광을 맛보기라도 하려는 것처럼!).

요컨대 이 스트레스 해소의 기회를 목전에 두고 나는 아주 낭만적인 흥분에 빠져 그것을 기다리고 있다. 인쇄소 작업의 반복되는 평범한 일상을 이겨 내는 한 가지 방법이기 때문이다(나는 동네 문맹자에게 만화 파는 일을 포기했다. 그것이 갑자기 유치한 일처럼 보인 탓이다!).

12월 11일은 다시 내게 굉장한 날이 될 것인가? 하지만 예상되는 전조도 없이 이루어진 나의 체포로 흔적이 남기 했어도, 그 반대였다. 바보 같다고 해야 할까. 나는 조급함 때문에 체포되었고, 비록 늦었지만 내 어리석음 때문에 그렇게 되었음을 밝힌다. 어쩌면 지나치게 조숙했던 사내아이의 허영심 때문이었는지도 모른다! 또 한편으로는 그해 1961년에 재조직된 지하 조직망에 복귀했기에, 가능한 한 집안에 머물기를 피했던 알라우아 형을 그 당시에 내가 거의 보지 못했던 탓인지도 모른다.

그러니까 내 마음대로 할 수 있었던 나는, "1960년 12월 11일의 사망자들을 추모하라!"라는 라디오 수텔 아랍의 지령을 곧이곧대로 실행한다. 나는 극도로 신중하게 웃옷 안쪽에 국기를 접어 넣고 집을 나선다. 나는 생각한다, '가장 먼저 사람들을 불러 모아야지. 하지만 집에서 먼 곳에서 해야 해. 군인들이 집에 들어가지 못하도록, 그리고 적어도 여자들은 보호할 수 있도록!'

하지만 이번에는 우리 동네의 어머니들과 소녀들 중 어느 누구도 떨리는 소리로 유유를 합창하며 선뜻 나서지 않았다. 아직도 테라스에는 정적이 감돈다.

"내가 오늘 아침 스타우엘리 가에 가장 먼저 나온 사람들 중

한 명임이 틀림없는 것 같군요." 나는 깃발을 꺼내 들고 손님들 테이블을 향해 연설하기 시작한다.

"자, 일어나세요, 여러분! 지난 12월의 희생자들을 잊지 맙시다!"

나는 독립을 원하는 구호들을 외치면서 선동을 계속한다. 그렇게 5분이 지났을까 10분이 지났을까. 내 앞에는 아무런 반응이 없다. 앉아 있는 손님들이 다소 굳은 얼굴로 나를 쳐다본다. 나는 그들을 비웃으려다가 얼굴을 반쯤 돌리면서 이해하게 된다. 내 뒤 바로 몇 미터 떨어진 곳에서 프랑스 군 정찰대가 내 덜미를 잡기 위해 기다리고 있는 것이다!

나는 깃발을 도랑에 던지고 —— 그다지 명예롭지 못하게도 —— 앞으로 도망치기 시작한다. 나는 미로 같은 우리 골목들을 알고 있다. 첫 번째 모퉁이, 두 번째 모퉁이, 거의 이웃이나 마찬가지인 오래된 집, 내가 알기로 이중의 전면을 가진 집을 점찍는다. 나는 그곳으로 달려 들어간다. 안뜰에서는 낮은 테이블 주변에 여자들이 있다. 한 여자가 내게 쾌활하게 인사를 건넨다. "아니, 베르칸이구나!"

나는 테라스로 통하는 계단들을 눈여겨보았다. 나는 그 계단을 택해 달린다. 군인들이 우당탕거리며 들이닥쳤다. 하지만 그들이 방마다 다니며 나를 찾는 데는 시간이 걸리고, 나는 그 장소를 잘 알고 있다.

나는 이미 위층에, 탁 트인 하늘 아래 있다. 거의 자유를 찾기 직전이다. 나는 테라스 한쪽 모서리에서 다른 길 쪽으로 난 다른 테라스로 가기 위해 뛸 준비를 한다. 아아, 계단의 내 흔적들을 따라 가장 먼저 달려 온 커다란 셰퍼드 한 마리가 나만큼이나 빠르게 뛰어올라 내 오른손목을 이빨로 물고 놓아 주지 않으며 나를 뱅뱅 돌게 만든다. 그렇게 돌고 있을 때, 군인들 중 한 명이 헐떡거리면서 개를 떼어 놓으며 내게 수갑을 채우기란 쉬운 일이다.

"가자, 요 꼬마야." 사람 좋아 보이는 프랑스 군인이 빈정거린다. "길 폭을 보렴. 우리가 방금 네 목숨을 구한 거야!"

정말 그랬다……! 내가 건너뛸 수 있었다고 해도 그들로서는 이쪽 테라스에서 저쪽으로 뛴 나를 그곳에서 충분히 끌어냈을 것이다.

"녀석을 체포합니다!" 두 번째 병사가 안뜰에서 여자들을 향해 총을 겨누고 있는 군인들에게 외친다. 그 여자들이 어머니에게 즉시 소식을 전하리라는 걸 나는 알고 있다.

"당신 아들이요." 분명 잠시 후면 그 여자들이 어머니에게 얘기할 것이다. "멀지 않은 곳에서 낙하산 부대원들이 그 아이를 데려갔어요, 몽 타보르 가의 아르키들 집에서요!"

사실, 아르키는 **알제 전투**가 끝난 이후 그곳에, 아주 끔찍한 고문의 중심지로 금세 알려진 한 건물에 정착했었다. 그들은 대부분 멀리 떨어진 시골에서 온 지원병들이었다. 그들은 마치 앙갚음을 하는 듯했다. 요컨대 그들이 카스바의 도시인에게서 받았다고 생각하는 자존심의 상처에 대해 복수하는 것 같았다.

내가 주먹질과 발길질을 당하며 이미 피의자로 가득 차 있는 지하실로 끌려가고 있을 때, 그들의 지휘관들 중 한 사람이 외치던 소리가 기억난다. 그렇다, 특히 반복해서 이렇게 말하던 한 사람의 걸걸한 목소리가 내 기억에 남아 있다. 분명히 아랍어였다.

"그래, 이 개새끼, 이 나라에서 프랑스를 쫓아내고 싶어 하는 게 바로 네놈이구나!"

그는 내 어린 나이에 대한 멸시보다 분노가 훨씬 더 본심에서 우러나는 듯했다. 내겐 상투적인 경의로 보였던 그의 진지한 말투가 아직도 내 귀에 맴돈다. 한편, 그는 마지막 단어인 '프랑스'를 **"프랑사! ……프랑사!"**라고 발음했는데, 마치 감복하는 하인처럼 또박또박 끊어서 말하는 이 마지막 단어 "프랑사!" 때문에 나는 어둠 속에서 곱절로 충격을 받았다.

나는 다른 수감자들 틈에 끼어 어둠 속에 쪼그려 앉았다. 계속되는 어둠 속에서의 기다림. 하루 낮 하루 밤. 동료들과 주고받은 몇 가지 소식들. 그들은 아무것도 모르고 있었다. 똥 냄새, 오줌 냄새……. 나는 특히 내가 상상했던 **축제**가 나를 빼놓고 바깥에서 진행된다는 데에 기분이 상한 채 잠들어야 했다!

새벽에 낙하산 부대원들이 나를 찾아 왔다. 나는 그들에게 에워싸여 올라간다.

"이 꼬마는 우리가 데려간다!" 나는 엄중한 감시를 받으며 오르막 계단 길을 걸어서 그들을 따라간다. 우리는 큰 감옥 뒤에 있는 오를레앙 병영 쪽을 향해 걸어간다.

'거리는 평온해 보이는구나!' 나는 추모식이 어떻게 진행되었는지 아무것도 알지 못하는 걸 괴로워하면서 이렇게 생각한다. 아직도 10분은 걸어가야 한다. 어린 아이들의 반짝이는 눈, 각자의 문간에 있다가 사라지는 이웃들. 나는 확신한다. 어머니는 곧 문 앞에서 낯선 사람이 속삭이는 소리를 듣게 될 것이다. "당신 아들은 아직 살아 있어요!"

나는 오를레앙 병영에서 훨씬 더 많은 사람들이 있는 지하실로 인도된다. 수많은 수감자들. 누가 누군지 분간할 수가 없다. 다시 또 배설물 냄새. 하지만 문 앞에는 양철통이 놓여 있다. 이곳에서 수감이란 육체를 움직일 수 없는 일종의 무기력이다. 그리고 거의 탄식이 없다. 겨우 투덜거림이나 약간의 헐떡임이 있을 뿐이다. 밤은 끝없는 복도 같다. 무엇보다도 음악이 시작된다. 아주 먼 곳에서 들리는 아주 강렬한 고함도……

"클래식 음악이지." 내 곁에서 누군가가 한숨 쉬듯 말하는데, 그게 누군지 분간이 안 된다.

"고문 받는 사람들의 비명을 듣지 않기 위한 거야." 아주 가까이에서 기진맥진한 목소리가 내게 설명한다.

"그래도 들릴 걸!" 세 번째 사람이 헐떡거리며 말한다.

저승. 그 지저분한 지속, 그 시간의 터널, 그 역한 냄새, 모든 것이 암흑이고, 수감자들이 비틀거리며 끌려 들어왔다가 넝마 조각이 되어 말없이 헐떡거리며 나가게 되는 그 거대한 동굴을 왜 회상하는가? 다시, 층마다 울리는 음악이 우리를 사로잡는다.

"클래식 음악이야." 누군지 알 수 없는 옆 사람이 같은 목소리로 반복해서 말한다. 쉰 목소리로.

"프랑스 음악이야." 다른 누군가가 정정한다. 이 말을 한 사람이 어둠 속에서 내 손을 잡아 자신의 입을 만져 보게 했다. 앞니가 없고 피가 말라 엉겨 있다…….

저승. 이틀, 사흘. 마침내 내 차례다! 여전한 어둠 속에서 누군가가 내 이름을 또박또박 불렀다. 나는 안도감을 느낀다. 기다림이 극도에 달했었기 때문이다.

서너 차례 취조가 있었지만, 매번 얼마나 시간이 흘렀는지는 알지 못했다. 부인하기, 모든 것을 부인하기. "깃발?" 나는 땅에서 그것을 주워들었을 뿐이었다. 그건 버려져 있었다. "나는 그것을 쓰레기장에 버리려고 준비했었다!" 내가 달렸다고? "아니다, 나는 도망치지 않았다. 그저 개가 무서웠을 뿐이다!" 내가 뛰어내리려 했다고? "그렇다, 당연하잖은가! 커다란 개가 계속 있었으니! 나는 겁이 났다……." 체포된 아버지? "그렇지만 나는 왠지 모른다. 착오가 분명하다!" 형? "하지만 나는 형을 만나지 않는다! 석방됐잖나. 알다시피 그는 석방되었다! 착오였다는 증거다!"

구타를 당하더라도 그리고 고문을 당할 때까지 논리에 전혀 맞지 않게, 그날 바보처럼 행동했으니 계속 바보 행세를 할 것! 계속 우길 것. 의견을 굽히지 말 것! 나는 아무것도 모른다. 나는 하찮은 인쇄소 견습공일 뿐이다. 착실한 견습공. 나는 착실하다. 어머니와 누이들이 내 노동을 필요로 하기 때문이다! 취조는 두세 시간 지속된 것 같았다. 구타 때문에 부어오른 내 얼굴이 느껴지지 않는다. 갈비뼈, 머리, 고통스럽지만 나는 아직 참을 수 있다. 나는 참을성 있게 키워졌다. 고마워, 사랑하는 알라우아 형!

이것은 전쟁이다. 이 용병들은 자신의 일을 하고 있다. 내 몫은 견뎌 내는 것이다. 무엇보다도 생각을 해서는 안 된다.

이제껏 내가 겪은 것이 단지 맛보기에 지나지 않음을 잘 안다. 후속 작업이 곧 시작되겠지. 겁주기는 물론이고, 전기 고문, 벌거벗은 내 몸을 눕힐 판자, 내 배를 부풀리게 될 물고문. 그리고는 동료가 말했던 **클래식** 음악이 곧 시작될 테고, 비명을 지르고 자신의 비명을 듣지 못하는 일이 시작될 터다. 오락이, 그들의 쾌락이!

이것은 또 하나의 입문이다. 돌멩이 같은 육체, 성벽 같은 육체, 외호를 두르고 이탄(泥炭)처럼 단단한 육체, 일체가 되어 저항하는 육체, 둔하고 마비되었지만 조각나지 않은 육체. 육체는 저항하고, 그들은 악착스럽다……. 생각하지 말아야 한다. 그들은 그들의 일을 하고 있다! 그리고 너는 네 일을, 견디는 일을 해야 한다! 그뿐이다. 넘겨야 할 한순간…….

어쩌면 여기서 나가지도, 이 어둠을 벗어나지도 못할지 모른다. 어두운 방 안의 여인, 그 여인은 얼마나 부드러웠던가……. 카스바! '엘 제자이르…….' 그들은 아버지의 이를 하나하나 뽑았다. 아버지는 말하지 않았다. 그들은 아버지 앞에서 그의 아들 알라우아를 고문했다. 아버지는 그래도 말하지 않았다! 나로 말하면, 할 말이 아무것도 없다. 그들은 입문을 시작한다. 고통으로, 생가죽 벗기기로, 질식으로의 입문을…….

그 서너 번의 취조에 대해서는 거짓말 같고, 거의 믿을 수 없는, 똑같은 말을 반복하기는 쉽다는 것 외에 무슨 말을 할 수 있을까.

하지만 그렇게 반복하다가 마침내 목소리가, 고함치고 울부짖을 바로 그 목소리가 더 이상 나오지 않고, 그 후에는 심지어 자신의 외침조차 들리지 않는 고비가 찾아온다. 그 고비가 보인다. 가혹 행위를 하는 사람들의 얼굴 속에서(왜냐하면 고문자가 된다는 것은 더디고, 몹시 힘들고, 끈기를 요하는 작업이기 때문이다). 그의 고함, 고통의 소리, 똑같고 단조로운 포효의 멜로디, 그 모든 것이 이따금 당신의 고름과 토사물 가운데서 당신을 고문하는 사람들의 눈과 비죽거리는 웃음 속에서 보인다!

그러니까 세 번, 아니 네 번의 취조들. 아마도 그 음악 때문에 몹시 시끄럽고, 아마 베토벤이거나 바그너의 작품이라고 지금 은 생각하지만, 당시에는 소양이 없었기에 그냥 어머니의 류트 소리와 기타 소리 약간을 제외하고는 내가 알아듣지 못했던 음 악 때문에 길게 늘어지거나 정지하는, 지속되지 않는 그 시간들. 그 모든 소리의 혼란 중에서 단 하나 시시한 내용이 내 머릿속에 남아 있었고, 그럼에도 내가 글을 쓰지 않았던 30년 동안 때때로 생각났다. 절대 고문 이야기를 쓰지 말아야 하는데, 고문당하는 사람의 입장에서 고문에 대해 쓴다는 것이 무슨 소용이 있을까? 혹시 고문하는 사람, 피곤해 하고, 땀을 흘리며, 꾸며 내야만 하 는 불쌍한 사람 입장에서라면 모를까……. 하지만 고문당하는 사람의 입장에서는? 전쟁이 끝난 직후 내 동료들은 그들이 겪은 가혹 행위들을 상세히 설명하고, 내가 알기로는 항의도 했으며, 아마도 양심에 호소하려고도 했을 것이다…….

마치 그러한 일이 효용이 있기라도 하듯이? 마치 고문이 공명

정대하지 못하다는 듯이. 우리 카스바에서는 그 사실을 알고 있다! 바르바로사 형제와 여타 해적들 이후로 항상 그러한 일이 벌어졌으니까. 증인이 한 사람 있다. 위대한 인물, 우리 구역에 관해 최초로 글을 썼던 스페인 사람, 바로 세르반테스다!

우리 카스바 사람들이 보기에 고문이 제기하는 문제는 딱 하나다. 버티는 사람들이 있고 버티지 못하는 사람들이 있다. 두 부류다. 영웅들(때로는 진짜 형편없는 사람들이지만 영웅이다)과 비(非)영웅들. 아니, 그럴 리 없다! 영웅이냐 아니냐는 대개 운수소관이라는 ── 물론 예외가 있지만 ── 생각이 가끔 든다. 용기도 마찬가지다. 하지만 그 이상은 아니다!

나는 샤위족의 후예인데, 다른 베르베르인에게서보다도 아우레스 산지의 샤위족에게 있어서 **용기**란 말하자면 일종의 고집이다! 그것은 투쟁에 요긴하며, 하나의 장점이다! 그러나 나머지 일상생활에 있어서는 고집이 언제나 좋은 것만은 아니다. 고집, 그것은 고집쟁이를 거의 발전시키지 못한다!

나는 지금 오를레앙 병영의 그 지옥에서 나오면서 내가 생각했던 바를 쓰고 있다. 물론 나는 고문에 직면해서 저항했다. 하지만 솔직해지자. 열여섯 나이의 내게 누설할 만한 국가 기밀이란 없었다. 안 그렇겠는가? 나는 아무것도 몰랐다. 나는 아르키 병사가 말하던 프랑사에 맞서서 시위에 참여하고 싶었지, 그 이상은 아니었다.

순수하게 육체적인 고통으로 넘어가는 그 과정에서 내게 아직도 남아 있고, 내가 기술할 필요가 있으며, 내 하찮은 고난을 참신하게 만드는 것, 그것은 전적으로 시각적인 세부 사항이다.

여러 차례의 **근육 단련** 과정 중 내게 예정된 첫 번째 과정에서 그다지 신빙성 없는 내 이야기에 학살자들은(그때까지만 해도 다만 군인이었을 뿐인 사람을 이렇게 불러야 할까?) 나를 눕히게 될 아주 낮은 널빤지를 준비하기 시작한다. 그들은 철제 도구를 다루고 있다. 비록 주먹질과 발길질을 당한 뒤라 통증을 느끼고 있지만, 그 모습을 지켜보면서 나는 순수한 호기심이 가득 찬 눈길을 보내지 않을 수가 없다. 그러니까 내가 호랑이 굴에 들어온 거로구나!

그들은 나를 발가벗겨 널빤지에 눕힌다. 나를 심문하는 자는 내 옆에 서 있다. 갑자기 그가 거인처럼 보인다. 그의 동료 둘이 연봉(鉛棒)으로 내 옆구리를 때리기 시작하고, 나는 손으로 그 것을 막으려 하며 몸을 약간 옆으로 틀어 보려 하지만 소용없는 일이다……. 내가 이 순간을 자세히 적는 이유는 나를 고문하던 자들 중 네 번째 인물 때문이다. 그는 바로 내 머리 위에서 두 손을 모은 채 서 있는데, 마치 나를 위해 봉헌을 준비하고 있는 듯하다. 그는 그런 자세로 조각상처럼 우뚝 서 있다. 그런데 이 유가 뭘까? 그가 내 머리 위로 손을 합장하고 있으니 마치 기도를 준비하는 것 같다는 아주 터무니없는 생각이 든다. 왜, 그리고 누구를 위한 기도일까? 그래서 옆구리에 가해지는 모진 매질에 대처해야 하는데도 내 정신은 이 의식(儀式) 집행자에게 쏠려 있다. 나에 대한 조사는 오래 가지 않는다. 알몸에 쏟아지는 매질을 더 이상 견딜 수 없게 되어 나는 비명을 지른다. 네 번째 인물(누군지 모르는 인물)이 손바닥을 펴서 울부짖는 내 입속에 고운 모래 줄기를 길게 흘려 넣고, 나는 그로 인해 거의 숨이 막힌다.

공포의 순간이다! 아주 가는 그 모래가 내 몸 속으로 스며든다. 나는 비명을 지른다. 눈알이 빠질 것 같다. 다른 사람들이 매타작을 가한다. 비명을 지를수록 모래는 온몸으로 파고들고, 콧속에서도 모래가 느껴진다. 어떻게 숨을 쉴 지 궁리하는 사이에 더 심한 주먹질이 쏟아진다. 나는 어떻게 대처해야 할 지 모른다. 창자를 토해 내는 느낌이다!

잠시 모든 것이 정지한다. 심문하는 자가 다시 말을 잇는다.

"자, 이제 말할 거지? 누가 너에게 깃발을 주었는지 말해 봐, 누구지……?"

나는 숨을 돌린다. 나는 내 진술을 고집한다. 고문 과정이 다시 시작되어 두 사람은 마치 북을 치듯이 내 상체를 두들기고, 내 위에 올라탄 또 다른 한 명은 모래를 쏟아 붓는데, 그것은 꿀물이 아니다, 오, 절대 아니다. 끝없이 비명을 지르고, 끊임없이 그 모래-꿀물을 마심에 따라 나는 그 기이한 호흡 곤란, 은밀히 스며들어 질식시키는 호흡 곤란에 시달린다…….

그러한 일이 계속되고, 또 계속되었다. 마침내 가장 먼저 지쳐 떨어진 사람이 처음에 기도하는 듯이 보였던 사람이었던가? 아마 그랬던 것 같다. 어쨌든 대사가 없는 엑스트라로서, 하지만 마치 목마른 사람의 목구멍에 금실처럼 모래를 계속 흘려보내는 엑스트라로서의 그의 역할은 은밀하고 교묘한 잔혹성의 의식(儀式)으로 내게 아로새겨져 있다. 내가 반은 의식불명의 상태에서 **중국식 고문**이라고 생각할 때쯤, 마침내 고문이 멈췄다.

이후 수십 년 동안 기억을 거슬러 올라가 마치 거의 비현실적인 무용 작품처럼 내 기억 속을 감돌았던 것은 뭘까, 바로 이 **세사(細沙) 봉헌**이라는 단 하나의 이미지였다. 어느 날은 말없이 그 4인조를 그릴 수 있는 정도였다. 노예 신분이며 반쯤 벗은 몸의 두 사람은 줄에 묶여 바닥에 있는 수형자를 때리고, 세 번째 인물은 마치 중세 때처럼 그 옆에서 심문을 하는데, 특히 거대하고 수수께끼 같은 실루엣처럼 검은 옷을 입은 한 사람은 잔 모양으로 두 손을 모아 그 고운 황금색 모래를 수형자의 크게 벌린 입 속으로 흘려 넣는다.

연극 리허설 중인 마리즈가 잠시 휴식을 취하는 사이에 나는 그녀 앞에서 급히 그 장면을 그림으로 그렸었다. 마치 그 고문 장면이, 이를테면 어른과 아이가 함께 하는 무료 연극이 될 수도 있고, 아니면 음악과 무용이 동시에 들어간 단막의 디베르티멘토*를 낳을 수도 있다는 듯이.

"이 그림은 대체 뭐예요?" 마리즈가 당황해서 물었다.

"별것 아니오." 나는 대답했다. "내가 상상하고 있는 거요······ 디베르티멘토로요. 무용수는 단 한 명인데, 모래를 마시고, 춤을 추며 그 모래를 다시 뱉어내려 하는······."

"대본은 어떤 건가요?" 마리즈가 다시 물었다.

"원칙적으로 고문당하는 사람이 이따금씩 비명을 지르지만 음악을 상상할 수 있을 거요. 구타 소리는 아주 짧고, 아주 둔탁한 타악기 소리로요. 사르륵거리는 소리, 그러니까 흘러내리는 모래 소리가 이어질 텐데, 그것에 적당한 악기가 어떤 것일지는 아직 찾아내지 못했소……."

마리즈는 내가 자신에게 무슨 말을 하려는지 조금 의아하게 생각하면서 어리둥절한 모습으로 나를 쳐다보았다. 아마 앞이 보이지 않아 더듬거리며 가는 몽유병 환자들과 관계있나 보다, 그녀는 그렇게 생각했다.

"이건 소일거리로 내가 지어 내는 허구일 뿐이오!" 나는 그녀가 빨리 자신의 일을 다시 할 수 있도록 그리고 나로서는 몇몇 환영에 몰두하기 위해 변명을 했다.

나는 이러한 장면이 어디서 솟아난 건지 마리즈에게 말하려 하지 않았다. 이 극단적인 고문이 중국이 아니라 전적으로 프랑스의 고문이라는 것을 프랑스 애인에게 털어놓았다면 나는 어떻게 보였을까? 그 당시 마리즈와 나는 너무나 잘 지내고 있었는데! 아마도 그녀는 내 청소년기의 시련을 측은히 여겼을 텐데, 나로서는 그랬으면 좋았을지 확신할 수 없다!

5.

한두 주 후 이송된 첫 번째 수용소는 알제에서 그다지 멀지 않은 곳에 있었다. 7백 명 이상의 수감자들과 함께 있었던 **베니 메**

수라는 이름의 그 수용소는 알제에서 심문이 막 끝났지만 아직 재판에 넘겨지지 않은 사람들을 위한 분류 센터 역할을 하고 있었다.

그래서 베니 메수에서 청소년이 된 나는 최소 2백 명에서 2백 50명까지 있는 내무반의 일원이 된다. 이곳 막사 설비는 간단하다. 그렇지만 이전의 **숙소**에 비한다면 안락한 시설처럼 보인다! 여기서는 바닥에서 잠을 자지 않고 홀의 세로 방향으로 설치된 널빤지 — 하나는 바닥에 있고, 다른 하나는 층을 이루고 있다 — 위에서 잔다. 양쪽에서 서로 머리와 다리를 엇갈리게 하면 50명이 누울 수 있다. 놀랍게도!

수감자는 각자 한 장의 모포를 가질 수 있다. 그것을 깔고 자느냐 덮고 자느냐는 본인의 선택이다. 호사(豪奢)라고 생각되는 것은, 바깥에, 문 가까이에 화장실이 있고, 급수장이 있다는 점이다. 여섯 시 야간 통행금지 시간 이후에는 운동장으로 나갈 수 없다. 감시탑에는 불이 밝혀진다.

물론 단체 생활의 면모를 파악하고, 아침 일찍 시작되는 점호, 가득 찬 양철통 속에서 찾아 마시는 커피 따위의 리듬에 나를 맞추는 데는 그다지 오랜 시간이 걸리지 않는다. 수감자들은 마음대로 운동장을 돌아다닌다. 정오에 각자 자신의 식량을 받고 저녁에도 마찬가지다. 다만, 운동장 가운데에서 펄럭이는 삼색기가 완전한 의례에 따라 다섯 시에 다시 내려진다.

나는 관찰한다. 그리고 알게 된다. 예컨대, 매일 새로 오는 사람들이 있다. 신참이면 누구나 따라야 하는 절차가 끝난 후 우리는 신참이 어디 출신인지 취조 후에 그가 상처를 입었는지, 그가 그 사실을 말하고 싶어 하지 않는지를 알아보기 위해 그를 기다린다.

신참들이 우리와 합류할 때면, 내가 알고 있는 그리고 아마 나도 거쳤을 한 가지 무언의 몸짓 암호가 있다. 내무반의 선참 두 명에게는 새내기를 맞아들일 책임이 있다. 그들 중 한 명이 새내기에게 아무 말도 하지 않고 문간에 서서 입술에 손가락을 갖다 댄다. 그것은 "당신은 누구냐?"라는 질문 형식이다.

새내기가 무슨 대답을 내놓을 지 모두가 지켜본다. 그는 보란 듯이 자신의 이마를 문지르거나 — 우리는 그것을 "나는 민족해방전선(FLN)이다."라고 해석한다 — 아니면 반대로 마치 턱수염이 있기라도 하듯이 턱을 오래 문지를 수도 있다. 우리는 알게 된다. 그러니까 그가 우두머리인 메살리가 턱수염을 기르는, 경쟁관계에 있는 민족주의 분파 알제리국민운동(MNA) 소속이라는 사실을.

내 경우는 이마를 문질렀다. 아주 어리긴 했지만 나는 전쟁 초기부터 이미, 그러니까 알제 전투가 일어나기도 전에 우리 구역에서의 문제 해결방식이 얼마나 가혹한지 알고 있었다. 결국 수도 전체에서와 마찬가지로 승리를 거두었던 측은 민족해방전선이었다.

내 내무반에서는 단 한 명의 수감자만이 알제리국민운동 소속임을 공개적으로 밝혔다. 반응은 단순했다. 아무도 그에게 말을 걸지 않는 것이다. 그래서 그는 말없이 지내지만 그래도 평온해 보인다. 전혀 긴장하지 않고 오로지 자신의 세계에 파묻혀 지낸다. 나는 종종 그의 모습을 관찰한다. 그의 이름은 무라드다. 나는 그에 대해 이름 말고는 아무것도 모른다. '저 사람은 어떻게 견뎌 내고 있을까?' 나는 생각한다.

규정에 따라 내가 감자 손질 사역을 하던 날까지는 그랬다. 그 일은 세 명의 수감자와 함께 했는데, 그중 한 명이 무라드였다. 그래서 나는 카스바의 내 주위 사람들이 **변절자**라고 비난했던 그 민족주의자 그룹 대표자의 한 사람인 무라드와 아주 가까워진다.

그들의 지도자 메살리가 1920년대에 선구자였고, **우리의** 정치적 민족주의의 역사적 창설자였음을 내게 알려 준 사람은 아무도 없었다. 게다가 1945년 이후 뒤따랐던 크고 작은 **지도자들** 사이의 분열에 대해 그 이유를 내게 설명해 줄 수 있었던 사람도 아무도 없었을 것이다…… 진실은 하나였고 아주 간단했다. 1954년 11월 1일 사건은 민족해방전선에 의해 촉발되었다. 알제리국민운동을 포함해서 그 자극에 합류하기를 거부했던 모든 사람은 **반역자**였다!

하지만 나는, 나도 모르게 무라드의 침묵 —— 나라면 위엄이라고 말하겠다 —— 에 매료된 느낌이었다. 나는 순진하게 생각했다. '어떻게, 우리 같은 수감자 무리 속에 여러 날을 온종일 파묻혀서도 그처럼 평온하게 있을 수 있을까? 저 사람은 자기 자신의 감옥에서 살아가는 것 같아. 우리 감옥 한가운데서도!' 나는 하루에도 몇 차례씩 그의 동정을 살폈다. '저 사람은 거의 행복해 보이는군, 혼자인데도!' 나는 손에 칼을 든 채 그와 마주 보고, 나보다 나이가 한두 살 더 많은 다른 두 사람과 함께 감자 껍질을 벗기게 된다. 나는 작업을 하면서 그를 관찰한다. 그는 자신에게 주어진 일을 하고 있다. 무심하지만 평온한 모습이다. 나는 갑자기 감정이 폭발한다. 나는 정면으로 그를 공격한다.

"당신은 알제리국민운동 소속이지, 안 그래?"

그가 나를 쳐다보고 웃음 지으며 말없이 머리를 끄덕인다. 그의 침착성이 나를 짜증나게 한다. 나는 칼을 든 손을 쳐들고 그에게 묻는다.

"당신은 어떻게 반역자 메살리를 따를 수가 있지?"

그는 입가에 미소를 머금은 채 나를 주시한다. 침착한 어조로 그가 대답한다.

"그건 네 생각이지! 메살리에 대해서는 오직 미래가 판정하게 될 거야(아랍어로 더 정확히 하자면 '진실을 드러낼 거야')!"

"미래라니! '엘 무스타크발(El moustaqbal)'이라니……!" 나는 두 나라 말로 되풀이한다.

나는 이 **미래**라는 논거에 대해 프랑스어로도 아랍어로도 무슨 말을 해야 할지 몰랐고, 그래서 분노가 치밀어 오른다.

나는 몸을 일으킨다. 나는 다른 사람들을 향해 돌아선다. 내가 무라드에게 달려들지만 그는 맞서지 않고 저항하지도 않는다. 사실 나는 손에 칼을 들고 있었다.

나는 그를 땅바닥에 쓰러뜨리고 그의 얼굴을 쭈그려 앉은 내 쪽으로 돌린다. 다른 두 사람은 내 주변에 있다. 무라드는 무기력하게 잠자코 있다. 나는 한쪽 무릎을 그의 가슴에 올려놓은 채 으르렁거린다.

"말해 봐, '메살리는 반역자다!'라고."

나는 최후통첩을 되풀이한다. 나는 흥분한다. 다른 사람들 역시 그가 움직이지 못하게 잡고 있다. 나는 그의 목에 칼 끝을 들이댄다. 그는 눈을 크게 뜨고서 침착하고 냉철한 눈길을 보낸다……. 나는 분노를, 무기력을 느낀다.

"말해 보라니까, '메살리는……'."

한참 뒤에도 나는 분노를 키울 꼬투리를 찾지 못한다. 아마도 그의 침착함에 매혹된 탓이리라. 그는 어디까지 견딜 수 있을까? 사실 나는 다소 그의 피를 보게 할, 물론 그에게 자신의 죽음을 예상할 수 있을 정도로 두세 방울의 피를 보게 할 준비가 되어 있었다는 생각이 든다.

갑자기 뒤에서 누군가가 나를 쓰러뜨리고 후려쳤다. 내 칼은 허공으로 날아간다. 무라드 또래의 수감자인 브라힘이 나를 땅바닥에 패대기친 것이다. 그는 내무반 지도자들 중 한 명이다. 무라드는 몸을 반쯤 일으킨다. 브라힘이 격노한 채 내 얼굴을 뚫어지게 쳐다본다. 그는 나지막하게 내게 욕을 한다. 그가 다시 한 번 나를 밀친다.

"바보 자식! 무식한 놈!" 그가 으르렁대며 말한다.

그는 몸을 돌리고, 이제 몸을 일으킨 무라드에게 용서를 구한다.

"용서하시오! 신세대라서 그렇소. 이놈들은 아무 것도 모른다니까, 정치에 대해서!"

무라드는 동요되지 않고 자리를 뜬다. 브라힘은 나와 다른 두 사람 쪽으로 돌아서서 몇 마디로 설명한다.

"알아 둬, 무라드는 애국자야! 그는 자기 진영에서 떨어져 홀로 우리들 틈에 있어. 그러니 어떻게 해야겠니?"

그는 내 목덜미를 잡고 훈계하듯 강하게 말한다.

"간단히 너 자신에게 물어봐라, 꼬마야. 네가 저자와 같은 입장이라면, 네가 알제리국민운동 수감자들로만 가득한 감옥에 있다면, 너의 목에 칼이 들어왔을 때 혼자 견뎌 낼 힘이 있겠니?"

그가 나를 놓아 주고, 갑자기 화가 풀린 서글픈 표정으로 거의 아버지처럼 말한다.

"절대 잊어서는 안 돼! 언제나 다른 사람의 입장을 생각해라! 판단을 내리기 전에, 결정을 내리기 전에 항상 역지사지(易地思之) 하란 말이야!"

그는 휙 하고 내게 등을 돌린다.

그렇게 나는 최초의 정치 교습을 받았다. 여하튼 간에 그것은 내가 더 이상 조숙한 무식쟁이로 행동하지 않게끔 만들어 준 유일한 교습이었다.

6.

베니 메수 수용소와 관련해서는 **프랑스 국기에 대한 경례 에피소드**도 있었다. 프랑스 군인 관할 수용소에서는 애국 의례로 하루에 두 차례, 열 명 남짓의 병사와 부사관들이 아침에는 **국기 계양**

식을, 저녁 다섯 시에는 **국기 하강식**을 실시했다. 나는 거의 무의식적으로 그 관례적인 의례들을 다시 떠올린다.

아침에 국기가 게양될 때 — 트럼펫 소리가 길게 울리고 난 후 — 우리 수감자들은 여전히 막사 안에 있다. 화장실, 세수할 수 있는 하나뿐인 수도꼭지, 양철통의 커피 등등을 사용하기 위해 기다리는 줄 때문이다. 철조망, 감시탑, 경비견들에도 불구하고 탈옥한 경우, 그 모든 일은 점호가 실시되고 난 후 이루어진다…….

저녁 다섯 시에 다시 트럼펫 소리가 들리는 즉시 우리는 자리에서 더 이상 움직이지 말라는 조언을 받았다. 만일 등을 돌리고 있다면 국기에 경례하지 말 것, 적어도 꼼짝 말고 있을 것, 도발은 안 된다! 나이 든 수감자들은 그렇게 하라고 당부하곤 했다.

내가 그곳에 있는 내내 이런 상황은 거의 변함없었다. 그날만 예외였는데, 그 이유를 나는 지금도 모르겠다! 그들 사이에 있던 부사관은 신참이었을까 아니면 너무 열의가 강했던 걸까? 아마도 신출내기 수감자들일 텐데, 그들은 트럼펫 소리를 들으면 무의식적으로 달리곤 했다. 달리거나 아니면 반대로 노골적으로 땅바닥에 주저앉았다.

어쨌든 간에 어느 날 아침 수용소 사령관이 새로운 규칙을 발표했다. 그날 국기 하강식 때, 모든 수감자들은 예외 없이 내무반별로 원형이거나 방형(方形)으로 정렬해야 했고, 국기가 내려지고 "해산!" 명령이 내려질 때까지 군인처럼 아주 경건하게 이마에 손을 갖다 대고 경례해야 했다! 요컨대 모든 의례를 다해야 했다.

돌이켜 생각해 보면, 그때가 1962년 1월 중순이었다. 프랑스 정부 대표자들과 민족해방전선 대표자들의 세 번째 협상이 예정되어 있었다. 그들 간의 전쟁이 7년째였다. 그건 아무래도 좋은데, 그 수용소의 알제리인 수감자들 7백50명은 각자 몇 시간 내에 그 의례 ── 누군가가 "도발"이라고 한 말이 기억난다 ── 를 따를 것인지 아닌지를 결정해야 했다.

오전 내내 내무반마다 여러 사람의 언쟁으로 떠들썩했다. 나는 브라힘에게서 받았던 최초의 정치 교습 이후로 그의 뒤를 한 발짝도 떠나지 않고 있었다. 그는 우리들 사이에 끼어들지 않고 듣기만 했다. "나는 마지막으로 결정할 거야!" 내게 있었으면 좋겠다 싶었던 새아버지나 큰형처럼 내가 자신을 따른다는 사실을 알게 된 브라힘이 말했다. 하지만 그에게 있어서 모든 게 결정되어 있다고 나는 느꼈다.

"알겠니, 그들이 자신의 양심에 따라 선택하게 내버려 두어야 하는 거야!" 그가 내게 말했다. "저 프랑스 장교는 지금이 마지막 고비라는 걸 잘 알고 있어. 그는 쇼를 하고 있는 거야!"

내가 부끄러워하던 그 유감스러운 날 이후로 브라힘이 나와 함께 있으면서 그렇게 말을 많이 했던 적이 없었다. 우리 내무반 사람들이 제각기 끼어들었다.

"내가," 그중 한 명이(그리고 누군가가 즉시 그가 취조 받으면서 크게 상처를 입었었지만 아무것도 팔아넘기지 않았다고 말해 주었다) 말했다. "헝겊 조각 때문에 했던 일을 다시 시작해야 한다고! 그럴 필요 없어!"

다른 한 사람은 소규모 신참 무리가 매일 저녁 국기 하강식 때 보란 듯이 도망친 것은 지나쳤다고 비난하기 시작했다. 게다가 그 사람은 성난 어조의 짧은 이야기 말미에 프랑스어 고유의 표현을 사용했다.

"그들을 이해해야 해." 그가 설명했다. "그들은 자기네가 전쟁에서 패했다는 걸 잘 알고 있어! 당연한 건데, 의례를 만드는 것은 우리야, 이제!"

"의례를 준비한다고!" 세 번째 사람이 적개심을 담아 빈정거렸다.

논쟁이 길어지곤 했다. 전쟁은 막바지에 가까워지고 있음이 분명했다. 수감자들 중에는 가족의 품으로 돌아가기를 꿈꾸는 사람이 많았다. 최후의 결정을 내려야 할 때가 온 거였다. 수감자들은 운동장에서 흩어졌다.

마침 브라힘이 안쪽에, 늘 있던 자리에 앉은 채 아무 말 없이 있었다. 나는 그에게 다가갔다.

"다른 사람들과 같이 가거라!" 그가 조용히 말했다.

나는 의아한 눈길로 그를 응시했다.

"나는," 그가 잠시 침묵하다가 단호한 어조로 덧붙여 말했다.

"나는 여기서 움직이지 않겠다! 그러기로 결정했거든, 오늘 아침에! 그들은 그들이 원하는 대로 하라지!"

그는 희미하게 미소 지었다.

"가라니까, 가서 다른 사람들처럼 해! 별 것 아니야, 이번엔!"

내가 그에게 등을 돌리고 문 쪽을 향하고 있을 때, 그가 덧붙여 말하는 소리가 들렸다.

"이해하겠지, 꼬마야. 나로서는 굴욕적인 일일 거야!"

그가 나를 자발적으로 그리고 프랑스어로 "꼬마야"라고 불렀기 때문에 나는 가슴이 뛰었다. 나는 뒤돌아섰고, 이번엔 수수께끼 같은 얼굴로 그가 자신의 자리에 앉는 모습을 지켜보았다.

나는 다른 사람들과 함께 나가지 않았다. 나는 프랑스 국기에 경례하기 위해 그들을 따라가지 않았다. 나는 브라힘과 같이 있고 싶었다. 그가 나를 받아 줄 지 확신이 서지 않았다.

다른 한편으로 나는 밖에서 어떤 일이 벌어질 지 정말 보고 싶기도 했다. 나는 막사 문지방에 앉아서 마치 굴복하고 애국의례에 참여하러 갈 것처럼 밖으로 다리를 걸치고 있었다. 그와 동시에 얼굴을 돌리고 막사 안에 머물면서 내가 브라힘과 공동전선을 —— 반만, 아, 정말이지, 그저 반만이라도! —— 펼치고 있는 거라고 생각했다!

마침내 나의 호기심은 극에 달했다.

다섯 시가 되기 몇 분 전 정적 속에서 그리고 겨울날의 황혼이 깃들기 시작하는 가운데 트럼펫 소리가 울리기 직전이다. 그런데 바깥에서 내 눈에 뭐가 보이는 거지? 최소한 7백 명의 수감자들, 요컨대 일군의 거지 행색의 군중이 모두 선 채로 그래, 꼿꼿한 자세도 아니고 줄을 맞추지도 않고 다소 무질서하게, 그리고 몸을 흔들면서 서 있었지만 그래도 어쨌든 선 채로 있었다! 모두가 서 있었다! 스스로의 세계에 폐쇄된 채 자신이 말한바 "굴복"을 받아들이지 않은 브라힘, 사람들이 곧 찾으러 와서 발길질로 끌어내거나 총을 겨누게 될 브라힘을 제외한 모든 사람이!

벌써 내 눈에는 마치 장난감 병정처럼 똑바로 선 채 마당 중앙을 향해, 그리고 문제의 그 국기를 향해 줄지어 걸어가고 있는 군인들 모습이 보인다. 트럼펫을 든 병사는 이미 와 있다. 그는 이제나 저제나 하면서 트럼펫을 들고 있다. 부사관 한 명이 형제들의 대열 사이를 지나가기 시작한다. 사실 이 수용소에서 우리는 모두 서로를 형제라고 불렀다. '형제', 즉 **야 크후(ya khou)**라고. 지나친 열의를 보이는 그 키 작은 병사는 자신의 일을 시작한다. 그는 막사 내부를 확인하러 간다……. 나는 브라힘에 대해 마음 졸이며 나의 처지를 망각한다. 식어 버린 열정으로 내 몸은 경직된다.

1962년 1월 20일 또는 21일, 독립되기 거의 6개월 전이었지만 이 결정적인 전환점을 아직까지 아무도 확신하지 못하고 있었다! 다만, 양쪽 진영, 즉 수감자 측과 병사들 측 모두는 각자가 한계에 이르렀다는 사실을 잘 알고 있었다. 나라는 생기를 잃었고, 정치가들은 기진맥진하고 쌍방에서 서로를 인정하지 않았으며, 죽은 자들은 소생시킬 기회가 전혀 없었다!

내가 이렇게 말하는 것은, 어떤 면에서는 진력이 나 있는 7백 명의 수감자가 햇빛 속에 서 있던 그 장면이 이제 너무 선명하게 기억나기 때문이다.

"일어서, 3분이면 돼. 깃발이 내려지는 데는, 그렇지, 3분이야, 안 그래……?" 다른 때 같았으면 〈라 마르세예즈〉까지 ── '이번

만은 이 노래에 나오는 학살자들이 우리가 아니야!'라고 나는 생각한다 ── 연주되었을 텐데, 프랑스 혁명가까지 있었다면 더 오래 걸렸을 거고. 아니, 오늘은 겨우 3분이야! 막바지에 이른 전쟁에서 3분 동안만 영웅심을, 비타협적인 태도를 버릴 수도 있지!

브라힘은 내 앞에서 담담하게 말했다. "나로서는 굴욕적인 일일 거야!" 브라힘 혼자만이.

그러면 이도 저도 아닌 나는, 내 해결책은 무엇인가?

물론 눈을 부릅뜨고 지켜보는 아이의 호기심이 나를 사로잡고 있다. 일이 어떻게 될까? 그런 것일 게다, 청춘기란. 논리도 없고, 이미 굳어진 원칙도 없고, 너무 길어서 상술할 수 없는 이유도 없다. 단지 부릅뜬 눈, 기다림이 있을 뿐……. 요컨대 연극에서처럼 충동 그 자체다! 일이 어떻게 될까?

나는 막사 문지방에 반쯤 걸쳐 앉아 있다. 다리를 밖으로 내놓은 채로 있지만 시선은 때때로 브라힘 쪽으로 돌린다. 브라힘은 돌부처처럼 꼼짝도 하지 않는다. 나는 바라본다. 나 역시 기다린다. 흥분된 채로, 하지만 기다린다.

그런 것일 게다, 청춘기란. 아직까지 결정된 것도 없고, 활짝 열린 길도, 돌이킬 수 없는 약속도 없다, 아직까지는. 잠시 동안은, 아직까지는 어중간한 시기다.

그런데 이후 15분 사이에 뜻밖의 사건이 일어났다.

체념하고 굴복을 받아들인 수감자들의 대열 사이를 열의에 넘치는 부사관 한 명이 감시자로서 왔다 갔다 한다. 그는 앞서 트럼펫 주자에게 좀 더 기다리라는 신호를 보냈다. 트럼펫 주자에게서 멀리 떨어지지 않은 곳에는 적어도 대여섯 명의 다른 병사들이 깃대를 둘러싸고 원형의 대열을 이룬 채 역시 기다리고 있다.

기다린다, 그래서. 그렇게 **3분**을 늦추는 부사관은 동료들에게 이렇게 말하는 듯하다. "이렇게 7백 명의 원주민을 마음대로 하는 일은 매일 있는 게 아니야. 마침내 고분고분하고, 유순하고, 규정에 따라 경례 ── 이마에 손을 갖다 대는 ── 를 할 준비가 된 이들이 석양빛에 천천히 내려오는 우리 국기를 바라보겠지……. 멋진 승리 아닌가!"

그러니까 나는 물론 내 자리에서 상상하고 있고, 부사관은 건너편에 멀리 떨어져 있다. 그가 멈춰 서서 수감자들 중 한 사람에게 손짓을 한다. "오른쪽으로 더, 똑바로 서!" 그리고 다른 한 사람에게는 주의를 준다. "상의(上衣) 정돈!" 어중이떠중이가 모두 틀에 맞춘 듯 정렬되기 위한 몇 가지 자질구레한 지시들!

여전히 앉아 있긴 하지만 가슴이 멘 채 나는 이를 악물고 생각한다. '브라힘 말이 옳아, 아무리 형식적이라 해도 한 번 굴복하면 지배자에게 자비를 기대할 수 없어. 그는 네 바지까지 벗기려할 거야!'

갑자기 그 부사관은 얼핏 보이는 한 수감자에게, 내게는 실루엣만 보이는 청년에게 가까이 간다. 나는 그가 누구인지 알아보지 못한다. 우리 내무반 청년은 아니다.

프랑스인이 그에게 다가갔고, 외쳤다.

"국기에 경례해!" 그리고는 개머리판으로 청년의 어깨를 한 방 갈긴다.

수감자는 거부한다. 처음에는 그도 다른 사람들과 같이 줄을 맞춰 설 의향이 있었음에 틀림없다. 하지만 그들의 국기에 경례를 하다니, 안 돼! 그러자 프랑스인이 개머리판으로 다시 그의 팔을 두 세 차례 때린다. 청년은 멈칫거리고, 비틀거리지만 넘어지지는 않는다. 그가 다시 자세를 잡는다.

그래도 그는 경례하지 않는다.

부사관이 다시 그를 때리는데, 갑자기 그 부사관이 외치는 소리가 내게 들린다.

"비명이라도 지르란 말이야! 아프잖아……."

청년은 약간 비틀거리면서 머리를 가로젓는다.

나는 일어섰다. 더 자세히 보고 듣기 위해 몇 걸음 앞으로 나아갔다. 다른 사람들도 모두 그 두 사람 쪽을 향해 돌아섰다. 맞는 사람과 때리는 사람 쪽으로.

"명령이다, 비명을 질러!" 부사관이 거의 악을 쓰며 부르짖는다.

알제리 청년은 비틀거리면서도 묵묵부답이다. 우리 모두는 절정에 달한 그 장면에 사로잡힌 듯하다. 프랑스인은 울부짖으며 제정신이 아닌 듯 개머리판으로 때리는데, 이번엔 멈추지 않는다. 청년의 팔이 부러졌다. 나는 주변에 있는 그의 동료들이 일제히 "으악" 하고 외치는 소리를 들었다.

"비명을 질러! 아프잖아! 제기랄, 소리를 지르란 말이야!"

이제 수감자의 팔이 뒤로 돌아간 것처럼 건들거리는 모습이 우리 눈에 똑똑히 보인다. 그는 쓰러지려 하면서도 한 마디도 하지 않는다.

나는 나도 모르게 앞으로 나아갔다. 내게 가까워진 대열 속에서 다른 목격자들 중 몇몇이 움직였다. 한 사람이 앞으로 달려 나가려 하고, 다른 한 사람이 그를 막는다…….

갑자기 다른 부사관 두 명이 와서 동료를 둘러싸고, 그에게서 무기를 빼앗은 다음, 그를 떼어놓는다. 수감자는 무릎을 꿇고 있다. 다른 군인들이 다가온다. 두 명은 들것 비슷한 것을 들고 있다. 이제 땅바닥에 있는 우리 형제 쪽으로 그들이 몸을 굽힌다.

"의무실로!" 한 사람이 말한다. 한편, 미친 듯이 분노하던 그 부사관은 더 이상 눈에 띄지 않는다.

다른 부사관들의 개입으로 폭동을 피할 수 있었다. 국기 하강식 때 우리는 7백 명이었다. 무장 군인은 열 명, 겨우 열 명만이 우리들 속에 있었다. 이러한 대치, 이러한 극도의 흥분 상태가 몇 분 동안 더 계속된다. "비명을 질러! 비명을 지르란 말이야!" 그러자 그때까지 미동도 않던 몇몇 수감자들이 소요를 책동한다.

브라힘 쪽으로 되돌아오면서 나는 계속해서 같은 말을 되풀이한다. "무기를 든 군인들은 겨우 열 명이었고, 프랑스 공화국 깃발에 경례를 하기로 했던 ── 이번이 진짜 마지막이라는 걸 알기에 ── 수감자들은 7백 명이었어."

그다음 수일 동안은 더 이상 국기에 대한 경례 의무가 없었다. 얼마 후 나처럼 아직 성년이 되지 않은, 나와 거의 동년배인 다른 젊은이 두 명과 함께 나는 카빌리아로 가는 트럭을 타고 다른 수용소, 우리가 마레샬 캠프라 부르는 수용소로 이송되기로 결정되었다.

'브라힘에게 작별 인사를 할 수 없었어.' 나는 생각했다. '먼발치에서조차 메살리주의자인 무라드를 다시 보지 못했어. 하지만 무엇보다도 비명을 지르지 않았던 그 사람, 그 사람에 대해서 실루엣만, 고집스런 성격만 보았는데, 그의 거부가 브라힘의 것보다도 훨씬 더 강렬한 거부인 걸까?'

상당한 시간이 흐른 뒤, 나는 구타당하던 그 수감자에게서 최근 몇 년 동안 항의를 회피해 온 우리 국민 전체의 이미지를 마침내 보게 되었다. 나는 나에게 묻지 않을 수 없다. 내가 돌아오니까 고난이 다시 시작되는 걸까, 혼란, 광기, 침묵이?

나는 예전처럼 가만히 쳐다보기 위해 돌아온 건가? 바라보며 찢어지는 고통을 느끼기 위해?

제3부
실종
1993년 9월

"내 조국은 어디야? 내 땅은 어디에 있어? 내가 잠잘 수 있는 땅은 어디에 있지? 나는 알제리에서 이방인이고 프랑스를 꿈꿔. 프랑스에서는 더욱 더 이방인이고 알제를 꿈꾸지. 조국이란 자신이 존재하지 않는 곳인가?"

— 베르나르-마리 콜테스*의 『사막으로의 귀환』에서, 마틸드.

"집에서도 집이 없는."

— 에밀리 디킨슨*

드리스

1.

　마리즈의 알제 방문이 계속된 나흘 동안 드리스는 그녀를 묵게 해 준 여자 친구 집에서 매일 저녁 그녀를 만났다. 그들은 때때로 혼란과 감동 속에서 카빌리아로 가는 도로에서 일어난 베르칸의 실종에 대해 오랫동안 이야기하곤 했다.

　일주일, 정확히 일주일 되었다. 베르칸의 차는 산 중턱의 외딴길 구덩이에서 발견되었다. 차는 그저 뒤집혀 있을 뿐이었다. 짐도, 서류도 없었고, 최소한의 방증조차 없었다. 주변의 덤불이 밟혀 있었지만, 그 이상의 흔적은 없었다. 독립할 때까지 마레샬 수용소라고 불리던 작은 촌락 타드마이트의 헌병대에 신고한 사람은 어떤 목동이었다.

　수사를 개시한 델리스 경찰서의 통보를 받고 드리스는 서둘러 그 작은 항만 도시까지 갔었다. 그날 저녁 거기서 그는 오래 전부터 알고 지내던 마리즈에게 전화를 했다.

"형이 이번 여행을 결정하기 며칠 전에 형을 만났었어요. 형은 1962년에 자신이 두 번째로 수용되었던 현장들을 다시 보고 싶어 했거든요. 저는 형에게 주의하라고 했지요. 형은 차로 단번에 델리스까지 갈 거라고 말했어요. 조용한 소도시예요. 카빌리아의 초입에 불과하지요. 게다가 델리스 사람들은 아랍어 사용자고요……."

드리스는 한순간 몽상에 빠졌다가 기억을 되살렸다.

"베르칸은 자신이 타드마이트에 가더라도 몇 군데만 아주 잠깐 방문하겠노라고 제게 약속했었어요. '현장 사진을 찍고, 특히 우리 수용소를 기억할 수 있는 노인들과 이야기할 거야!' 형은 그렇게 말했어요. 나는 형에게 매일 저녁 내게 전화하라고 부탁했고, 형은 나흘 동안 계속 그렇게 했어요. 닷새째 되는 날 나는 무척 안심했어요. 형이 돌아오는 날이었으니까요!"

파리와의 통화가 끊어졌다. 마리즈는 드리스의 목소리에서 불안과 동요를 감지했다. 마리즈는 마치 가족이라도 되듯이 드리스에게 애착을 느끼고 있었다. 드리스가 스무 살에 처음으로 파리를 방문했을 때 그녀는 그를 알게 되었었다. 그 이후로 파리에 체류할 때마다 드리스는 마리즈가 연극 공연을 하면 그 작품을 보러 가곤 했다. 때로는 연속해서 두세 번씩……

실제로는 겨우 다섯 살 연상이지만 마리즈는 드리스에 대해 거의 엄마 같은 애정을 갖고 있었다.

그녀가 다음날 그에게 다시 전화했다. 조사에서 나온 게 아무것도 없다는 것을 알게 되자 그녀는 돌아오는 일요일에 가겠다고 했다.

"알제 주재 대사관 담당관인 영국 친구가 있어요. 방금 그녀와 통화했어요. 내가 자기 집에 묵어도 좋대요!"

"공항으로 마중 나갈게요!" 드리스가 약속했다. 그는 형의 여자 친구에게 항상 존대했다.

소식을 알게 되자마자 드리스는 단숨에 델리스까지 차를 몰고 갔다.

경찰서장이 그를 맞이하며 말했다. "아직까지 아무것도 발표하지 않았소. 지문들, 자동차 주변의 얼마 안 되는 발자국을 찾아냈소. 가족을 기다리고 있었소. 베르칸은 '단기 체류자'로 여겨졌소. 그런데 그가 정말 실종되었을까요? 자동차는 델리스로 옮겨졌소. 특별히 수리할 것은 없고 앞쪽 유리가 두 개 깨졌는데, 아마도 추락하면서 그런 것 같소. 한 가지 의문이 있는데, 베르칸은 정신이 온전한가요?"

민간인 복장을 한, 우람한 체격의 오십대 한 사람이 그 면담을 처음부터 지켜보고 있었다. 드리스는 그 남자가 그 지역 군보안대 요원이 틀림없다고 생각했다. 이곳에선 그곳을 모두 "정보대"라고 불렀다.

태도가 거만해 보이는 그 남자는 아랍어로, 의례적인 화려한 문구를 섞어 유감을 알렸다. '거의 조문(弔問) 수준이군.' 드리스는 갑자기 긴장해서 이렇게 생각했다. 그 남자가 자기 자리로 돌아갔다. 잠시 후 그는 자신이 직접 조사를 진행할 것이라고 말해 주었다.

드리스는 베르칸의 귀향 문제를 해명했다. 베르칸은 은퇴하고 이 바닷가 마을에 돌아와서 살기로 결정했었다고. 독신으로 가족 소유의 주택에 머물면서, 프랑스의 조기퇴직금 덕분에 얼마 안 되는 돈을 받으며 글을 쓰고 있었다고.

"글을 쓰고 있었다고요?" 경찰서장이 의혹의 눈길로 물었다.

"소설을 쓰고 있었어요……."

긴장감이 돌았다. 만일 드리스가 농담을 하고 싶은 기분이었다면, 입가에 미소를 머금고 덧붙였을 것이다. "탐정 소설은 아니랍니다, 서장님!"

그때 '정보대'의 참관인이 일어나기로 결정했다. 그는 너무나 바빴고, 아마도 이름 없는 어떤 남자의 사건으로 시간을 지체하기에는 자신이 너무나 중요한 인물이라고 느끼는 것 같았다. 대화는 아주 자연스럽게 프랑스어로 계속되었다. 경찰서장은 식민지 시대가 절정이었을 때이거나 바로 직후에 경찰 시험에 합격했음에 틀림없었다. '이 친절한 공무원은 아마도 볼테르의 언어가 훨씬 더 편하다고 느끼는 것 같군.' 드리스는 이렇게 생각했고, 동시에 대화 중에 형이 했던 지적 한 가지를 기억했다. "내 젊은 시절의 추억을 글로 쓰면서 프랑스어가 내 기억을 되살리는 언어가 되고 있어……." 베르칸은 동생에게 이렇게 털어놓았었다.

경찰 업무 역시 기억을 되살리는 작업이지!

드리스는 다소 낡은, 1920년대나 1930년대쯤에 지어진 듯한 하나뿐인 호텔에서 밤을 보냈다. 그는 그때까지 베르칸이 사용한 심카 자동차를 살펴보러 갔다. 형이 이 차를 마르세유에서 중고로 구입한 건 형에게 조급한 욕망밖에 없었기 때문이야, 드리스는 이렇게 회상했다. 바닷길로 고향에 돌아오면서, 새벽 도착이 모든 이에게 주는 그 풍부하고 장엄한 전망이나 즐길 일이지!'

"다리 위에서 붙박이가 된 채 나는 내 앞에 펼쳐진 아름다움을 내 눈에 가득 채웠단다…….. 내 격동의 도시여!" 동생의 비난에 대한 대답으로 황홀감을 말하던 베르칸의 목소리가 아직도 쟁쟁하다. 드리스는 미소를 지으며 형에게 아주 세속적인 비난을 했었다.

"형은, 이주했다 귀향하는 다른 사람들처럼 고향으로 돌아오면서 새 차 한 대쯤 가지고 오는 일은 생각조차 못했구려!"

드리스는 델리스에서 자신에게 요구된 모든 서류에 서명하고, 신문사 주소와 전화번호를 남기고, 아침 열한 시쯤 다시 길을 떠났다. 하지만 그 소도시를 벗어나자 어쩌면 중요할 수도 있는 ─ 그래서 그는 이미 밤중에 깨어났었다 ─ 한 가지 사항을 전하지 않은 걸 계속 아쉬워했다. 마치 후회하듯이.

다른 두 동료처럼 그도 2, 3주 전부터 알제의 집에서 우편으로 **죽음의 편지**를 받곤 했다. 즉, 한 조각의 흰색 솜, 케이스에 담긴 약간의 모래, 그리고 네모나게 접은 종이였는데, 그 종이에는 아랍 글자로 한 단어만 적혀 있었다. **배신자**라고.

첫 번째 편지를 받았을 때 드리스가 부장에게 그 얘기를 하자, 부장은 그에게 간략하게 말했다.

"그러니까 자네까지 해서 이제 우리 신문사에는 광신도에게 사형선고를 받은 사람이 세 명이 되는군!"

당시에 드리스는 이러한 불길한 기호들의 의미만을 생각했었다. "흰 천은 수의를 나타내고, 모래는 무덤의 흙을 나타내겠군. 이슬람교도는 누구나 흰 천에 싸여 땅바닥의 무덤 속에서 영면을 취하니까."

그들은 당분간 경찰 정보대나 군 정보대에 알리지 않기로 뜻을 모았었다. 동료들에게도 마찬가지로 그 문제에 대해 말하지 않기로 했다. 그들은 최소한의 대비책에 대해 정기적으로 함께 논의했다. 거처를 자주 바꾸고, 이동 시간에 변화를 주고, 가능하다면 항상 같은 차를 타지 말 것!

"그들은 우리가 기사 논조를 바꾸도록 협박하는 거야." 태연한 모습으로 부장이 말했다.

델리스에서 경찰과의 면담 내내 드리스는 자신과 같은 성(姓)을 쓰는 베르칸이 실수로 희생된 것이 아닐까 하는 생각이 들었다. 그는 자신의 두려움을 털어놓을까 망설였지만, 다른 두 동료와의 합의를 떠올리고 입을 다물었다.

가능한 한 빨리 알제로 돌아오기 위해 차를 몰면서 드리스는 입을 닫고 있기로, 하지만 그보다도 더 위협받고 있을 게 틀림없는 부장과 이 점에 대해 논의하기로 결심했다. 또한 그는 다음날 도착할 마리를 생각했다. 그녀에게는 다 털어놓아야겠다고 생각했다.

가족에게는, 특히 먼 곳의 대사관에 재직 중인 큰형에게는 당분간 말하지 않을 것이다. 두 누나들 중에 부디아프 대통령 암살 때부터 용의주도했던 큰누나는 자기가 다니는 프랑스 회사를 통해 프랑스로 발령받는 데 성공했다. 감수성이 더 예민한 작은 누나는 아마도 눈물을 흘릴 것이고, 걱정으로 그를 귀찮게 할 것이다. 그는 가족 중 막내였다. 그는 심사숙고 끝에 한 가정의 어머니인 그녀를 제쳐 두기로, 쓸데없이 위험에 노출시키지 않기로 결정했다.

드리스는 사실 자신을 짓누르는 듯한 다소 막연한 위험보다도 베르칸의 실종에 더욱 당혹감을 느끼고 있었다. 그렇지만 그가 쓰고 서명하는 기사의 논조 때문에 그는 독자들에게 신랄한 풍자가로 비치고 있었다. 부장은 그에게 시간적 간격을 두고 기사를 쓰라고 당부했었다.

그날 밤 그는 집에서 여러 차례 잠에서 깨어났고, 그래서 글을 쓰기 시작했다……. 3개월 전 살해된, 기자 생활 초기에 그의 멘토 역할을 했던 친구 타하르 자우트에 대해서.

2.

여행자 대열에서 빠져나온 마리즈가 드리스에게 다가왔고, 그를 다정하게 포옹했다. 3년 동안 그녀를 만나지 못했던 드리스는 의례적인 감동을 전했다. "여전히 매우 아름답군요! 예전의 큰 눈, 우아함에 아마도 좀 더 완숙해진 것 같아요!"

그녀는 드리스의 팔을 꼭 잡았다.

"아무 소식도 없어요?" 그녀가 긴장한 모습으로 물었다.

드리스는 머리를 가로저었다. 그가 앞장서서 자신의 차를 세워 놓은 주차장으로 갔다. 그는 그녀가 옆에 앉고 나서야 시동을 걸었고, 그들이 고속도로에 들어서자 그녀는 갑자기 고개를 숙이고 말없이 헐떡거리며 오열했다.

마리즈가 경련을 일으키며 우는 소리를 듣자, 드리스는 델리스에서 **정보대** 사람이 그에게 거의 조문을 표했던 때처럼 자신이 찬양하는 동시에 사랑했던 형이 이제 돌아오지 않으리라는 구체적인 느낌(마치 당신 앞에서 큰 침대 시트를 찢는 듯한 느린 확신 같은)이 다시 들었다……. 베르칸은 공중으로 증발해 버린 걸까 아니면 이미 구덩이 속에서 시신이 된 걸까? 그는 코를 풀고 있는 마리즈에게 거의 무뚝뚝하게 말하는 자신의 목소리를 들었다.

"전혀 희망이 없는 건 아니에요, 내 생각에는…… 일을 저지른 게 **그들**이고, 그들이 형을 죽였다면 그들은 전단지로든 편지로든 자신들의 범죄라고 주장하는 습관이 있거든요!"

그들 두 사람은 마리즈의 친구가 묵고 있는 엘 비아르 주택가의 고택(古宅) ── 그래서 보존되고 있는 ── 에 도착할 때까지 더 이상 말을 나누지 않았다. 드리스는 엘린에게 인사를 하고 잠깐만 머물렀다. 그는 다음 날 아침에 전화하겠다고 마리즈에게 약속했다.

"마리즈, 당신이 원한다면 저녁 시간을 같이 보내도록 할게요." 그가 제안했다.

"그러면 내게 기별해 주세요!" 그녀가 처연한 미소를 지으며 속삭였다.

바로 그날 오후에 그는 두아우다로 출발했다. 그는 형의 아파트 열쇠 복사본을 갖고 있었다. 마지막으로 만났을 때 베르칸은 그에게 활발한 목소리로 말해 주었다.

"내 침실 붙박이장 속에 파란색의 작은 서랍장을 놓아두었다. 옛날에 우리가 이곳에서 휴가를 보낼 때면 어머니가 사용하던 거지."

그는 갑자기 슬픔에 젖어 말을 멈췄다.

"서랍 속에," 그가 말을 이었다. "내가 돌아온 이후로 쓴 글들을 모두 정리해 두었다……. 내가 가진 유일하게 가치 있는 것이지." 그는 동생에게 등을 돌리며 말을 마쳤다.

드리스는 베르칸이 소리없이 웃더니 갑자기 돌아서서 덧붙이는 소리를 들었다.

"네게 그 원고들을 맡긴다……. 내게 무슨 일이 생기면 네가 내 유언 집행인이 되는 거야, 알았지!"

그와 동시에 베르칸은 드리스에게 우울한 눈길을 던졌다. '부드러우면서 동시에 신중한 시선이었지.' 마을에 다가가면서 드리스는 회상한다.

"잊어버리지 않을게." 잠시 망설이다가 그가 대답했다. "그런데 형은 오늘 왜 그리 심각해!" 그가 항의했다.

"심각하긴, 그냥 형식적인 거야!"

손짓을 하며 베르칸은 동생을 진정시켰고, 수영하러 가자고 제안했다. 드리스는 9월의 태양이긴 하지만 그 시각에는 다소 추운데도 형에게 이끌려갔다. 그들은 그들을 찾아 온 어부 친구 라시드와 함께 석쇠에 구운 생선을 점심으로 먹었다.

드리스는 다소 숨을 헐떡이며 서둘러 베르칸의 숙소로 들어갔다. 그는 고인이 된 어머니의 가구에서 발견한 모든 노트들 ─ 그리고 몇 권의 낡은 책들 ─ 을 속이 꽤 깊은 트렁크에 채워 넣었다. 그는 베르칸이 자신의 침대 맞은편에 대충 붙여 놓았던 사진들 앞에서 잠시 지체했다. 그리고 나서 그는 베르칸의 냄새를 피하기라도 하듯이 그 모든 장식에 등을 돌렸다. '아직도 이 방 안에서 그의 냄새가 나는 것 같아!' 그는 이렇게 생각하며 혼란스러워졌다. 그는 즉시 귀로에 올랐다.

운전을 하면서도 그는 피어오르기 시작하는 불안을 극복하려 애썼다. 그는 아주 침착하게 형이 남긴 원고들을 안전하게 지켜야 한다고 다짐했다. '아직은 집안에 이 자료들을 숨겨 두어야 해!' 그는 생각했다. '전혀 안전하지 않아! 마리즈를 다시 만나기 전에 그 문제를 생각해 봐야 해!'

3.

그는 매일 안내인을 동반하고 이주민 동료 두 세 명의 가족을 방문하러 다녔던 형의 여자 친구와 이틀 저녁을 보냈다.

"부유한 계층으로 보이는 사람들조차 생활이 어려워진 것 같더군요. 나는 우리 극단 의상 담당 여단원의 어머니에게 줄 약이랑 젊은 남자 배우의 동생에게 줄 책들을 가져왔어요……. (그녀가 미소 짓는다.) 그들의 일상에 대해 얘기하는 게 재미있었어요. 그들이 불안해하는 게 느껴지지만, 그들은 여전히 따뜻하더군요!"

그녀가 입을 다물었다. 엘린은 넓고 어두운 응접실로 드리스를 안내하면서 사교 모임에 가야한다고 양해를 구했다. **직업상의 의무**라고 그녀가 한숨을 쉬며 말했다.

드리스는 그녀가 그렇게 조심스럽게 처신하는 것을 이해했다.

마리즈와 단 둘이 남게 되자 그는 베르칸의 원고가 모두 들어 있는 보따리 두 개를 그녀 앞에 내려놓았다.

"형이 '내가 가진 가장 소중한 것!'이라고 말했어요. 지난 번 형과 주말을 보내러 갔을 때였죠!"

드리스는 머뭇거렸다. 그러다가 다소 빠르게 말했다.

"나는 꽤 자주 거처를 옮기고 있어요. 내 신문사의 동료들 모두와 마찬가지로요. 그저 조심하는 거죠!"

그가 애매한 태도로 웃었고, 부피가 작은 쪽 보따리를 마리즈에게 내밀면서 계속 말했다.

"이게 베르칸이 쓸 수 있었고, 간직하고 싶어 했던 것 전부 같아요……. 모든 건 형이 직접 분류했어요. 첫 번째 보따리에 든 것은 간단해요. 그래서 내가 그것을 따로 떼어 놓았지요. 편지들이에요. 봉투에는 온통 당신 이름이더군요, 마리즈……. (그가 몸을 숙이고 보따리를 내밀었다.) 당신 주소가 적힌 채 봉해져 있는 것들을 내가 찾아냈어요. 우표만 안 붙어 있어요."

마리즈는 반쯤 풀어져 있는 보따리를 쳐다보다가 갑자기 공포감에 휩싸였다. 꽤 부피가 큰 이 봉투들, 마치 드리스가 돌이킬 수 없는 어떤 전조의 메신저가 되기라도 한 듯이 이런 식으로 운명은 정말이지 이 봉투들을 그녀에게 가져와야 했을까? 그녀는 막 솟기 시작한 눈물로 글썽해진 큰 눈으로 드리스 쪽을 쳐다보았다.

드리스는 경직되어 있다가 일어서서 거실 공간 위로 열려 있는 발코니를 향해 걸어갔다. 그는 침착을 되찾기 위해 담배에 불을 붙였다. 마리즈가 말없이 그에게 다가가서 그의 어깨에 손을 올렸고, 그를 쳐다보지 않은 채로 말했다.

"우리 두 사람 모두에게 힘든 일이군요, 드리스! 미안해요. 아, 내가 왔어도 아무 도움이 되지 않네요!"

"오, 아니에요." 그가 외쳤다. "그 반대로 와주셔서 고마워요. 아시다시피…… (그들이 자리로 돌아왔을 때, 한 청년이 조용히 은 쟁반을 들고 들어왔다. 음료와 뜨거운 커피였다.) 아니에요, 당신이 계셔서 힘이 나요. 이때까지 아무에게도 알리지 않았거든요, 누나에게도. 또…… 당신도 아실 텐데 큰형과 베르칸은 오래 전부터 서로 말을 안 하고 있었어요. 그렇지만 큰형에게는 알려야 할 거예요!"

이어서 그들은 전혀 다른 이야기를 하려고 노력했다. 위험한 상황은 이슬람주의자의 폭력만이 아니라는 이야기, 소위 **보안**군에 의한 단순 용의자 심문 이후 많은 실종자들이 생겼다는 이야기를.

"나는 특히 가난한 집안에 공포가 찾아든다는 말이 맞는 것 같아요. 불행하게도 분열된 양쪽이 다 그래요."

"그러니까 신문 기자 일을 하기가 쉽지 않겠군요." 마리즈가 말했다.

출발 직전에 드리스는 여전히 끈으로 묶여 있는 두 번째 보따리 안에 원고 하나와 더불어 공책이 한 권 있다고 말해 주었다.

"그 공책을 보세요. 형은 첫 페이지에 그저 **일기**라고만 써 놓았어요. 내가 보기에 형은 거의 매일 기록한 것 같아요. 하지만 내가 열어 본 건 앞부분뿐이에요!"

"난 읽고 싶지 않아요!" 마리즈가 단호하게 말했다.

"좋으실 대로 하세요. 하지만 좀 도와주세요. 이 문서들은 아주 개인적인 것이긴 하지만, 형을 위해 파리의 당신 집에 보관한다면 내가 더 안심이 될 테니까요."

그녀는 끈을 자르고, 학습장을, 베르칸의 이름이 적혀 있는 오렌지색의 두 번째 공책을 꺼냈다. 그녀는 펼쳐 보지 않았다.

"또 하나의 봉투는," 드리스가 부드럽게 말을 이었다. "원고예요……. 완성된 건지 아닌지는 나도 모릅니다. 보시면 '청소년'이라는 제목이 붙어 있어요. 형은 그 아래에 **소설**이라고 타자기로 쳐 놓았더군요. 그랬다가 줄을 그어 지우고 손 글씨로 **이야기**라고 써 놓았어요. 속편(續篇)은 형이 가져간 게 아닌가 싶어요……."

앉아 있는 마리즈를 향해 여전히 몸을 숙인 채 드리스가 소리쳤다.

"결국 형은 이 원고를 끝내기 위해서 과감히 위험에 맞부딪친 거였어요!"

그러고 나서 드리스는 일단 파리에 돌아가면 비록 미완이긴 하지만 이 **청소년**이라는 원고를 읽어 보라고 마리즈에게 부드럽게 권했다. 그녀와 헤어지면서 드리스는 다시 간청했다.

"**청소년**은요, 그것을 읽고, 우리가 그것을 어떻게 해야 할지 알아야 할 사람은 당신인 것 같아요, 만일……."

그는 말을 마무리하지 못했다. 그는 항변의 표시이거나 아니면 무기력의 표시로 손가락을 신경질적으로 까딱거렸다.

마리즈

1.

1993년 11월의 그 아침, 마리즈가 엘린과 함께 공항을 향해 가고 있을 때였다.

"너도 알지," 그녀가 친구에게 말했다. "나는 파리에서 안개와 먹구름 낀 겨울 하늘을 보게 될 거야. 이곳처럼 환한 햇빛은 못 보겠지." 그녀는 꽤 빠른 속도로 달리는 차창 밖으로 손짓을 했다. "그렇지만 내가 떠나려는 이 도시가 내겐 밝게 보이지 않아. 아니, 오히려 어둡고 캄캄해 보여……. 난 무섭단다, 엘린!"

엘린은 다정하게 지긋이 손을 잡으며 그녀를 안심시켰다.

"희망을 가져야 해! ……확신을 가져. 시련 속에서도 넌 언제나 꿋꿋했잖아, 정말이야!"

비행기 안에서 마리즈는 베르칸이 자신에게 썼던 세 통의 긴 편지를 읽고 싶어졌다.

그녀는 첫 번째 편지를 훑어보고는 그를 고통스럽게 했던 그녀에 대한 —— 그녀의 육체와 그녀의 전부에 대한 —— 욕망이 자신의 눈앞에 정말이지 베르칸의 길쭉길쭉한 글씨체로, 편지에 적혀 있는 것을 보고 감동을 느꼈다. 파리에서 멀리 떨어져서, 그녀가 가 본 적조차 없는 이 마을에서 그녀와 대화를 나누면서 그녀의 귀에 대고, 그녀의 나신 곁에서 말을 건네고 있는 그 사람……. 베르칸의 사랑이었다. 사실, 그녀 곁을 떠나 고향으로 돌아가라고 그를 부추겼던 사람은 바로 그녀였다…….

그녀는 눈물을 흘리지 않았다. 하지만 루아시에 도착해 비행기에서 내릴 때, 그녀는 선글라스를 썼다.

그녀는 어느 정도 명성을 얻은 연극 평론가이자 몇 달 전부터 신중하게 구애하는 토마가 엘린에게 자신의 비행기 시간을 물어봤다는 사실을 알고 있었다. 그가 자신에게 **뜻밖의 기쁨**을 안겨 주겠다고 말했다는 것도. 그는 로비의 수하물 출구에서 그녀의 뺨에 키스를 했다.

"당신 때문에 걱정했소!" 그가 그녀의 손을 잡으며 말했다.

그녀는 다음 며칠 동안 토마의 보살핌과 위안을 받았다. 그와 함께 있기를 수락함으로써 적어도 베르칸에 관해 이야기할 누군가가 자기에게 생긴다는 듯이!

그녀는 꽤 중요한 배역을 연속으로 두 차례나 거절했다. 무대에서 애도하기를 원했기 때문이었다. 상황에 자신을 맡기고, 대본의 힘을 빌어 —— 그 대본이 어떤 것이든 간에 —— 베르칸을 애도하고, 그의 알제리를 애도하고, 실종으로 끝나 버린 그의 귀향을 애도하고, 또한 뭐랄까, 그녀로서는 잘 이해되지 않지만 두려운 베르칸의 부재 그 자체(마리즈는 최근 2년 사이에 그의 부재를 체념하고 받아들였는데, 그녀가 그에게 규칙적으로 전화했지만 그의 전화는 더 드물었기 때문이다) 이상의 뭔가를 애도하고 싶었다. 아니, 그녀가 애도하고 싶었던 것은 딱히 그의 부재가 아니었다. 갑자기 그녀를 괴롭힌 것은 오히려 베르칸의 피랍(被拉) ── 현재 고통의 쓰라린 원인 ── 그렇다, 베르칸 전체(그의 모국어, 그녀가 알고 있던 허술하지만 매력적인 베르칸에 덧붙여진 베르칸의 어두운 배경을 포함해서 그의 뿌리까지), 마침내 글을 쓰고, 자신의 꿈을 실현하고, 이상하게도 그런 점에 대해 그녀에게 감사할 정도로 다시 그 자신으로 돌아간 그 남자의 피랍이었다. 그렇지만 그의 일기에는, 물론 완곡하게 표현되어 있었지만 미지의 여인, 연적(戀敵), 일시적으로 거쳐 간 여자, 틀림없이 들르는 곳마다 연애 사건을 일으키는 여자 해적, '동방의 여자들'이 일단 용단을 내려 변절자가 되고, 남자 형제나 친척 같은 부계 씨족과 관계를 끊고 다른 곳으로 먹이를 찾으러 가게 되면 종종 그리 되었던 것처럼 **매춘부**였을 N을 향한 그의 열정이 적혀 있었다…….

마리즈가 알제 여행에서 가져온 것은 바로 이 가슴에 맺힌 ── 그다지 정확하지도 않고 진실하지도 않으며, 오히려 흐릿하고 모호한 ── 고통이었다. 베르칸이 이 N이라는 여자의 먹잇감(그녀는 이 이미지가 과장된 것임을 알고 있었다)이었음을 간파했기 때문이었는데, 그는 그 여자와 겨우 2, 3일 밤을 함께 보낸 것 같았다…….

거기서 맛본 뜻밖의 쓰라린 감정(남편이 갑자기 죽었을 때, 그에게 더 젊거나 더 사랑스런 정부(情婦)가 있었다는 사실을 알게 되는 본처의 느낌과 어느 정도 유사한 감정)으로 인해 그녀는 이러한 **배신**에 대해 돌이켜 생각하며 일종의 고통을 경험했다……. 아니, 그녀는 과장하고 있었고, 그렇다는 사실을 알고 있었다. 최소한 한 시즌 전부터 더 이상 무대에 오르지 않았기에, 이제 그녀가 자기 자신의 멜로 드라마를 만든 것이다…….
아니야! 그녀는 푸념을 멈추고 다시 일어섰다.

우선, 기다려 왔던 토마의 구애에 승낙을 해야 한다. 비록 그는 그녀를 갈망하기는 하지만, 오래 기다려 주지 않을 것이다. 그는 자기의 가치를 알고 있고, 자신의 상황, 까다롭기로 소문난 문학 전문가들과 꽤 엄격한 극작가 그룹 사이에 걸쳐 있는 제한된 환경 속에서 자신이 차지하는 중요성 역시 의식하고 있기 때문이다.

그녀는 토마의 마음을 받아줄 것이다. 결국 그것도 베르칸을 애도하는 하나의 방식일 테니까……!

2.

베르칸이 실종되고 3주가 흘렀다. 여전히 아무것도 발견되지 않았다. 시신도 납치범의 흔적도. 드리스는 꾸준히 그녀에게 전화했다. 그는 자신의 부장처럼 자신도 은신하고, 변장하고, 때로

는 사람을 피해 틀어박혀 지낸다고 털어놓았다. 프랑스어 사용
지식인 색출 작업이 더 심해졌기 때문이라고 했다.

이번 9월과 10월 들어 망명자의 흐름이 불어났다. 신문 기자
들이 선두에 섰고, 작가들도 마찬가지였다(이제부터 아랍어로
글을 쓰겠다고 통지했던 한두 사람마저도 망명했다. '베르칸이
라면 절대 그러지 않았을 거야.' 마리즈는 생각했다. '그에게는
자신의 두 언어가 다 필요했거든'). 교수들, 의사들, 여배우들과
라이* 여가수들 역시 몸을 피했는데, 이들 여배우와 라이 여가수
는 자신들이 추적당하던 일과 알제에서 느꼈던 극도의 불안감
을 이야기할 때면 마치 말괄량이 소녀들처럼 웃기도 하고 동시
에 울기도 하면서 이따금 활기를 띠곤 했다⋯⋯.

암살 사건이 증가했고, 거의 모든 사건이 법적 처벌을 받았다.
베르칸과 그의 소리 없는 실종은 은연중이긴 하지만 이러한 혼
란, 이러한 광기 한가운데서도 중심에 자리하는 듯했다. 은둔
자인 그 사람이!

10월에, 삼십 명 이상의 배우들이 파리 동쪽 교외의 카르투슈
리*에 피신해 있을 때, 그리고 마리즈가 베르칸을 생각해서 연
대(連帶) 시위에 정기적으로 참여하고 있었을 때, 이들 예술가
중 몇몇이 대본과 시를 편집해서 박해받는 사람들의 현재를 **공연**
하기로 결정했다⋯⋯. 어떤 유명한 유머 작가 한 명이 알제 젊은
이들의 절망적인 상태에 대해 눈물이 찔끔 나올 정도로 웃게 만
들었는데, 그는 자신의 독특한 프랑스어로 그렇게 웃음을 유발
했다. 비록 그 작품이 그녀가 쉽게 빠져드는 아주 섬세하거나 비

극적인 레퍼토리보다는 카바레 쇼에 더 가까웠지만, 마리즈는 그 공연을 보러 갔다. 주변 관객들이 웃을 때, 마리즈 역시 관객으로서 때로는 그들을 따라 웃기도 했지만 대개는 눈물을 흘렸다. 그것은 베르칸을 위한 눈물이었다. 그 유머 작가의 목소리와 프랑스어 억양에 들어 있는 무언가가 그녀의 마음속 깊숙한 곳에서 사라진 애인을 생각나게 했기 때문이었다.

1993년 11월 말, 다양한 직업을 가진(신문 기자, 교수, 노동조합 운동가, 의사……) 프랑스어 사용자들이 혼돈 상태의 조국을 떠나 프랑스로, 퀘벡으로 몸을 피했는데, 그것은 안달루시아의 모리스코*와 그라나다의 유대인이 1492년 이후, 그리고 다음 세기에도 계속해서 꾸준히 파상적으로 스페인의 해변을 향해 마지막 시선을 던지며 떠나가서 제일 먼저 테투안, 페스, 틀렘센, 그리고 마그레브 해안 전 지역에 —— 당시의 아랍어 때문에 —— 이르렀던 것과 다소 비슷했다. 그렇게 가톨릭에 충실한 왕들이 —— 이들은 종교 재판소의 강력한 도움을 받았다 —— 다스리던 스페인에서 아랍어가 사라졌듯이 이번에는 **거기서** 프랑스어가 갑자기 사라지게 되는 것인가?

마리즈는 **거기서**라는 말을 크게 되뇌었다. 자신의 혼잣말을, 홀로 횡설수설하는 말을 들으며 그녀는 마지막으로 오랫동안 흐느껴 울었다. 그런 다음……

글쎄, 그 후로 때로는 고통의 과장된 흐름에 몸을 맡기다가, 때로는 느닷없는 결정에 의해 그 고통에서 풀려나기가 더 수월했다. 그녀의 고통은 그녀가 쥐어뜯고, 또 그녀가 냉철하고 명석한 그리고 준엄한 눈으로 쳐다보곤 했던 껍질이었다. 어느 날 그녀는 자신이 있는 곳이면 어디든 자신을 지지하는 보이지 않는 관객이 있기라도 하듯, 정말로 그 껍질을 버리기로 결심했다.

"내 껍질을 바꾸도록 날 내버려 두시오. 왕이 신음하듯 말했다!"

그녀는 갑자기 이 시구를 외쳤다. 여러 해 전, 젊은 시절의 어떤 시 낭송회에서 그녀가 첫 관객을 위해 그렇게 빛을 발했었던가? 그녀는 그 시를 잊어버렸고, 시인조차 더 이상 기억나지 않았다. 아직 베르칸을 알지 못했었고, 데뷔한 지 얼마 되지 않았었다. 또 한 구절이 그녀의 기억에 떠올랐다.

"내 혀와 내 말들을 가져가시오, 내가 뱉어 내는 가장 아름다운 것들을⋯⋯."

그녀는 더 이상 알지 못했고, 갑자기 베르칸이 사라진 이유가 그의 프랑스어 때문이라는 생각이 들자 다시 눈물을 흘렸다. "내가 뱉어 내는 이 말들." 격렬하게, 그녀는 자기 자신에게 또박또박 끊어서 말했다. 왜냐하면 그들 두 사람은 같은 소리에 의해, 그리고 같은 단어의 조화에 의해 결합되었었기 때문이었다. 그녀는 무대에서 그 말들을 던지고 있는데, 그 사람은 그 말들 때문에 이제 구덩이 속에 누워 있지나 않을까?

이러한 절망의 폭발이 여러 차례 반복된 후 그녀는 비록 어떤 날 아침이면 문득 "착하지, 오 나의 고통이여, 그러니 더 얌전히 있으렴!"이라는 보들레르의 시구*를 떠올리며 자신을 다잡긴 했지만, 과장하지 않고 말해서 이런 식으로, 단계적으로 **자신의 고**

통에 작별을 고했다.

한편, 베르칸이 꽤 일찍 알아차렸듯이, 그녀가 가장 뛰어났던 건 프랑스 레퍼토리에서가 아니었고(마리보도, 물론 위고도, 또한 클로델은 말할 것도 없었다), 아마도 현대 작가에서였다. 결국 그 현대 작가란 그녀가 좋아하는 작가들, 말과 말 사이에, 침묵들 속에 진주처럼 빛나는 비애를 담는 러시아 작가들이었다. 그 비애는 불확실한 리듬 속에서 당신의 육체, 몸짓, 억양 변화를 만들어 냈다. 당신의 목소리는 질질 끌지 않았고, 그래, 구슬픈 소리가 아니었고, 질척거리지도 않았다. 하지만 그 속에는……

베르칸과 러시아 작가들, 그리고 체호프에 대한 그녀의 열정. 아, 그가 여기 있다면, 그가 자기 조국의 새로운 망명자들처럼 돌아오는 데 동의했더라면, 그녀가 그에게 다음과 같이 말했더라면(그리고 마리즈의 상상은 자유로이 날아올랐다).

"당신은 더 이상 이민자가 아니라 망명자예요!"

"불법 체류 난민이겠지." 그가 돌아오는 데 동의했다면 이렇게 말했을 텐데…….

"불법 체류는 아니에요," 그녀는 반박했을 텐데. "간단해요, 당신이 나와 결혼하거나 아니면 내가 당신과 결혼하거나. 선택하면 돼요. 그리고 당신은 프로방스 지방 어디든 상관없는 마을에 정착해서 글을 쓰기만 하면 될 거예요. 그렇다고 해도 당신의 현재 생활이 바뀌는 것은 아무것도 없을 거예요. 풍경도 같을 거예요. 기억나나요, 당신은 수많은 '알제 해적들'의 삶에 대해 내게 이야기하지 않았나요? 그들은 실제로는 베네치아, 칼라브리아,* 코르시카 출신인데, 그 출신지들이 그들의 회교도식 이름에까지 그 흔적을 남기고 있다고요! 단지 당신이라면 그 반대로 할 거라고요! 당신은 우리나라에 와서 당신의 이름 속에, 당신 고향 카스바의 내가 알지 못하는 무언가를 흔적으로 남겨 놓고 있어요…… 예를 들면, 거리 이름 같은!"

하지만 그는 대답하지 않을 것이다, 베르칸은…… 토마가 이제 그녀를 혼자 내버려둔다고 해도, 베르칸은 환각에 빠진 그녀, 거의 제정신이 아닌 그녀와 같은 노선을 취하지 않을 것이다. 그녀는 토마에게 "좋다"고, 이사해서 그의 집에 머물겠다고 말했었다. "매일 밤" 그녀를 원한다고, 토마는 말했다. "이도저도 아닌 건 안 되오!"

그래서 그녀는 자질구레한 물건들, 향수, 자신이 배역을 맡아 연기했던 텍스트의 한정판 서적들, 무대 사진 앨범들 —— 일 년에 하나씩 열두 권 이상의 앨범이 있었다 —— 을 정리해야 했던 응접실에서 자신을 위해 한 번 더 연극을 꾸미고 있었다.

하지만 그녀의 고통을 노래하는 애가(哀歌)는 마치 잿더미처럼 또는 매몰되는 태양처럼 서서히 고갈되어 갔고, 그 흐름은 언제나 똑같은 대목에서 끊어지곤 했다. 누군가의 인질이 되었는지, 정체불명 미지인의 희생자가 되었는지 아무 소식도 들리지 않는 베르칸의 이미지 혹은 부재 이미지에서였다. 이후로 베르칸은 오로지 시선이 고정된 모습으로 남았고, 육체도, 벌거벗은 상반신도, 그녀를 감싸 안던 팔도, 기다란 다리도(그녀는 처음에 그의 다리 때문에 그에게 성욕을 느꼈었다), 그의 웃음도, 아니 언제나 그의 말을 미완성으로 허공에 남겨 놓는, 웃는 듯 마는 듯한 미소도 더 이상 없었다!

이처럼 마지막 고비를 겪는 가운데 갑자기 마리즈는 **미완성**이라는 말에서 순간적으로 무언가를 발견했다는 생각이 들었다.

"베르칸, 나의 베르칸, 당신의 죽음은 미완성이에요! 어쩌면 그들이 당신을 체포했는지도 모르고, 당신을 고문했는지도 몰라요. 옛날처럼 당신이 「청소년」에서 그렸던 그 고집스러운 샤위족의 아들인 당신, 그들은 당신을 끌고 갔지만 매장하지는 않았을 거예요, 아니, 난 알아요. 지금 이 시간에 아마도 그들은 어떤 고문들, 16세기의 카스바에서 시행된 거라고 당신이 내게 말해 주었던 고문들 중 하나로 당신을 꼼짝 못하게 하고 있을 거예요. 16세기는 우리의 **선량한** 국왕 앙리 4세 시절이었죠. 그 역시 암살당했어요.

하지만 당신은 아니에요!

당신은 살아 있어요,

미완성으로, 하지만 살아 있어요!"

그녀는 울음을 그쳤다. 그녀는 곧 이사를 갈 것이고, 토마와 사랑을 나눌 것이다. 토마 부모님의 방이었던 토마의 방에서, 토마의 침대에서!

마리즈는 침묵해야 할 것이다. 이후로 그녀는 베르칸에 대해서는 입을 다물 것이다. 마음을 닫고, 단단해지고, 결코 잊지 말아야……

3.

그녀는 겨우 4년 전에 요절한 베르나르-마리 콜테스의 〈사막으로의 귀환〉 재공연에서 마틸드 역을 단번에 수락했다.

첫 번째 리허설에서부터 알제리에서 오빠 집으로 돌아오는 마틸드가 울먹이며(혹은 울부짖으며) "내 조국은 어디야? 내 땅은 어디에 있어? 내가 잠잘 수 있는 땅은 어디에 있지? 나는 알제리에서 이방인이고 프랑스를 꿈꿔. 프랑스에서는 더욱 더 이방인이고 알제를 꿈꾸지. 조국이란 자신이 존재하지 않는 곳인가?"라고 말할 때 마리즈는 자신이 결국 베르칸을 자기 안에, 무대 조명 아래 간직할 운명이라고 느꼈다. 그러니까 그녀는 그의 빛의 무덤일 것이다. 왜냐하면 아아, 그녀가 2년 전에 그에게 조상의 땅으로 돌아가라고 부추겼었기 때문이다. 캄캄한 땅으로 돌아가라고!

"주의하세요, 콜테스는 이 작품을 희극으로 쓰려고 했어요!"라고 끊임없이 자신에게 상기시키는 연출가의 지도를 받으면서 그녀는 그렇지 않다고 생각했다. 상관없는 일이었다! 베르칸은 등장인물 마틸드를 피해 무대 위 마리즈의 마음속에 유령처럼 찾아와서 자신의 여자 친구를 사로잡곤 했다. 살아 있으면서 부재하고, 글을 쓰면서 침묵하던 그 사람, 그녀가 숨겼지만 그로부터 그녀가 새로운 힘을 얻곤 했던 그 사람이.

언뜻 보기에 베르칸의 카스바에서 아주 가까운 곳에서, 마랭고 가에서 살았을지도 모르는 이 알제리 피에 누아르 여성 등장

인물에 파묻혀 지낸 한 시즌이 모두 지나간 후, 마리즈는 실종된 베르칸과의 은밀한 동거에 의해 자신이 변모했음을 느꼈다.

그러니까 그녀는 지난 10년, 지나가 버린 자신의 청춘 시절의 남자 친구였던 베르칸을 그렇게 간직했다! 이후로 그녀가 맡은 배역이 무엇이든 간에 매번 그 역을 하면서 그녀의 마음속에는 그녀를 똑바로 서 있게 만드는 눈에 보이지 않는 검(劍)이 박혀 있을 것이다. 매일 저녁 무대 위에서 그녀는 베르칸의 결핍을, 은연중에 베르칸의 존재를 마음에 품을 것이다. 베르칸은 언제나 **실종자로 기록된 채** 남을 것인가. 아니다, 그의 유해가 아니면 그의 머리만이라도 다시 발견될 것이고, 밥 아준 문*의 커다란 쇠갈고리에 목이 매달린, 옛날에 가장 사랑받았던 왕들 중 하나였던 카스바의 왕 하산 코르소*의 이야기가 재연될 것이다. 베르칸은 하산 왕의 목이 성 안에 들어가는 모든 통행인에게 자신을 풀어 달라고, 왕으로 돌아갈 수 있게 해 달라고 애원하기 시작했다고 그녀에게 이야기해 주었었다.

무대에 등장하기 직전 무대 뒤에서 연기를 시작하려는 그 시간에도 카빌리아의 어떤 은신처에 포로가 된 베르칸이 여전히 살아서 고문을 받고 있을지도 모른다는 생각에 그녀는 또 눈물을 흘리곤 했다……!

박수갈채를 뒤로 하고 무대에서 내려온 그녀는 찬양받는 여배우로서, 또한 남몰래 눈물로 지새우는 애인을 잃은 여자로서 분장실에서 원기를 회복하곤 했다. 그녀의 눈에는 카스바의 옛 성문 중 한 곳의 쇠고리에 걸린 베르칸의 목이 보이곤 했다. "나를 풀어 줘, 추위!" 베르칸은 애원한다. "분명히 내가 죽긴 했지만 적어도 나의 도시로, 나의 구역으로 나를 돌아가게 해 줘."

내 **후마,** 그는 그렇게 말하곤 했다. 그것은 마리즈가 발음할 줄 아는 유일한 아랍어다. **후마!** 그녀는 유음 'h(아슈)' 소리를 내는 법을 배웠다. 그녀는 "**야 울레드 엘 후마**(Ya ouled el houma)!"라고 외칠 수도 있다, 베르칸이 했던 것처럼! 그가 돌아오게 되면 말하게 될 것처럼. "오 내 구역의 아이들이여!"

마리즈는 거울에 비친 자신의 얼굴을 찬찬히 주시하며 눈물을 닦았다.

"이 얼굴도 늙어 가겠지! 무슨 상관이람, 화장품이 있고 조명이 있는데……. 오 베르칸!"

⟨사막으로의 귀환⟩의 마지막 공연이 끝난 후, 여전히 우수에 잠겨 있지만 자신을 거의 확신하게 된 마리즈는 토마의 집으로 들어갔다.

나지아

1.

1993년 12월

사랑하는 베르칸,

나는 파도바에서 이 편지를 쓰고 있어요……. 우리가 만난 지 벌써 2년의 세월이 흘렀군요. 어제 일 같기만 한데…….

이 편지가 길어질지도 모르지만 어쩔 수 없어요, 내 사랑……. 조국의 격랑으로부터 멀리 떨어져서 지내는 내 생활이 어떤지 당신에게 알려 주고 싶어요…….

그때까지(그러니까 우리가 만났을 때까지) 나는 그저 **이동**할 뿐이었어요. 지방이나 흔한 도시들 또한 풍경들, 대개는 내가 언어나 기억조차도 공유하지 않는 사람들을 발견했을 뿐이었지요. 나는 아주 최근에야 마침내 이해하게 되었어요, 그게 조국에 대한 나의 망각을 사방팔방에 기록하고자 하는 다소 집요한 의지 때문이었음을! 할머니는 돌아가셨고, 아버지와 어머니에게는 그들 말씀대로 아직도 "보살펴야 할" 두 아이가 있거든요(학업, 그들의 미래 등등).

그런데 베르칸, 나는 어떻게 될까요. 망명자인가요? 흔히들 망명이 쓸쓸한 거라고 하지만, 내 경우는 그렇지 않아요! 나는 난민인가요? 하지만 무엇으로부터의 피난민일까요? 나는 무국적자예요, 비록 내가 두 개의 여권을 갖고 있고, 마치 결정적으로 '앞으로만 정진하자!'라고 생각하기라도 했던 것처럼 3개 국어를 말하지만요. 그래도 나는 내가 도망자가 아니라는 사실을 알고 있어요. 나는 잊고 있거나 아니면 잊고 싶어 하는 거예요. 그리고 바로 그 때문에 이동과 이사, 이 해안 저 해안으로의 방랑(나는 일상에서 사소한 것에 만족한답니다)이 규칙이 된 거랍니다. 내가 당신에게 이런 이야기를 하는 이유는 사실, 우리가 서로 알게 된(이 말을 본래의 의미로 해석해요) 뒤에 알렉산드리아에서 이탈리아인 친구를 만났기 때문이에요. 거기서 나는 그 영광의 도시 출신 시인의 작품을 번역했지요. 웅가레티*요. 나는 곧이어 베이루트에 가서 살아야 했어요. 아, 내가 보기에 흉하게 훼손된 도시에⋯⋯.

고백하건대, 한동안 당신에 대해 나 자신에게 끊임없이 묻지 않을 수 없었어요. "왜 당신은 귀환을 결심했을까?"라고. 당신의 욕망에 감염될까 두려워서가 아니었어요. 전혀 그렇지 않아요! ……아마도 이러한 강박관념 뒤로 당신을 생각하고 싶은 욕망을 나 자신에게도 숨긴 게 아닌가 싶어요. 이러한 점을 깨닫고 나서부터 나는 이성적이었어요.

나는 우선 이탈리아 친구에게 작별을 고했어요. 당시 내가 좋아한 것이 사실 그가 아니라 이탈리아였음을 깨달은 거죠. 나는 아주 조용히 그와 헤어졌고, 이후로는 그를 진정한 형제로 간주하겠다고 진심을 담아 그에게 약속했어요. 정말이에요! 그 사람은 그럴 만하거든요. 그는 다정하고, 정중하고, 그리고 이건 나와 함께 있으면 쉽지 않은 일인데, 일상생활에서 참을성이 있었어요!

요컨대, 내가 떠난 거지요. 이집트 역시 작별을 고하고, 베이루트를 거쳐 우회하지 않았어요. 동방으로, 그리고 동시에 이탈리아로 직행했어요. 바로 그래서 내가 이곳 베네치아가 아닌 파도바에 있는 것이고, 여기서 당신에게 편지를 쓰고 있는 거랍니다.

이 도시에는 오래 전부터 친구 네댓 명의 여자 그룹이 있답니다. 서로 굳게 결속되어 있고, 내게 아주 본보기가 되는 사람들이죠. 지금까지 나는 일 년에 한 번씩, 내게 원기를 주는 스포츠를 즐기는 휴가 때면 그들을 만나곤 했어요.

아, 사랑하는 베르칸, 여성들 사이의 우정이란 얼마나 좋은 건지 모르겠어요. 그 여성이 자주적이고 진심어린 사람들일 때…… 그리고 그들이 대부분 가사 부담과 어머니로서의 책임에서 자유로운 몸일 때요! 내가 아이들을 좋아하지 않는다는 게 아니에요! 한 가지 고백하자면, 당신이 너무 멀리 떨어져 있으니 말인데, 당신과 헤어지면서 상당히 고통스러웠던 그 며칠 동안(당신의 고향을 떠나는 게 나로서는 굉장한 아픔이었어요) 그리고 또 그 고통 속에서 —— 하지만 그 가운데서도 나는 당신을 잊고자 했어요 —— 무언가 새로운 일이 내게 일어났어요. 나는 종종 울고 싶었어요, 매일 아침 잠에서 깨어나면서 울고 싶었는데 당신은 그 이유를 아실 거예요. '아, 이 사람 아이를 가질 수 있다면 좋을 텐데!' 나는 이렇게 생각했죠. 내가 고민을 털어놓았다면, 어머니는 아마 이렇게 말했을 거예요.

"마침내 내 큰딸이 정상적인 여자가 되고 싶어 하는구나!"

2.

다음날: 내 지난 편지와 이야기의 속편

하지만 나는 파도바에 돌아왔어요. 내 친구들에게는 —— 그 친구들은 문화 활동 단체를 구성하고 있고, 그래서 언제나 타인을 위한 계획이 넘쳐 난답니다 —— 도착을 알리는 전보 한 통을 보내는 것으로 충분했어요. 나는 그들에게 이제 공부를 하고 싶다고, 그래서 다음 학기에 대학에 등록하려 한다고 선언했어요. 그곳은 유럽에서 오래된 대학들 중 하나인데, 내가 자랑스럽게 여기는 건 그곳이 안달루시아의 유산을 결실 맺게 만든 대학들 중 하나라는 거예요.

내 아랍어와 이탈리아어 번역 작업들 덕분에 나는 철학사 연구에 몰두할 수 있게 되고, 마침내 알고자 하는 열망으로 르네상스에 빠져들게 되었어요! 내친김에 프랑스어를 하는 카이로의 여자 친구에게서 에라스뮈스의 『우신예찬』을 받았지요. 그리고 비행기를 탔어요. 비행기는 원래 베네치아 공항에 도착하기로 되어 있었어요. 클로디아와 안나가 파도바에서 나를 차로 마중하기로 했지요.

여행 내내 나는 에라스뮈스의 가장 유명한 작품을 읽는데 정신이 팔려 있었어요. 게다가 나는 1500년대 초에 그가 이 도시에서 살았다는 사실을 알고 있었어요. 사실, 비행기가 하강하는 동안 마치 나 혼자서만 알아볼 수 있는 환영의 모습으로 그 위대한 인물이 내게 인사하러 오는 듯하더군요! 뭐랄까, "네가 너의 집, 그리고 네 조상의 집인 이곳에 왔구나!"라고 말하는 것 같았지요.

나는 읽고 또 읽고 있어요. 나는 새로운 삶을 시작하기 전에 이 책을 다 읽어야겠다고 생각하는 중이죠! 왜냐하면 나는 삶을 바꾸고 있거든요. 나는 학식이 풍부한 사람이 될 거예요. 서른일곱 살인 이제 시작인데, 5년을 할애할 거예요! 못할 게 뭐 있겠어요? 내 뒤에는 알제리, 이집트, 형제처럼 된 내 **친구** 그리고 그곳 당신 마을에 있는, 내가 결코 잊을 수 없는 당신이 있는데……

그런데 내가 신입생으로서 독서에 빠져 있는 동안에도 세계는 계속 돌고 있었어요. 베네토 주*에는 겨울에 종종 안개가 끼지요. 그래서 예정대로 비행기가 착륙할 수 없다고, 트리에스테*까지 가겠다고 조종사가 안내 방송을 했어요. 안내 방송은 착륙 직전에 나왔어요. 나는 멍하니 있었어요. 독서와 몽상에 빠져 있었거든요.

비행기가 착륙했고 우리는 비행기에서 내렸어요. 나는 아주 가벼운 기분으로 비행기에서 나왔어요. 새로운 삶이 이미 내 앞에 펼쳐져 있었으니까요! 친구들이 보이지 않았지요. 나는 무슨 상관이야, 내가 기다리면 되지, 이렇게 생각했어요. 나는 스스로 참을성이 많다고 느꼈고, 언제나 그렇듯이 내게는 짐이 거의 없었어요!

다른 여행자들에게 신경 쓰지 않고 벤치에 앉아서 마침내 『우신예찬』의 마지막 장을 다 읽었어요. 내 경우에는 아마 '방심 예찬'쯤 되어야 했을 거예요!

책을 다 읽고 나서 계획을 하나 짰어요. 주석에서 에라스뮈스가 살아 있는 동안에 3천1백40통의 편지를 썼는데, 그것들이 전부 분류되고, 목록화되었고, 그중 몇몇은 프랑스어로 쓰였다는 사실을 알게 되었거든요. 나는 이 프랑스어 편지들에서부터 시작할 거예요. 대학에서 많은 일들이 나를 기다리고 있어요!

에라스뮈스가 파도바에 있던 시기는 바르바로사 형제가 알제에 정착한 때와 정확히 일치해요. 우르지*가 먼저 정착했는데, 그는 자신의 목욕탕에서 카빌리아의 왕 셀림 알 투미를 목 졸라 죽였어요. 그리고 우르지를 따라 온 동생 하이렛딘*은 페

농*에서 에스파냐인을 추방하는 데 성공했지요. 그렇게 해서 알제 왕들의 역사, 폭력적이고 영광스러운 역사가 시작되었답니다…….

나는 마침내 자리에서 일어났어요. 나는 시간 가는 줄 몰랐는데, 소식을 알아보러 간 거예요. 나는 생각했지요, 나의 두 친구들은 길에서 무슨 기술적인 문제가 생겨 오지 못했고, 아마도 내게 메시지를 남겨 놓았을 거라고!

나는 안내 데스크에서 와서야 내가 트리에스테 공항에 있다는 사실을 알았어요, 베네치아가 아니라! 첫 번째 버스가 이미 다른 여행자들을 태우고 갔다는 것도 알았지요. 나는 생각했어요. '상관없어! 다음 차를 타면 되지!' 그리고 클로디아와 안나에게 이를 알리기 위해 전화할 수 있는지 물어보았어요.

여전히 가벼운 마음으로 나의 방심을 용서했어요. 내 곁을 스쳐 지나가는 에라스뮈스의 환영에 간신히 웃음지어 보였고, 마침내 두 번째 버스에 몸을 실었어요. 겨울날 한밤중에 한 시간 동안을, 아마도 모스크바에서 승리를 거두고 돌아오는 듯한 국가대표 축구팀과 함께 여행했지요. 그들은 마치 중학생처럼 버스 여행 내내 노래를 불렀어요. '다 큰 아이들이로군!' 나는 관대하게 생각했어요.

그래요, 사랑하는 베르칸, 나는 이탈리아와 나의 재회 이야기를 위해 짧고 경쾌한 소설을 당신에게 쓰고 있는 거랍니다. 나는 걱정하고 있던 나의 두 친구들을 포옹했어요. 안개 때문에 우리는 더욱 더 지체했답니다. 파도바 근처에 도착했을 때는 운전을 하던 안나의 눈에 아무것도 보이지 않았어요. 우리는 나침반이 없는 외지인처럼 한참을 빙빙 돌았어요. 마침내 안개는 걷혔지만 내 쾌활함은 가시지 않았어요. 우정과 이탈리아를, 게다가 새로운 삶을 되찾았으니까요!

요약해서 전체적으로 다시 말하자면, 내가 도착했을 때 베네토 주에서는 짙은 안개가 나를 기다리고 있었지만, 나는 파도바의 그 안개 속에서보다 내 마음속을 더 똑똑히 본 적이 없었어요. 희망, 경쾌함 그리고 배우고자 하는 욕망을요!

그때였어요, 새벽 3시에 앞으로 나의 숙소가 될 이 스튜디오에서 잘 준비하다가, 그래요, 마침내 당신에게 편지를 쓰기로, 솔직하게 당신에게 이야기하기로, 당신을 잊지 않았다고 말하기로 결심했어요.

답장해 주세요, 당신은 내게 답장을 해야 해요, 베르칸. 파도바에서는 내가 당신을 잊지 않을 거라 확신해요, 특히 파도바에서는! 당신에게 에라스뮈스 — 또 그 사람이에요! — 의 「꿈에 관한 편지」 복사본을 첨부할게요. 그가 두 영국 제자에게 보내는 편지예요……. 하지만 프랑스어로 쓴 거죠. 요즘 당신에게 충고가 될 만한 두세 개의 문장에 밑줄을 그어 놨어요. 당신이 더 이상 안전하지 않다면(나는 카이로에서 나오는 아랍 신문 「엘 아흐람」에서 알제리의 현황에 관한 뉴스를 읽었어요) 파도바로 오세요!

내 친구들은 위험에 처한 작가와 신문 기자들을 위해 '피난처'를 벌써 마련해 놓았답니다. 답장해 주세요. 또 당신을 위해 드리스에게도 내 주소와 전화번호를 보냈답니다!

　나는 정말이지 당신 생각뿐이에요.

나지아

3.

　드리스는 베르칸에게 보낸 편지를 열어 보지 않는다. 그런데 나지아는 반으로 접은 종이 위에 베르칸을 위해 친절하게 몇 개의 줄을 그어 놓았고, 거기에는 루뱅대학에 다니는 토마 그레이와 토마의 동생에게 에라스뮈스 로테르다무스가 1508년 파도바에서 쓴 「꿈에 관한 편지」의 타이핑된 사본이 첨부되어 있다.

　그녀는 몇 개의 문장에 붉은 색으로 밑줄을 그어 놓았다. 드리스는 우선 그것을 읽기 시작한다.

1. "허튼 소리 그만하고 내 꿈을 재검토하라!"
2. "서너 해 전에 폴란드인 한 명이 파도바에 왔다. 사람들은 그가 마치 박식한 사람, 천문 애호가인 듯 내게 말한다."
3. "나는 천사들의 하늘에 대해 말하는 게 아니다……."

　그리고 마지막으로 더 짙게 밑줄이 그어진 것이 있었다.

4. "찾고자 하는 사람은, 더 나아가 찾아내는 사람은 챙 없는
   모자를 쓰고 다니는 바보*들을 아주 조심해야 한다……."

같은 붉은색 잉크로 나지아는 주석을 덧붙여 놓았다. '베르칸
을 위한 건가, 나를 위한 건가, 그녀를 위한 건가?' 드리스는 궁
금해진다.

"땅은 세상의 중심이 아니다. 폴란드 사람인 니콜라우스 코페
르니쿠스는 바로 이러한 진리를 에라스뮈스 로테르다무스에게
전해 주는데, 이때부터 에라스뮈스는 '찾고자 하고 찾아내는' 사
람들에게 바보들을 경계하라고 당부한다!"

"아무도 모르게 살아가라!" 에라스뮈스는 제자들에게 이렇게
조언한다.

사실, 땅이 **세상의 중심**이 아니라면 우리 조국도 사라져 버린
전설상의 안달루시아와 있을 수 있는 모든 다른 곳 사이의 복
도, 아주 협소한 통로에 불과해요!

오, 베르칸, 오, 드리스, 왜 두 사람 모두 파도바에 오지 않는
건가요? 그곳에서 아무도 모르게 살아간다면 얼마나 즐거울
까요!

나지아

드리스는 이 임시 숙소에서 다음날 밤은 어디서 자야 할지 알
수 없다는 데서 갑자기 피로감을 느낀다.

나지아와 전화 통화도 해야 한다. 방금 발표된 베르칸의 실종 소식을 그녀에게 알려 주어야 한다. 게다가 드리스는 더 이상 기사를 쓰지 않고 있다. 많은 사람이 그가 지식인의 탈출에 합류했다고 추측하고 있을 것이다.

이러한 잠적 생활 그리고 너무나 잦은 유폐 생활이 그에게 부담이 되기 시작한다. 두 달 반은 너무 긴 기간이다! 그는 밖으로 나가서 아침 햇빛을 눈으로 마시고, 무시로 수평선을 다시 보고 싶다. 하지만 그러기 위해 변장을 한다는 것은 내키지 않는다. 그는 머리를 짧게 잘랐다. 스무 살 때 입던 청바지를 다시 입는다.

"이젠 지긋지긋하군!" 그는 한숨을 쉬듯 말한다. 그는 두아우다 마을에 가려는 계획, 심지어 다시 형의 아파트에서 살려는 ── 그러지 않을 이유가 있을까? ── 계획을 세운다. 요컨대 베르칸의 귀환을 기다리려는 계획이다! 신문사의 부장은 그 계획을 극구 만류했다. "이런 경우에는," 그가 잘라 말했다. "다른 사람처럼 떠나는 것이 더 낫네!" 그런 다음 더 부드러운 어조로 이렇게 확언했다. "다음 달이면 자네는 자네의 주간 기사를 재개할 수 있을 걸세!"

불면증으로 갑자기 일어난 그는 물을 한 잔 마시러 간다. 거울에 비친 자신의 야윈 얼굴을 무덤덤하게 들여다보고, 그는 냉소를 지으며 말한다. "수염을 기르는 사람에게는 완벽한 표적이로군!" 그는 **그들**처럼 되기 위해서는 오히려 수염을 길러야 했을 거라는 씁쓸한 생각이 든다. 그는 거울에 비친 자신의 모습을 보며 비꼬듯 말한다.

"피해망상증 환자와 야간 대담이라니! 베르칸이라면 '격동의 도시'라고 말할 이 도시에서 다시 마음대로 돌아다니려면 해결책은 두 가지야. 하나는 독실한 신자인 듯 위선적인 태도로 수염을 기르는 것이지만, 나는 그럴 수 없을 것 같아. 그게 아니라면, 머리에서 발끝까지 차도르를 걸치고 그렇게 도시에서 살아가는 여성처럼 걸어 다니는 거지! 나 원 참……."

그러자 나지아 ── 그가 처음으로 베르칸의 집에 데리고 왔을 때의 나지아 ── 의 이미지가 방안 가득 밀려온다. 그는 자신이 두 꾸러미로 묶어 마리즈에게 건넸던 형의 모든 문서를 떠올린다. 어쨌거나 모든 게 안전한 곳, 파리에 있게 하기 위해서였다!

당시 베르칸의 방에는 철(綴)해진 두 장의 종이가 뒤죽박죽인 서류들 밖으로 빠져나와 있었다. 그것들을 주워 들면서 드리스는 무심코 대문자로 쓰인 제목을 읽었다. 「나지아에게 바치는 시」. 별 생각 없이 그는 그 두 장의 종이를 접었고, 주저하다가 서랍 한 곳 안쪽에, 손수건과 린네르 제품들 밑에 치워 놓았었다. 그는 작은 형(형들도 이따금 꿈꾸는 아이들로 남아 있다!)에 대한 존경심 때문에 아무것도 읽고 싶지 않았을 뿐만 아니라 이제 와서 보니, 확실하지는 않지만 알제에서 몹시 비탄에 빠져 있던 마리즈를 너그러이 봐 주고 싶지 않았던 게 아닌가 하는 생각이 든다.

드리스는 베르칸에 대해 더 이상 희망을 가질 수 없게 되었으니, 이제 자신이 두아우다에 거주해야 한다면 결국은 시 형식으로 쓴 듯한 그 글을 읽어야겠다는 생각이 든다. 그것도 결국 나지아에게 보내야 한다. 그 글은 나지아의 것이었으니까. 그는 생각한다. '어쩌면 형의 귀향에 관한 수수께끼가 이렇게 해서 풀릴지도 모르겠군. 고독 속에서, 형은 왜 글을 쓰려고 했을까?'

은신을 위한 스튜디오에서 드리스는 다시 침대에 눕는다. 그는 천천히 에라스뮈스의 「꿈에 관한 편지」를 읽는다. 비몽사몽간에 그는 나지아가 밑줄을 쳐 놓은 한 문장을 반복해서 읽는다. "나는 천사들의 하늘에 대해 말하는 게 아니다……."

에라스뮈스는 그가 지금 처해 있는 상황에 대해 말하고 있다. 아니 그렇게 말하는 사람은 어쩌면 나지아인지도, 아니면 베르칸인지도 모르겠다. "하늘, 천사의 하늘!"이라고 같은 말을 웅얼거리면서 드리스는 마침내 잠에 빠져든다.

뉴욕, 2003

※ 앞에서 마리즈가 읊은 두 시구는 클로드-미셸 클뤼니의 시 「벌거벗은 왕」에서 발췌하였다.

7   **자파르 L.**   Djafar Lesbet. 1985년에 저서 『알제의 카스바: 도시 관리와 사회적 공간』을 알제리와 프랑스에서 동시에 펴냈다.

9   **디브**   Mohammed Dib(1920~2003). 프랑스어로 작품 활동을 한 알제리 소설가. 20대와 30대에 방직공, 교사, 회계원, 통역사, 신문 기자 등의 직업을 전전하다가 1952년 첫 소설 『대저택』을 발표했다. 같은 해 프랑스 여자와 결혼하고 알제리 공산당에도 가입했다. 알제리 독립 전쟁이 한창이던 1959년 알제리 독립을 지원하고 소설 속에 알제리의 식민 현실을 묘사했다는 이유로 프랑스 당국에 의해 알제리에서 추방되었다. 알제리 민족주의자들 대부분이 선택하는 카이로 대신 프랑스로 건너간 디브는 카뮈를 비롯한 여러 프랑스 작가들의 도움으로 프랑스 정부로부터 프랑스 체류 허가를 받았다. 이후 파리 근처 교외에 거주하며 30여 편의 소설 외에 시, 단편 소설 등을 발표했다.

13   **트라클**   Georg Trakl(1887~1914). 오스트리아의 시인. 1914년 전쟁 와중에 스스로 목숨을 끊었으며, 시집으로 『시편』, 『꿈속의 제바스티안』을 남겼다.

16   **이마지겐**   Imazighen. 베르베르인을 가리키는 베르베르어. 단수

는 '아마지그(Amazigh)'다.

16   **카빌리아** kabyle. 베르베르인이 살고 있는 알제리 동북부 고산
지대의 지명. 1830년 알제리를 정복하기 시작한 프랑스 정부는 원
활한 식민 통치를 위해 베르베르인 대 아랍인이라는 이분 구도에
기초한 분열 정책을 구사했고, 카빌리아는 이러한 정책에 활용되
어 '프랑스화'의 대상이 되었다. 초등학교와 직업학교 설립으로 프
랑스어 교육이 체계적으로 이루어졌고, 지금도 프랑스에 대단히
가까운 친(親) 프랑스 지역이다.

17   **엘 자지라** el Djazira. 알제리

21   **틀렘센** Tlemcen. 알제리 북서부의 도시.
음마 Mma. 영어의 '미시즈'나 프랑스어의 '마담'처럼 기혼 부인
성 앞에 붙여 부르는 호칭이지만, 여기서는 '어머니'의 의미로 쓰
였다.

28   **프랑사인** Fransçaours. 프랑사인 뒤에 아르기 병사가 '프랑스'를
'프랑사'로 발음한다는 내용이 나오는데, 여기서는 알제리 현지에
사는 프랑스인 정도로 볼 수 있겠다.

35   **왈리** ouali. 이슬람 '성자' 혹은 '지방관'을 뜻하는 아랍어.
쿠바 kouba. '쿠바'는 둥근 지붕으로 덮인 흰색 석회 건물이다.
종교적으로 존경받는 인물의 무덤으로 쓰인다.

36   **비주** bisou. 프랑스인이 뺨을 서로 맞대고 하는 인사, 키스.

39   **유유** YouYou. 아랍의 여인이 손을 입에 대었다 떼었다 하면서
내지르는 날카로운 소리.
알라 아크바르 Allah Akbar. '알라는 위대하시다'라는 뜻.

52   **하지** Hadj. 메카로의 순례를 실행한 무슬림을 가리키는 말.
드호르 dhor. 무슬림의 하루 다섯 차례 기도 중에 두 번째(오후
첫 번째) 기도.

56   **아이드 축제** Aïd. 이슬람의 축제일. 대축일인 아이드 알 아드하
(Eid al-Adha)와 소축일인 아이드 엘 피트르(Aid el-Fitr)가 있다.

터키에서는 바이람(bairam)이라고 한다.

56 **카이드** caïd. 부족장, 지휘관을 뜻하는 아랍어.

아가 agha. 촌장, 족장, 수령을 뜻하는 아랍어.

57 **사비르어** 서로 의사소통이 되지 않는 언어 사용자 간에 자연스럽게 형성된 피진어 중에 시간이 지나 모어화된 언어를 크레올(Creole)이라 하는데, 사비르어는 크레올의 일종이지만 더 단순한 어휘와 구문으로 이루어진 언어다. 원문에서는 français-sabir로 되어 있다.

60 **엘 비아르** El Biar. 알제 시 도심에서 서쪽으로 5킬로미터 가량 떨어진 마을.

63 **페페 르 모코** Pépé le Moko. 알제의 카스바를 배경으로 한 쥘리앙 뒤비비에 감독의 1937년 영화. 우리나라에서는 〈망향〉이라는 제목으로 소개되었다. 페페 르 모코는 파리 출신의 갱으로 은행 강도를 하다가 도망쳐서 알제의 카스바에 숨어 지낸다. 어느 날 페페는 아름다운 여인 가비를 만나 사랑에 빠진다. 페페를 쫓는 형사의 계략에 의해 가비는 파리행 여객선에 오르고, 페페는 그녀를 찾다가 경찰에 체포된다. 결국 페페는 자살로 삶과 사랑에 종지부를 찍는다.

자지라트 엘 바흐자 Djazirat el Bahdja. '아름답고 영광스러운 도시 알제'라는 뜻.

울드 엘 후마 ould el houma. '동네 아이'라는 뜻.

68 **심카** Simca. 1934년 이탈리아의 피아트사가 프랑스에 진출하며 세운 자동차 회사. 이곳에서 제작한 자동차는 처음엔 심카-피아트로 불리다가 1938년 이후로는 심카라고만 불렸다.

70 **빌라티 빌라티** Bilati, bilati. '잠깐만 기다리게'라는 뜻.

71 **리보르노** Livorno. 이탈리아 토스카나 지방의 항구 도시.

72 **엘 제자이르** El Djezaïr. 알제리의 수도 알제의 아랍어 이름.

엘 케차와 사원 el ketchaoua. 1436년에 건축된 알제의 회교 사원. 1832년부터 생 필립 대성당으로 불렸다가 1962년 알제리 독립 이후 다시 회교 사원으로 돌아갔다.

73　**유구르타 왕**　Jugurtha. 기원전 3세기부터 북아프리카에 존재하던 누미디아(현재의 알제리 지역)의 왕으로, 기원전 160년경 출생하여 기원전 118~105년까지 재위했고, 재위 기간 동안 로마의 지배에서 벗어나기 위해 노력했다.

　　푸이용　Fernand Pouillon(1912~1986). 프랑스 건축가, 도시 계획가. 제2차 세계 대전 이후 재건기에 프랑스와 알제리에 수많은 건축물을 남겼다.

75　**발 엘 지디드**　Bal el Jdid. 알제의 카스바로 통하는 옛 성문.

76　**두아우다**　Douaouda. 알제리 북부, 티파사 지방의 도시.

　　외젠 프로망탱　Eugène Fromentin(1820~1876). 프랑스의 화가, 문인. 1858년에 저서 『사헬에서의 일 년(*Une année dans le Sahel*)』을 출판했다.

　　사헬　Sahel. 사하라 사막 남쪽의 주변 지대로, 여러 나라에 걸쳐 있다. 북아프리카에서 사헬은 알제리 해안의 구릉 지대 및 튀니지 동해안의 스텝 지대를 일컫는다.

　　엘 멘피　el Menfi. '추방자, 망명자'라는 의미. 프랑스가 알제리를 점령한 이후 일어난 최대의 봉기인 1871년 봉기 직후 만들어진 노래 제목이기도 하다.

78　**피에 누아르**　pied-noir. 『그랑 로베르 언어 사전』에 따르면, "알제리에 살며 프랑스령 알제리를 고향으로 간주하는 프랑스인, 혹은 알제리 태생의 프랑스인"이다.

84　**들라크루아**　Eugène Delacroix(1798~1863). 「민중을 이끄는 자유의 여신」으로 잘 알려진 프랑스 낭만주의 화가. 1832년에 북아프리카 지역을 여행하고, 후에 「그들 거처 안의 알제 여자들(Femmes d'Alger dans leur appartement)」 같은 작품을 그렸다.

　　기요메　Gustave Achille Guillaumet(1840~1887). 화가. 1862년

처음 알제리를 방문한 이후 아홉 차례 알제리를 찾았고, 사막 주민들의 힘든 삶을 그렸다.

84 **알베르 마르케** Albert Marquet(1875~1947). 후기 인상파 화가. 1920년 알제리로 건너가 알제리 여성 작가 마르셀 마르티네와 결혼, 이후 매해 겨울을 알제리에서 보냈다.

89 **알리―라―푸앵트** Ali-la-Pointe. 본명은 알리 아마르(Ali Ammar, 1930~1957). 알제리 민족해방전선(FLN)에서 활동하며, 알제리 독립 전쟁 당시 알제 전투에 참여하여 전사한 것으로 알려졌다.

푸앵트―페스카드 Pointe-Pescade. 알제 북서부 교외 지역의 마을. 독립 후 라이스 하미두(Raïs Hamidou)로 명칭이 바뀌었다.

90 **무자히딘** moudjahiddin. '전사(戰士)'라는 뜻.

97 **군나르 에켈뢰프** Gunnar Ekelöf(1907~1968). 스웨덴의 시인. 스웨덴에 초현실주의를 최초로 소개했다.

104 **비시** Vichy. 프랑스 중부의 도시. 제2차 세계 대전 당시 프랑스 임시정부가 있던 곳이고, 옛날부터 온천 치료로 유명했다.

108 **민족해방전선** Front de Libération Nationale. FLN. 프랑스로부터 알제리 독립을 쟁취하기 위해 1954년 창설된 무장 단체. 1958년에 임시정부를 수립하고 프랑스와 협상을 벌여 1962년 에비앙 협정을 이끌어 내었다.

109 **비 알라** Bi Allah. '알라신의 이름으로'라는 뜻.

110 **엘 제바** el djebha. '전선(戰線)'이라는 뜻.

115 **아바** Abba. '아버지'라는 뜻.

116 **하이크** haïk. 알제리와 인근 지역 여성이 입는 전통 복식의 하나. 머리와 온몸을 감듯이 싸는 직사각형 모양의 흰색 직물이고, 허리에는 띠를 두른다.

124 **야 하비비** Ya habibi. '오, 내 사랑'이라는 뜻.

139 **에피날 판화** Epinal 版畵. 로렌 지방의 에피날에서 화가이며 삽화가, 인쇄업자였던 장―샤를 펠르랭(1756~1836)에 의해 프랑스대

혁명 이후 인쇄되어 팔리기 시작한 대중적, 통속적 내용의 채색 판화를 말한다. 이 말은 이후 비유적인 의미를 띠게 되어 상투적인 표현, 진부한 생각을 나타내는 말로 사용되었다.

139 **탕헤르** Tanger. 모로코 북서부의 지브롤터 해협에 위치한 항구 도시.

140 **젤라바** djellabah. 북아프리카 사람들이 입는, 두건과 긴소매가 달린 외투.

142 **나흐다** Nahda. 19세기 말 아랍 지역에서 정치, 종교, 문학, 문화의 다방면에서 일어났던 근대의 르네상스 운동.

하스니 엘 블라위 Hasni El Blaoui. 본명은 하스니 샤크룬(Hasni Chakroun, 1968~1994). '라이의 꾀꼬리'라는 별명을 가졌던 알제리 태생의 가수. 사랑을 노래하는 라이의 왕으로 간주된다.

144 **콩스탕틴, 바트나, 블리다** 모두 알제리 북부의 도시들이다.

159 **레베용** réveillon. 제야(除夜), 즉 섣달 그믐날을 뜻하는 프랑스어.

161 **부디아프** Mohamed Boudiaf(1919~1992). 공무원이었던 부디아프는 민족해방전선 창립위원이었고, 알제리 독립 전쟁 지도자 중 한 명이었다. 해방 이전 임시정부에서 장관과 부통령을 지냈고, 1962년 독립 후 샤들리 벤제디드와의 불화로 모로코로 망명하여 거의 28년간을 그곳에서 보냈다. 1992년 벤제디드가 사임한 후 알제리로 돌아와 국가 고위 위원회에 의해 대통령에 임명되었으나, 그해 6월 말 아나바 시에서의 고위급 회담 중 암살되었다.

드골 Charles De Gaulle(1890~1970). 1944년 프랑스의 해방과 더불어 임시정부 주석이 된 이후로 총리를 거치고 당을 창당하는 등 정치 활동을 한 드골은 1953년 정계에서 은퇴하였다. 알제리 전쟁으로 인한 국토 분열과 정치 위기가 초래되자 1958년 5월 정계에 복귀하여 6월 전권을 가진 총리에 취임한다. 그리고 헌법 개정을 통해 제5공화국을 세운 후 이듬해 대통령에 취임하였다. 드골은 1962년 에비앙 협정을 맺고 알제리의 독립을 인정하였다.

163 **에페수스 동굴** 에페수스(Ephesus)는 소아시아 이오니아 지방에 있던 그리스의 도시다. 로마 황제 테키우스에 의해 그리스도교가 박해를 받을 때 일곱 명의 그리스도교인 군인이 에페수스 근처의 한 동굴에 숨어 지내다가 동굴 입구가 막혀 그곳에서 기적의 잠에 빠지게 되었다. 약 2백 년의 세월이 흐른 후 동로마 제국 황제 테오도시우스 2세 때 동굴 입구가 다시 열렸고, 일곱 명의 잠자던 사람들이 깨어났다. 황제는 이들의 기적과 그리스도교의 육체 부활 교리에 감동 받아 박해 당한 모든 주교를 복권시켰다고 한다.

165 **그랑 리세** le Grand Lycée. 알제에서 가장 오래된 학교로, 식민지 시절에는 남자 학교였다. 남녀공학으로 바뀐 학교의 현재 명칭은 에미르 압델카데르 고등학교(Lycée Emir Abdelkader)다.

168 **트펠** tfel. 모로코 북부 산악 지대의 아랍 방언에서 '소년'을 뜻하는 말.

171 **아르키** harki. 알제리 독립 전쟁 때 알제리인이면서 현지에서 징발되어 프랑스군 보충병으로 활동한 사람들. 알제리인에게는 배신자요, 프랑스인에게는 조국을 등진 용병에 불과한, 불명예스런 이름이다. 자발적이었든 강제적이었든 아르키 50만 명이 모집됐으며, 1962년 에비앙 협정 체결로 휴전이 이루어진 뒤 아르키 2만여 명과 그 가족 8만 명이 프랑스로 송환되었지만 알제리에 남은 15만여 명의 아르키와 그 가족들 중 수만 명은 알제리 체제에 의해 학살된 것으로 알려졌다.

172 **반달족** Vandale族. 폴란드 남부 지역에서 거주했던 동부 게르만족의 일파로, 5세기에 게르만족의 대이동 당시 약탈과 파괴 행위로 유럽 여러 지역을 황폐화시킨다. 이후 스페인과 북아프리카로 진출하고 북아프리카에 반달 왕국을 세웠다. 이 종족의 이름에서 유래한 반달리즘은 문화·예술 및 공공시설을 파괴하는 행위 또는 그러한 경향을 말한다.

179 **엘 케타르** El Kettar. 1838년 조성된 알제 시의 이슬람 공동묘지.

185 **라디오-카이로** Radio-Le caire. 1953년 설립된 이집트 국영 라디오 방송의 국제방송국. 1950년대부터 1960년대에 세계 각국어로 방송하며 탈식민화에 상당히 기여했다.

185 **수텔 아랍** Sou't el Arab. 1953년 7월, 이집트 나세르 대통령의 부추김을 받아 설립된 이집트 라디오 텔레비전 연합 소속의 중, 단파 국제 라디오 방송국.

197 **디베르티멘토** divertimento. 18세기 후반, 오스트리아를 중심으로 유럽에서 성행한 일종의 기악 모음곡인 디베르티멘토(희유곡)는 이탈리아어로 '기분 전환' 또는 '위로'라는 뜻을 가지고 있으며, 가벼운 오락적인 내용의 곡이다. 세레나데(serenade), 카사시온(cassation)과 더불어 귀족의 고상한 오락을 위해 작곡된 곡이며, 형식은 모음곡이지만 모음곡보다 비교적 짧은 악장과 자유로운 구성으로 이루어져 있다. 따라서 소나타나 교향곡에 비해 내용이 가볍고 쉬운 편이다. 19세기 들어 작곡가가 특정 귀족의 지배를 벗어나면서 이 귀족적 오락 음악은 차차 퇴색하기 시작했지만, 바르톡, 스트라빈스키 등 현대 작곡가에 의해 새로운 형태로 시도되기도 했다.

217 **베르나르-마리 콜테스** Bernard-Marie Koltès(1948~1989). 프랑스의 극작가. 『목화밭의 고독 속에서』, 『사막으로의 귀환』, 『서쪽 부두』 등의 작품을 남기고 41세로 요절하였다.

  에밀리 디킨슨 Emily Dickinson(1830~1886). 미국의 시인. 결혼을 하지 않았고, 말년에는 은둔자로 살았다.

237 **라이** Raï. 1920년대에 알제리의 오랑 시 지역에서 탄생한, 북아프리카 지역 아랍의 전통 타악기와 현대적인 신시사이저 등의 전자악기를 혼합하여 연주하고 아랍어로 노래하는 음악이다. 1980년대 말부터 프랑스와 마그레브 지역에서 인기를 얻었다. 라이를 부르는 가수를 남자는 셰브, 여자는 셰바라고 부른다.

  카르투슈리 cartoucherie. 파리 동쪽 뱅센 숲에 위치한 예전의 무기 및 탄약 제조장으로, 1964년에 아리안 므누슈킨과 필립 레오타르가 설립한 태양 극단에 의해 1970년에 무대 공간으로 바뀌었다.

238 **모리스코** morisco. 원래는 이베리아반도에서 레콩키스타가 이루어지는 기간에 기독교로 개종한 이슬람교도를 가리키는 말이었다가 기독교가 지배하는 이베리아반도에서 거주하는 이슬람교도를 뜻하게 되었다. 이들은 1492년 그라나다 함락 이후 박해와 추방의 대상이 되었다.

239 **보들레르의 시구** 보들레르 시집『악의 꽃』속의 시「명상」의 첫 행.

241 **칼라브리아** Calabria. 이탈리아 남서부 지역. 장화 모양의 이탈리아에서 앞굽에 해당하는 지역.

244 **밥 아준 문** Bab Azzoun 門. 구 알제 시를 둘러싸고 있던 성벽에는 7개의 문이 있었는데, 그중 남쪽 성벽에 위치하며 식량 및 물자 공급에 사용된 문이 밥 아준이다. '밥'은 문을 뜻하므로 '아준 문'이라 할 수 있다. 이 문의 양편에는 '강슈'라고 부르는 커다란 쇠갈고리가 성벽에 고정되어 있었는데, 이 고리는 사형수를 내걸어 두는 데 사용되었다. 1541년 이 문을 통해 프랑스의 샤를 5세가 알제에 입성하려다 실패하기도 했다. 이 문의 입구(포오치)는 1846년에 해체되었다.

하산 코르소 Hassan Corso. 코르시카 태생의 하산 코르소는 5세 때 코르시카 해안에서 알제리 해적에게 납치되어 이슬람 세계에서 자랐다. 이슬람으로 개종하고 하산 하이드, 일명 하산 코르소라는 이름을 갖게 된 그는 오토만 제국의 장군이 되어 알제의 카이드(재판권, 행정권, 경찰권, 징세권을 가진 이슬람교의 지방관)로서 1549년부터 1556년까지 알제를 통치했다.

245 **후마** houma. '구역'이라는 뜻의 아랍어.

247 **웅가레티** Giuseppe Ungaretti(1888~1970). 이집트 알렉산드리아에서 출생한 이탈리아 시인. 젊은 시절 파리 소르본대학에서 수학하기도 했고, 1차 세계 대전이 일어나자 이탈리아로 돌아와 지원병

으로 입대. 『희열』(1931), 『시간의 지각』(1933), 『참회』(1947), 『약속의 땅』(1950), 『함성과 풍경』(1952) 등의 시집을 냈다.

250   **베네토 주**   Veneto. 이탈리아 북동쪽 지방. 파도바가 있는 곳이며 베네치아가 주도(主都)다.

251   **트리에스테**   Trieste. 슬로베니아와의 국경 지방에 있는 이탈리아의 항구 도시.

       우르지   Aroudj. 우르지 바르바로사는 붉은 수염 때문에 바르바로사라 불린 유명한 해적이었으며, 후에 알제의 술탄이 되었다. 그는 스페인에서 망명한 이슬람교도들을 북아프리카로 이주시킨 후 바바(아버지)라는 별명을 얻었다.

       하이렛딘   Kheirreddine. 본명이 히지르인 그는 알제의 술탄이었던 형 우르지가 죽은 후 그 자리를 물려받아 알제의 지배자가 되면서 '알라의 선물'이라는 뜻의 '하이렛딘'으로 개명했다.

252   **페뇽**   Peñón. 알제 시를 둘러싸고 있는 네 개의 섬들.

255   **챙 없는 모자를 쓰고 다니는 바보**   자신의 어리석음을 깨닫지 못하고 스스로를 현자라고 생각하는 사람들. 원래 챙 없는 모자는 박사, 변호사, 판사, 교수들이 쓰던 모자다.

아시아 제바르의 삶과 『프랑스어의 실종』이 제기하는 문제들

장진영(서울대 불어문화권연구소 연구원)

1. 아시아 제바르의 삶과 작품

본명이 파티마-조흐라 이말라엔(Fatima-Zohra Imalyène)
인 아시아 제바르는 1936년 6월 30일 알제리의 수도인 알제에
서 서쪽으로 약 100킬로미터 정도 떨어진 해안 도시 셰르셸에서
태어났다. 그곳은 알베르 카뮈에 의해 유명해진 티파사 바로 옆
에 있으며, 고대 유적으로 유명한 곳이기도 하다. 그녀의 아버
지는 근대적인 것을 선호하는 초등학교 교사였다. 덕분에 아시
아 제바르는 열세 살이 되면 아버지가 골라 주는 사람과 결혼하
기 위해 집안에 머물러야 했던 다른 아랍 가정의 여자아이들과
달리 비교적 자유로운 분위기에서 성장했고, 프랑스 학교를 다
닐 수 있었으며, 프랑스어와 고대 그리스어, 라틴어, 영어 등을
배울 수 있었다. 1953년 바칼로레아 시험에 합격한 아시아 제바
르는 고등사범학교 준비반에 들어갔다. 다음 해에 파리로 가서

페늘롱 고등학교의 고등사범학교 준비반에 다시 들어간 그녀는, 알제리 여성으로는 최초로 세브르 여자고등사범학교에 입학하고 역사를 전공으로 선택했다.

하지만 알제리이슬람학생총연합(UGEMA)의 동맹 파업에 가담하여 시험에 응하지 않은 탓에 퇴학 처분을 받았고, 이때 첫 소설 『갈증(La Soif)』(1957)을 펴내면서 아시아 제바르라는 필명을 처음 사용했다. 그녀가 스무 살에 쓴 이 소설은 종종 프랑수아즈 사강의 『슬픔이여 안녕(Bonjour tristesse)』(1954)과 비교되었는데, 그로 인해 제바르는 "이슬람의 프랑수아즈 사강"으로 불리기도 했다.

1958년에 아흐메드 울드-루이스와 결혼한 그녀는 남편을 따라 튀니지에 잠입한 후 「엘 무자히드(El Moudjahid)」 신문 기자로 활동하면서 난민에 관한 조사를 한다. 이 경험은 그녀의 소설 『참을성 없는 사람들(Les Impatients)』(1958)과 『순진한 종달새들(Les allouettes naïves)』(1967)의 토대가 되었다.

1959년부터 1962년까지 모로코의 라바트 문과대학에서 마그레브의 근현대사를 연구하고 가르치며 문화 활동을 하던 그녀는, 알제리가 독립한 1962년에 고국으로 돌아와 알제대학 교수로 임명된다. 알제대학에서 그녀는 알제리 근현대사 강의를 맡지만 1965년 알제리 정부가 아랍화 정책에 따라 역사 교육을 프랑스어가 아닌 아랍어로 하도록 결정하고 강요하자 그것을 거부하고 알제리를 떠나 프랑스로 간다.

1967년 『순진한 종달새들』 이후 아시아 제바르는 10여 년간

문학에서 멀어지는 대신 영화에 몰두한다. 1974년에서 1980년까지 알제대학에서 프랑스 문학과 영화를 강의하기도 한 그녀는 두 편의 다큐멘터리 성격의 영화를 감독했는데, 1978년의 〈슈누아산 여인들의 누바(La Nouba des Femmes du Mont Chenoua)〉는 이듬해 베네치아 비엔날레에 출품되어 '장편 영화 부문 국제 비평가상'을 수상했고, 1982년에 만든 〈제르다 혹은 망각의 노래들(La Zerda ou les chants de l'oubli)〉은 다음해 베를린 영화제에서 '가장 뛰어난 역사 영화상'을 수상하기도 했다.

1980년, 아시아 제바르는 파리로 돌아오기로 결심한다. 훗날 그녀는 "알제 거리에는 남성들만 있었기 때문"이라고 파리로의 귀환 이유를 설명했고, 『그들 거처 안의 알제 여자들(*Femmes d'Alger dans leur appartement*)』에서도 밝힌 바 있다. 이 단편집 이후 제바르는 『사랑, 판타지아(*L'Amour, la fantasia*)』, 『그림자 왕비(*Ombre sultane*)』, 『메디나에서 멀리 떨어져서(*Loin de Médine*)』, 『감옥은 넓다(*Vaste est la prison*)』 같은 페미니즘에 경도된 작품들을 내놓게 되는데, 사실 이 소설들이 발표되기 이전부터 제바르가 알제리 여성들의 문제에 대해 의식하고 관심을 갖고 있었음은 그녀의 두 편의 영화가 보여 주고 있다.

1995년 루이지애나대학에서 강의하기 위해 미국으로 건너간 아시아 제바르는 1997년부터 그곳에서 프랑스 및 프랑스어권연구소의 석좌교수 겸 소장으로 근무하며, 매년 루이지애나의 과거와 문화에 대하여 프랑스 역사가들과 미국 역사가들의 연구 협력을 이끌었고, 사회과학고등연구소(EHESS)와 파리7대학, 그리고 프랑스 국립과학연구센터(CNRS)와의 공동 작업도 시도했다.

1999년 아시아 제바르는 몽펠리에3대학에서 본인 작품에 관한 논문을 제출하여 문학 박사 학위를 취득한다. 그녀가 제출한 논문은 「프랑스어권 마그레브 소설, 언어와 문화 사이: 40년간의 여정: 아시아 제바르 1957~1997」이었다. 이 논문의 제목은 제바르의 관심사가 어디에 있는지를 잘 보여 주고 있다. 박사 학위를 취득한 후 제바르는 벨기에 왕립프랑스어문학아카데미 회원으로 선출된다.

2001년부터 뉴욕주립대학에서 강의를 맡아 프랑스와 미국을 오가는 가운데에서도 글쓰기를 멈추지 않은 아시아 제바르는 2002년 자전적 성향이 짙은 소설 『무덤 없는 여인(*La Femme sans sépulture*)』을, 2003년에는 자신에게 강요된 언어이자 글쓰기의 언어가 된 프랑스어에 헌정하는 작품 『프랑스어의 실종』을 출간했다. 그녀는 2007년에 소설 『아버지의 집 그 어디에도 없는(*Nulle part dans la maison de mon père*)』을 마지막으로 발표했다.

아시아 제바르는 『갈증』을 필두로 모두 12편의 소설을 발표했고, 그 외에 단편집, 이야기(récit), 극작품, 시, 그리고 에세이를 펴냈다.

2005년에는 조르주 베델의 자리를 이어받아 프랑스아카데미 회원으로 선출되었고, 이듬해 6월에 입회를 허락받았는데, 여성으로서는 다섯 번째였고, 마그레브 작가로는 처음 있는 일이었다.

아시아 제바르는 생전에 매년 노벨 문학상 수상자 후보로 거론되었고, 프랑스어로 쓰인 그녀의 작품들은 20개국 이상의 언어로 번역되었지만, 정작 아랍어로 번역되어 출간된 것은 2014년

『아버지의 집 그 어디에도 없는』이 처음이었다.

2015년 2월 6일 파리에서 78세의 나이로 사망한 그녀는 자신이 태어난 고향에 묻혔다.

2. 『프랑스어의 실종』이 제기하는 문제들

이 작품은 아시아 제바르의 열한 번째 장편 소설이다. 1991년 가을, 망명지인 프랑스에서 20년 동안 살다가 고국 알제리로 돌아온 주인공 베르칸의 현재 이야기와 과거의 회상, 편지, 그리고 그가 쓴 미완의 소설, 그를 둘러싼 인물들의 이야기로 이루어진 이 소설은 화자와 시점이 수시로 변화한다는 특징을 갖고 있다. 전체 3부로 구성된 소설의 제1부는 1991년 가을, 귀향한 베르칸에 의해 1인칭 화자의 시점으로 현재의 이야기가 시작된다. 하지만 곧이어 베르칸은 3인칭으로 변화하며, 어린 시절의 추억 회상 부분에서도 1인칭과 3인칭을 오간다. 제2부는 귀향하고 한 달 뒤의 이야기이며, 베르칸과 나지아라는 두 화자에 의해 진행된다. 2부의 소제목은 '사랑, 글쓰기'인데, 이 부분은 베르칸과 나지아의 짧고 강렬한 사랑, 베르칸의 일기, 베르칸이 쓴 성장 소설 「청소년」으로 구성되어 있다. 1부에서 베르칸이 1인칭과 3인칭으로 변화했던 것과 달리 2부에서는 베르칸이 항상 1인칭 화자로 등장한다. 나지아가 자신의 과거 이야기를 하는 부분에서는 나지아가 1인칭의 화자로 등장한다. 마지막 제3부는 주인공 베르칸이 실종된 후의 이야기다. 주인공이자 화자인 베르칸이 실종되었으므로 당연히 주변 인물이 그를 대신하기에 시점과 화자에 변화가 생긴다. 그 주변 인물들은 베르칸의 동생인 드리스, 베르칸의 과거 연인이었던 프랑스 여인 마리즈, 귀향 후 사랑을 나누었던 아랍 여인 나지아다. 드리스와 마리즈가 베르칸의 실종 이후의 상황에 각자의 방식으로 대처하고 수습해 가는 과정을 보여 주는 반면에, 소설의 마지막 부분을 장식하는 나지아는 베르칸의 실종 사실을 모른 채 베르칸에게 보낸 편지의 화자로 등장한다.

『프랑스어의 실종』은 구성적인 특징뿐만 아니라 아시아 제바르가 즐겨 다루는 주제들, 그리고 그녀의 희망이 종합적으로 담겨 있다는 특징을 갖고 있기도 한데, 소설 속에서 다루어지는 주요 주제는 다음과 같은 것들이다.

1) 여성

여성의 문제, 특히 알제리에서의 여성 문제는 아시아 제바르의 소설에서 중요한 화두 중 하나다. 아시아 제바르가 처음 발표한 『갈증』과 두 번째 소설 『참을성 없는 사람들』은 모두 식민지 시절 알제리의 부르주아적 환경 속에서 살아가는 젊은 여성들을 다루고 있고, 이후에 나온 『신세계의 아이들』과 『순진한 종달새들』도 독립 전쟁 당시 알제리 여성들의 기여를 묘사하면서 알제리의 페미니즘 성장사를 다루고 있다. 뿐만 아니라 잠시 소설을 떠나 몰두한 영화들의 주요 관심사 역시 여성이었다. 영화를 떠난 뒤 1980년대에 들어서 아시아 제바르는 다시 소설을 통해 알제리 여성의 문제들을 집중적으로 다루었고, 그러한 경향은 1990년대에도 여전했던 것으로 보인다. 『그들 거처 안의 알제 여자들』은 탈식민지 이후 알제리에서의 남성과 여성의 불평등에 관심을 집중시킨 단편소설집이고, 이어서 펴낸 『사랑, 판타지아』, 『그림자 왕비』, 『감옥은 넓다』 같은 작품은 자전적 요소가 짙은 소설로, 역사 기록, 신화, 허구 등이 뒤섞인 채 불평등이라는 주제에 관해 탐구가 이루어졌기 때문이다.

그랬던 아시아 제바르였지만, 새로운 세기에 접어들어 펴낸 『프랑스어의 실종』에서는 앞선 작품에서만큼 치열하게 여성 문제를 다룬 것처럼 보이지 않는다. 다른 작품에서와 달리 주인공이 남성으로 설정되었다는 점이 다소 특이하거니와, 그가 남성이기 때문인지 여성의 문제에 대한 언급이 직접적으로 나오는 경우도 없다. 하지만 그의 태도와 과거 회상을 통해서, 그리고 베르칸 주변 인물에 의해서 제기되는 여성의 문제를 살펴볼 수 있을 것이다.

어린 시절 베르칸의 눈에 비친 알제리 여성들은 어머니와 할머니를 비롯한 가족, 주변 인물들에 한정되어 있는데, 그 여성들은 대개 남자에 순종하는 전통적인 아랍 사회의 여성이다. 그러면서 그들은 남성이나 여성이나 별다른 문제를 제기하지 않는다. 가장 대표적인 것이 베르칸이 어린 시절에 겪고 참여한 최초 시위에서 여성들에 관해 언급이 없다는 점이다. 심지어 남자 어린아이까지 참여한 그 시위에서 여성들은 적극적인 참여는커녕 그저 뒤에서 유유 소리로 응원할 뿐이다.

베르칸의 집안에서 가족회의는 남성들만의 회의다. 아버지와 형 알라우아, 그리고 어린 베르칸까지 참여한 가족회의에 어머니를 포함한 여성들은 구경꾼에 불과하다. 베르칸에게서는 이 문제의 부당성에 대한 아무런 언급이 나타나지 않는다. 청소년 시절 베르칸은 옆 동네의 "정숙하지 못한" 집에 가서 성인으로서의 입문 의식을 치렀고, 그 과정을 자신의 소설 「청소년」에 기록하고 있지만 어디에도 여성의 인권에 대한 언급은 없다. 이를 두고 베르칸에게 여성에 대한 문제의식이 없다고 할 수는 없을 것이다. 그는 아직 아이에 불과했고, 그 시절의 관습을 따랐을 뿐일 테니까. 성인이 된 베르칸은 과거의 무의식적인 가부장제의 습관에서 벗어난 듯하다. 외국인이라는 특수성이 있긴 하지만 마리즈를 대하는 태도나, 방문객으로 만났다가 사랑하는 관계가 된 나지아에게 보여 주는 태도는 아랍인이라기보다 프랑스인에 가깝다. 하지만 성인이 된 베르칸에게서 알제리 여성에 관한 언급이 없는 것은 어떻게 해석해야 할까? 작품 속에 자전적 특성을 두드러지게 드러내는 아시아 제바르임을 감안할 때, 베르칸은 성별은 다르지만 아시아 제바르의 분신이라고 할 수도 있을 것이다. 그런 베르칸의 태도에서 아시아 제바르의 관심의 변화를 추정할 수 없을까? 다시 말해 관심의 대상에서 다소 멀어졌다는……

아랍과 알제리 여성에 관한 문제 제기는 주로 나지아의 회상을 통해 나타난다. 아랍 사회는 특히 가부장적이며, 이러한 가부장제의 면모는 베르칸의 회상을 통해 여러 곳에서 드러난 바 있다. 아랍 여성이지만 서구인과 동일한 생활양식과 사고를 가진 나지아는 고국에 돌아와서 겪은 일들을 베르칸에게 이야기하며, 아랍 남성이 갖고 있는 여성에 대한 억압과 편견에 대해 강한 거부감을 표시한다. 택시 운전사와의 일화를 이야기하다가 나지아가 "이곳의 모든 여성의 옷차림이 단정해질 거"라고 냉소적이고 비관적인 결론을 내리자 베르칸은 반발하지만, 나지아는 다시 한 번 "아마 그는 내가 머리에서 발끝까지 검은색 차도르를 뒤집어쓰고 있는 모습을 원했을 거예요"라며 변화하지 않는 알제리에서의 여성 억압에 일침을 가한다. 나지아 역시 아시아 제바르의 분신이라고 한다면, 아시아 제바르에게서 여성에 대한 관심이 완전히 사라지지는 않았음을 나지아의 불만과 항의에 찬 이야기에서 확인할 수 있다.

2) 언어

아시아 제바르와 그녀의 작품에 대해서 이야기할 때 여성의 문제와 더불어 항상 등장하는 요소이면서 가장 많이 언급되는 것은 언어의 문제다. 프랑스어로 글을 쓴다는 것에 대한 인식과 성찰은 일찍부터 있어 왔지만, 특히 1990년대 말에 학위 논문을 제출하고 에세이를 펴내면서 언어에 대한 관심, 그리고 문화에 대한 관심이 아시아 제바르를 지배했던 것으로 보인다. 그녀가 1999년 몽펠리에대학에 제출한 학위 논문의 제목은 「프랑스어권 마그레브 소설, 언어와 문화 사이: 40년간의 여정: 아시아 제바르 1957~1997」이었고, 이어서 펴낸 에세이의 제목은 『나를 둘러싼 그 목소리들』이었다.

당연한 이야기지만, 아시아 제바르는 가족과의 관계에서 가장 먼저 아랍어를 배웠고, 프랑스 학교에 다니면서 프랑스어를 배웠다. 구어인 아랍어와 문어인 프랑스어, 피지배자의 언어와 지배자의 언어라는 대립적인 두 언어 공간의 경계에 자리 잡게 된 아시아 제바르가 글쓰기의 언어로 선택한 것은 프랑스어였다. 아시아 제바르에게 프랑스어는 "무궁무진한 보물을 선사해 준"(『사랑, 판타지아』, 55쪽) 언어이고, "세상의 다채로운 광경을 보는 틈새"(같은 책, 235쪽)로 작용했지만, 아시아 제바르가 아무리 모국어처럼 프랑스어를 사용한다고 해도 그녀에게 프랑스어는 여전히 '그들'의 언어이며 근본적으로 '외부의 언어'[1]일 수밖에 없다. 따라서 프랑스어로는 표현에 한계를 느낄 수밖에 없다. 특히 사랑과 관련하여 내밀한 속내를 표현하는 데는 프랑스어가 아랍어를 대체하기가 힘들다. 결국 프랑스어는 "내 마음속에서 꿈틀대는 감정을 조금이라도 표현하려 하면, 내가 배우고

---

1 "나는 프랑스어 외부에서 프랑스어를 말하고 쓴다. 즉 내가 쓰는 말은 내가 몸으로 겪는 현실과 관계가 없다. 한 번도 본 적 없는 새 이름, 배운 지 십 년도 더 지나서야 구별하게 된 나무 이름, 지중해 북부를 여행하기 전까지는 향기를 맡아보지 못한 꽃과 식물의 이름……."(『사랑, 판타지아』, 342쪽)

썼던 말이 내 앞에서 멀어져"(『사랑, 판타지아』, 239쪽) 가는 경험을 아시아 제바르에게 안겨주었다. 그녀는 프랑스어가 일종의 '가면' 같은 언어인 반면에 모국어인 아랍어는 '동질감'을 확인시켜 주는 언어[2]임을 확인한 바 있다. 아시아 제바르는 이러한 경험을 베르칸에게 투영한다.

베르칸은 프랑스에서 망명 생활을 하는 동안 마리즈라는 프랑스 여인과 사랑을 나눈다. 하지만 마리즈와의 사랑에서 베르칸은 무언가 채워지지 않는 갈증을 느낀다. 그녀와 사랑을 나누면서 자신도 모르게 아랍어를 내뱉곤 하지만 그 말들을 이해하지 못하고 의미 없는 소리로만 듣는 마리즈에게서 결핍을 느끼고 울적해지곤 한다. 두 사람 사이의 내밀한 대화가 불가능한 상황에서 그 대화는 기껏해야 아랍어 사투리와 프랑스어의 "이종교배"에 불과할 뿐이다. 하지만 귀향한 이후 바닷가 별장 근처에서 만나 사귀게 된 어부 라시드나 드리스의 대학 동창으로 방문한 나지아와의 짧은 만남에서 베르칸은 마리즈와의 관계에서 채워지지 않았던 갈증이 해소되는 것을 느낀다. 어부 라시드와의 대화는 시시한 내용인데도 불구하고 카스바에서 쓰던 아랍 사투리로 이루어진다는 점 때문에 베르칸에게 편안함을 느끼게 하며, 비밀스런 공모 관계를 가능하게 하고, 상호적인 호의를 불러일으키기까지 한다. 라시드와의 사투리 대화는 베르칸으로

2 "나와 모국어가 같은 남자가 실례를 무릅쓰고 나에게 프랑스어로 말을 건네면, 프랑스어는 그가 시작한 게임 초반부에 감수해야 하는 가면으로 변했다. (……) 그와 나 사이의 거리를 좁히고 싶을 땐 (……) 모국어 대화로 넘어가는 것만으로 충분했다."(『사랑, 판타지아』, 240쪽)

하여금 "상실된 수많은 단어들과 부활한 이미지들로 이루어진, 일종의 언어의 춤 같은 것을 다시 발견했다는 흥분"에 싸이게 만든다.

베르칸은 작가가 되고자 하지만 어려움을 느끼는 인물이다. 그는 프랑스로 건너가 사회보장기금 행정부서의 과장으로 근무하면서 글을 쓰고 싶었지만 실행에 옮기지 못하고, 프랑스인 애인 마리즈와의 이별을 계기로 회사를 그만두고 귀향해서 글을 쓰려 한다. 그런데 귀향 후 그의 계획은 여전히 지지부진하고 진전이 없다. 그가 절실하게 글을 써야겠다고 생각하는 계기는 나지아와의 만남 이후다.

나지아는 마리즈와 대비되는 인물이다. 마리즈가 프랑스와 프랑스어를 상징하는 인물이라면 나지아는 알제리와 아랍어를 상징한다. 사랑을 나누면서, 혹은 사랑을 나눈 후 아랍어로 재잘거리는 나지아가 떠난 후 그녀의 재잘거림을 더 이상 들을 수 없게 된 베르칸은 '소리의 결핍'을 느끼고 그녀의 목소리를 녹음기에 담지 못한 것을 후회하면서 그녀의 이야기를 글로 옮기게 된 것이다. 그런데 과연 그녀가 아랍어로 이야기한 것을 프랑스어로 전달할 수 있는 것일까? 이에 대해 베르칸은 "나는 피할 수 없는 왜곡을 감수하고 글을 쓸 수 있을 뿐이다. 그녀는 아랍어로 말했는데, 다른 언어로 그녀의 말을 기억해서 이야기한다면, 그 글이 어떻게 진정으로 그녀의 부재에 대한 위안이 될 수 있을까?"라며 의구심을 갖게 되기도 한다. 그럼에도 글을 쓰게 되면서 베르칸은 아랍어와 프랑스어라는 두 언어의 대립을 극복하게 된다. 제2부의 「겨울 일기」속에서 베르칸은 '나지아에게 바치는 시'를 적으면서 나지아 덕분에 자신의 말을 찾으려 하면서 자신의 리듬을 발견하고, 자신의 프랑스어가 '변화'하고 있다고 말한다. 그 변화한 프랑스어는 프랑스인이 말하는 프랑스어가 아니라 사비르어화한 프랑스어, 프랑스어에 아랍의 요소가 가미된 프랑스어, 다시 말하면 아랍 방언에 내재하는 풍부한 구어성을 획득한 프랑스어다.

3) 역사와 정치

역사는 승리자의 기록에 의해 완성된다. 그렇지만 아시아 제바르는 여기에서 배제되어 왔던 피지배자의 목소리를 개입시켜 어느 한쪽에서 바라본 역사가 아니라 여러 방향에서 바라본, 좀더 온전한 역사를 재구성하려는 시도를 한다. 그렇게 함으로써 서구중심적인 지배 담론에 가려졌던 역사의 다른 양상이 드러나게 되기를 바라는 것이다. 식민지 지식인으로서 역사학을 전공한 아시아 제바르로서는 정복자의 시선에서 본 역사의 편향성과 감추어졌던 식민 지배의 악랄함과 폐해를 고발하고 탈식민화의 수단으로 주체적인 역사를 서술할 필요성을 느낀다. 이미 『사랑, 판타지아』에서 이러한 시도를 한 바 있다. 거기에서 아시아 제바르는 프랑스가 알제리를 침범하여 식민화로 나아가는 과정에서 지배자의 기록과 동시에 역사에서 소외되었던 피지배인, 특히 여성의 목소리를, 남편과 아들, 오빠를 잃은 알제리 여성들의 목소리를 담아냄으로써 식민지로 전락하는 알제리의 비극을 더욱 입체적으로 조명했다.

『프랑스어의 실종』에서는 베르칸의 유년 시절의 추억과 나지아의 기억을 통해 알제리 독립 전쟁 전후 시기의 이야기들이 펼쳐진다. 독립 전쟁이 시작되기 전에 이미 카스바에서 민족주의적 시위라 할 만한 사건이 있었음을 베르칸은 어부 라시드에게 들려주고, 프랑스 국기 대신 알제리 국기를 그림으로써 교장 선생님에게 불려갔던 사건에 대해 이야기해 준다. 베르칸이 라시드에게 한 이야기 중에는 외삼촌 물루드의 죽음에 관한 이야기도 있다. 프랑스에서 권투 선수로 활동하다 귀향해서 이발사가 된 외삼촌은 자기 마음에 드는 사람에게만 이발을 해 주는 괴짜 이발사이며 마약중독자다. 어린 베르칸은 외삼촌 물루드의 마약 구입을 도와주고 있었는데, 어느 날 그의 죽음을 지척에서 목격하게 된다. 보잘것없는 인물이고, "정치적 영웅도 아니고 민족주의의 영웅도 아니지"만, 어떤 의미에서는 죽기 전에 모든 사람에게 용서를 구했던 "순수하고 가식 없는 영웅"이고, "불행하고 상처받기 쉬운 영웅"이며 "절대 영웅"으로까지 불리게 된 외삼촌의 죽음을 통해 베르칸은 독립 전쟁 이전의 불안한 상황을 피지배자의 입장에서 되살린다. 이처럼 자잘한 사건들은 독립 전쟁이 결코 어느 순간에 역사에 기록된 위인들에 의해서, 혹은 민족해방전선 같은 단체에 의해서 갑자기 시작된 것이 아니라 가장 보잘것없는 사람들에 의해서 이미 준비되고 있었음을 보여 주는 증거다. 1960년 수용소에서 있었던 일에 대한 베르칸의 회상도, 나지아가 이야기하는 할아버지의 죽음과 아버지의 정신착란도 역시 기록에서 배제되었지만 독립 전쟁과 알제리의 정치적 혼란을 증명하는 생생한 역사다.

역사 기록에 절대적 힘을 행사하는 지배 담론에 대한 아시아 제바르의 거부감은 알제리 교외 지역인 벨쿠르에서 시작된 반(反) 프랑스 시위에 대한 뉴스 아나운서의 말에 베르칸의 형인 알라우아가 분노를 표출하는 데서도 드러난다. "카스바가 평온한 만큼 질서는 쉽게 회복될 것으로 추정됩니다"라는 아나운서의 말에 알라우아는 크게 화를 내고, 이어서 알제리 국기를 들고 시위에 나선다. 또, 베르칸이 수감된 수용소에서 고문받는 사람들이 지르는 비명을 가리기 위해 울려 퍼지던 '클래식' 음악은 역사의 흐름을 은폐하고 조작하려는 지배자들의 담론을 상징하는 것이었다. 그 수용소에서 청소년이었던 베르칸이 겪은 고문 방식은 무척 충격적이다. 발가벗겨 널빤지에 눕히고 가하는 구타보다 더한 것은 울부짖는 베르칸의 입속에 고운 모래 줄기를 길게 흘려 넣는 모래 고문이다. 그 순간 베르칸은 공포로 인해 비명을 지른다. 눈알이 빠질 것 같고 창자를 토해 내는 듯한 느낌이 들었던 그 고문은 이후 수십 년간을 거의 비현실적인 사건처럼 베르칸의 기억 속을 맴돌았고, 심지어는 연극 리허설 중인 마리즈 앞에서 그 장면을 그림으로 그려 보이며 연극이나 디베르티멘토로 작품화할 수 있지 않을까 생각한다. 그러나 그처럼 극단적인 고문은 피식민지인에게만 알려진 고통에 불과하다.

마리즈는 그 그림이 의미하는 바를 알지 못하고 의아해할 뿐이다. 베르칸은 마리즈에게 자세한 이야기를 포기한다. "나는 이러한 장면이 어디서 솟아난 건지 마리즈에게 말하려 하지 않았다. 이 극단적인 고문이 중국이 아니라 전적으로 프랑스의 고문이라는 것을 프랑스 애인에게 털어놓았다면 나는 어떻게 보였을까?" 은폐와 조작으로 알려지지 않았지만 엄연히 존재했던 고문의 실상을 통해 아시아 제바르는 다시 한 번 승리자의 역사는 완전한 것이 아님을 드러낸다.

이와 더불어 『프랑스어의 실종』에서는 현재, 그러니까 베르칸의 귀향 후 2년 사이에 알제리에서 벌어지고 있는 아랍화 정책에 대한 비판적 입장이 여기저기서 눈에 띈다. 현재의 사건들에 대한 반응이기에 역사라기보다 정치적 의식의 표현으로 간주할 수 있을 것이다. 어린 베르칸이 정치의식을 갖게 된 것은 알제리 국기를 품에 안고 시위를 주도하려다 수감된 베니 메수 수용소에서다. 당시 민족해방전선(FLN)과 알제리국민운동(MNA)이 같은 민족주의를 주장하면서 활동을 벌이고 있었지만, 1954년의 대규모 무장 봉기를 민족해방전선이 주도하고 이에 동참하지 않은 알제리국민운동은 배신자로 낙인찍히게 된다. 이러한 상황에서 민족해방전선 소속 수감자들 사이에 알제리국민운동 소속 수감자가 한 사람 들어왔고, 베르칸은 그 수감자(어부와 같은 이름인 라시드였다)를 칼로 위협하며 조롱하다가 브라힘으로부터 제지당하며 역지사지라는 인생의 교훈을, 단순한 흑백 논리로 판단하는 "조숙한 무식쟁이로 행동하지 않게끔 만들어 준" 최초의 정치 교습을 받게 된다.

베르칸의 자전적 성장소설이기도 한 「청소년」에서는 프랑스 국기에 대한 경례 에피소드가 소개된다. 1962년 1월 중순, 프랑스 정부 대표자들과 민족해방전선 대표자들의 협상이 예정되었고, 독립의 기운이 감지되는 가운데 프랑스 군인들이 정한 규칙을 지키지 말자는 움직임이 수용소 안에서 일어났다. 국기 하강식에 경례를 거부하자는 것이다. 그 와중에 프랑스 부사관 한 명이 경례를 거부하는 알제리 청년을 무자비하게 폭행하고 팔을 부러뜨리는 사건이 일어났다. 하지만 수용소 수감자들의 태도는 무기력하기만 했다. 베르칸은 "무기를 든 군인들은 겨우 열 명이었고, 프랑스 공화국 깃발에 경례를 하기로 했던 수감자는 7백 명이었어."라고 반복해서 말하며 부당함에 항거하지 못한 데 분노를 느낀다. 그리고 "상당한 시간이 흐른 뒤, 나는 구타당하던 그 수감자에게서 최근 몇 년 동안 항의를 회피해 온 우리 국민 전체의 이미지를 마침내 보게 되었다"라는 말로 2부의 말미를 장식한다. 과거 역사에서 현실 인식으로 넘어오면서, 1990년대에 전개되던 알제리 내의 정치적 혼란과 억압적 정책에 대해 무기력한 국민에 대한 은근한 질책이 담겨 있는 말이다.

제3부에서는 좀 더 직접적으로 1990년대의 상황과 그에 대한 비판이 등장한다. 제3부의 시간적 배경은 1993년 9월이다. 알제리 국내 상황은 극히 혼란스러웠고, 이슬람 광신도들에 의한 테러와 암살이 횡행하던 시기였다. 독립 이후 1990년대에 이르기까지 알제리의 정치 상황을 간략히 요약하자면 다음과 같다.

1962년 독립 이후 벤 벨라가 대통령이 되고 민족해방전선에 의한 사회주의적 일당 독재가 시행된다. 1965년에 부메디엔이 벤 벨라를 축출하고 대통령이 된 후 마찬가지로 일당 독재를 시행하다가 병으로 사망한다. 1978년 대통령에 선출된 벤제디드 샤들리 역시 전임자들과 크게 다르지 않았지만, 국민들의 경제, 정치적 불만이 고조되자 수습책으로 1989년부터 다당제를 도입하고, 자본주의로의 이행을 시작한다. 하지만 이에 불만을 품은 사람들도 생겨났는데, 바로 이슬람 근본주의 정당인 이슬람구국전선(FIS)이다. 그들은 도시 빈민과 청년층의 지지를 받아 1990년 지방선거에서 과반 이상의 지지로 집권당 민족해방전선을 압도했고, 이듬해인 1991년 총선 1차에서도 압승을 거두었다. 2차 선거에서도 압승이 예상되자 군부는 네자르 장군의 주도로 1992년에 쿠데타를 일으켜 샤들리 대통령을 내쫓고, 모하메드 부디아프를 대통령으로 내세웠다. 정부는 국가 비상사태를 선언한 후 반체제 인사들을 투옥하고, 이슬람구국전선을 불법화시키는 한편 이슬람구국전선을 공격하기 시작했는데, 이에 이슬람구국전선을 지지하던 무장 세력이 정부에 대해 반란을 일으키고 정부 각료들을 대상으로 테러를 자행하기에 이른다. 이 과정에서 1992년 6월에 부디아프가 암살당하는 사건이 일어나고, 1993년에는 국방부 장관과 노동부 장관 등에게도 테러가 발생한다. 정부군과 이슬람구국전선 지지 세력과의 내전에서 수많은 사상자가 발생한 것은 물론이고, 극심한 아랍화 정책에 의해 수많은 지식인이 알제리를 탈출해 망명의 길을 떠나게 된다.

제3부의 첫 장을 여는 드리스는 베르칸의 동생이며, 주로 비판적인 논조의 기사를 쓰는 신문 기자다. 그는 아랍화 정책의 광신도에게서 우편으로 "죽음의 편지"를 여러 차례 받는다. 바로 흰색 솜, 약간의 모래, '배신자'라고 적힌 종이가 담긴 편지인데, 이러한 편지를 받은 사람이 드리스의 신문사에서만 이미 세 명이나 된다. 그들은 직접적으로 테러의 위협을 받고 있고, 그로 인해 거처를 자주 옮기거나 은신처에 몸을 숨기기에 이른다.

　드리스는 거처를 자주 옮기고, 그저 조심하고 있을 뿐이라고 마리즈에게 애매하게 말하고 있는데, 사실 드리스의 입을 통해 알제리의 현재에 대한 비판이 강력하게 제기되고 있지는 않다. 알제리의 상황이 자세히 언급되지도 않는다. 오히려 알제리의 아랍화 정책으로 인한 부작용은 마리즈에 의해 언급된다. 마리즈는 알제리에서 망명자의 흐름이 불어났고, 신문 기자와 작가들이 선두에 나섰으며, 교수, 노동조합 운동가, 의사 등등의 "다양한 직업을 가진 프랑스어 사용자들이 혼돈 상태의 조국을 떠나 프랑스로, 퀘벡으로 몸을" 피하는 사태를 걱정하고, 그럼으로써 스페인에서 아랍어가 사라졌듯이 그곳, 알제리에서 프랑스어가 갑자기 사라지게 되는 것이 아닌가라고 자문한다.

　알제리의 현 상황에 대해 가장 비판적인 논조를 보이는 인물은 나지아다. 그녀는 특히 언어와 관련하여 아랍화 정책에 대해 강력한 비판을 제기한다. "하지만 다른 사람, 다른 쪽에 있는 광신도는요, 당신은 그들의 거친 말을, 그들의 고함 속에 담긴 증오를 느꼈나요? 그들의 아랍어는요, 나는 문학어로써의 아랍어,

시어로써의 아랍어, 나흐다의 아랍어, 그리고 현대 소설의 아랍어를 공부했고, 내가 체류했던 중동 지역의 몇 가지 방언을 말할 줄 아는데, 이곳 아랍어는 알아듣지 못하겠어요. 그것은 혼란스럽고, 난삽하고, 내가 보기엔 방향이 빗나간 듯한 언어예요! 그 말은 내 할머니가 쓰던 말, 그녀의 다정한 말과 아무런 관계가 없고, 예전에 오랑의 인기 가수였던 하스니 엘 블라위가 노래한 사랑과도 아무 관계가 없어요. 우리 여자의 언어는 그들이 한숨을 쉴 때, 그리고 그들이 기도할 때조차도 사랑과 생기가 넘치는 언어예요. 그것은 반어와 신랄함 속에서 이중의 의미를 가진 단어로 이루어진 노래를 위한 말이라고요"라며 원래부터 있었던 아랍의 여러 방언과 여성의 말과는 다른 '그들의 언어', 표준 아랍어화 정책을 강도 높게 비난한다. 아랍화 정책에 따른 여성의 옷차림에 대해 불만을 표하는 것도 나지아다. 앞이 약간 파인 옷 때문에 알제의 택시 운전사에게서 부당한 대우를 받았다며 나지아는 "아마도! 한 달 뒤였다면 아마 그는 내가 머리에서 발끝까지 검은색 차도르를 뒤집어쓰고 있는 모습을 원했을 거예요……"라며 극단적인 결과까지 예상한다.

베르칸이 적어 놓은 1991년 말과 1992년 초의 '겨울일기' 속에는 알제리의 현재에 대한 걱정이 담겨 있다. 현재 격변을 겪고 있는 알제리와 전쟁의 상흔이 채 가시지도 않은 국민들은 병영이냐 모스크냐의 갈림길에서 하나를 선택해야만 하는 "막다른 골목"에 다다른 듯하고, 국내에서 벌어지는 양쪽 진영의 폭력은 '광기'의 수준에 이르렀음을 호소한다. 그는 과거에는 프랑스에 의해서, 오늘날엔 아랍화의 광신도에 의해 인질이 된 알제리 사회를 통해 알제리가 크게 변화하지 않았음을 보여 준다.

4) 억압으로부터의 탈피, 통합에의 갈망

여성의 문제, 언어, 역사 문제는 대체로 대립을 전제해서 이야기가 전개된다. 남성/여성, 가부장제/여성 복종, 프랑스어/아랍어, 문어/구어, 지배자의 언어/피지배자의 언어, 정복자/피정복자, 식민주의/피식민자 등등. 전부 다 그런 것은 아니겠지만, 대립을 넘어 분열에까지 이를 수 있는 이들 쌍은 영원히 극복할 수 없는, 통합에 이를 수 없는 관계인 것일까? 아마 아시아 제바르는 이 문제에 대해 끊임없이 생각해 왔으리라.『프랑스어의 실종』은 그에 대한 아시아 제바르의 답이 될 수도 있는 작품이다.

『프랑스어의 실종』의 마지막을 장식하는 나지아는 여러 면에서 흥미로운 인물이다. 갑자기 베르칸 앞에 나타나서 마리즈를 대신해 연인의 지위를 차지하고, 베르칸을 변화로 이끌어 주는 여신과 같은 존재, 글을 쓰고자 했지만 성공하지 못했던 베르칸에게 글쓰기의 길에 들어서게 만든 뮤즈가 바로 나지아인데, 그런 나지아에 대해서 과거의 연인 마리즈는 "미지의 여인, 연적, 일시적으로 거쳐 간 여자, 틀림없이 들르는 곳마다 연애 사건을 일으키는 여자 해적, '동방의 여자들'이 일단 용단을 내려 변절자가 되고, 남자 형제나 친척 같은 부계 씨족과 관계를 끊고 다른 곳으로 먹이를 찾으러 가게 되면 종종 그리 되었던 것처럼 '매춘부'였을 N"이라며 깎아 내리지만, 그녀의 출현으로 인해 마치 "남편이 갑자기 죽었을 때, 그에게 더 젊거나 더 사랑스런 정부가 있었다는 사실을 알게 되는 본처의 느낌과 유사한 감정"을 느꼈다고 고백하기도 한다.

　나지아는 아랍어, 프랑스어, 이탈리아어 3개 국어로 말하고 두 개의 여권을 갖고 있지만, 자신을 무국적자로 스스로 규정하며, 어린 시절의 트라우마, 다시 말해서 민족해방전선에 의해 암살된 할아버지와 그로 인해 정신착란에 빠진 아버지를 잊기 위해서 여러 나라의 국경을 넘나들면서 자신이 망명자이거나 난민이 아닌가 의구심을 가졌던 인물이다. 그러한 그녀는 베르칸과 사랑을 나누며 "어제의 말들, 지난 세기의 말들, 잊힌 공동 조상의 말들을 찾아냈고," 베르칸에게 "리듬에 맞춰, 그 어휘들을 하나하나 건네주"어서, 베르칸으로 하여금 자신의 리듬을 갖춘 "변화한 프랑스어"를 구사하고 작가가 될 수 있게 만들었다. 사실 베르칸은 프랑스에 머물며 작가가 되려고 했지만 뜻을 이루지 못하고 프랑스로부터 돌아온 터였다. 그 오랜 시간 동안 타자의 언어와 문화에 동화되려 한 베르칸의 노력은 방황이었고, 의미 없는 시간 보내기였을 뿐이었다. 프랑스어와 아랍어, 문어와 구어, '그들'과 '우리', 지배와 피지배 등의 대립적 세계에서 헤어나지 못하던 베르칸에게 나지아는 그 모든 것의 경계를 허물어뜨릴 수 있는 계기와 힘을 전해 주었다. 그렇지만 깨달음을 얻은 베르칸이 왜 알제리에서 실종된 것일까? 델리스에서 베르칸의 실종은 국가주의와 민족주의를 내세운 아랍화라는 고집스런 정책을 포기하지 않고 고전아랍어, 또는 표준아랍어를 강요하는 알제리에서는 더 이상 베르칸의 깨달음이 어떤 결실을 맺게 될 여지가 없음을 나타내는 것이 아닐까?

『프랑스어의 실종』의 마지막 부분에서 나지아의 편지는 베르칸의 실종 사실을 알지 못한 상태에서 이탈리아의 파도바에서 보내진 것인데, 아시아 제바르의 것이기도 할 나지아의 꿈과 소망, 그리고 계획이 담겨 있는 의미심장한 편지로 보인다.

나지아의 편지 속에는 두 작가가 소개된다. 나지아는 이탈리아 시인 웅가레티(Giuseppe Ungaretti, 1888~1970)의 작품을 번역했다고 말한다. 웅가레티는 누구인가? 웅가레티는 이집트의 알렉산드리아에서 태어나서 젊은 시절을 아랍 문화의 토양 속에서 보냈고, 이집트 소재 스위스 학교에서 프랑스어로 교육을 받기도 하면서 프랑스 문학의 전통을 경험했고, 파리에서 한동안 생활하며 아폴리네르 등과 어울리면서 아방가르드, 초현실주의에 참여하기도 했으며, 제1차 세계 대전에 참전하기도 한 시인이다. 아방가르드와 초현실주의 운동에 참여했다는 것은 기존의 전통적인 문학 형식을 거부하고 새로운 세계를 자유롭게 추구하고자 했음을 나타내 주는 표지다. 그러므로 웅가레티에 대한 나지아의 언급은 그의 기존 형식에 대한 파괴와 더불어 자유로움에 대한 동경의 표시로 볼 수 있을 것이다.

그리고 나지아의 편지에서 계속 언급되는 에라스뮈스(Desiderius Erasmus, 1466~1536)가 있다. 에라스뮈스는 중세의 인문주의자로서 네덜란드 태생이지만 자국에만 머물러 있지 않고 유럽 전역을 돌며 세계시민적인 삶을 살았던 인물, "민족과 당파를 초월한 평화"[3]를 추구한 사람이다. 나지아는 파도바로 가는 내내 에라스뮈스의 『우신예찬』을 읽으며 그에게 빠져들고, 그가 프랑스어로 쓴 편지들에서부터 그에 대한 연구를 시작하겠다는 계획을 세운다. 나지아는 에라스뮈스가 자신의 제자들에게 쓴 「꿈에 관한 편지」의 사본을 베르칸에게 보내는 편지에 첨부하면서 몇 개의 문장에 붉은색으로 밑줄을 긋고 주석까지 덧붙여 놓았는데, 그것은 "땅은 세상의 중심이 아니다"라는 말로 시작된다. 코페르니쿠스가 에라스뮈스에게 전해 주었다고 하는 이 진리에 따르자면, 사실 그 땅에 바탕을 두고 그어 놓은, 실재하지 않는 국경이라는 것은 아무런 의미도 없게 된다.[4] 결국 아시아 제바르는 나지아의 입을 통해 본인이 꿈꾸는 탈영토화된 언어, 문화에 대한 소망을 피력하는 것으로 볼 수 있다. 그것은 분열과 대립을 넘어서 통합에 이르는 길이 될 터이고, 노년에 도달한 아시아 제바르가 제시하는 해결책일 터다. 안타까운 것은 아시아 제바르가 『프랑스어의 실종』 이후 더 많은 작품으로 자신의 견해와 주장을 증명해 보이지 못하고 세상을 떠났다는 점이다.

---

3 에라스뮈스, 『우신예찬』, 문경자 역, 지식을만드는지식, 2009년, 13쪽

4 아시아 제바르가 제3부의 제사(題詞)로 베르나르-마리 콜테스의 『사막으로의 귀환』에서 마틸드의 대사를 올려놓은 것은 의미심장하다. 여기서 마틸드는 "내 조국은 어디야? 내 땅은 어디에 있어? 내가 잠 잘 수 있는 땅은 어디에 있지? 알제리에서 나는 이방인이고 프랑스를 꿈꿔. 프랑스에서는 더욱 더 이방인이고 알제를 꿈꾸지. 조국이란 자신이 존재하지 않는 곳인가……?"라고 외친다.

판본 소개

아시아 제바르는 첫 작품 『갈증』을 줄리아르 출판사(Editions Julliard)에서 펴낸 이후 계속해서 같은 출판사에서 소설을 출간했다. 줄리아르 출판사는 프랑수아즈 사강의 첫 소설인 『슬픔이여 안녕』을 비롯해서 그녀의 초기 소설 여러 편을 펴낸 출판사이기도 했다. 1950년대에서 1960년대까지 프랑수아즈 사강과 아시아 제바르 같은 주목 받는 신인의 작품들이 줄리아르 출판사에서 나왔던 것이다.

아시아 제바르의 소설들은 이후 라테스 출판사를 거쳐, 1990년대에 들어오면서부터 『오랑, 죽은 언어』와 『스트라스부르의 밤들』(악트쉬드 출판사)을 제외하고는 모두 알뱅미셸 출판사에서 출간되는데, 『프랑스어의 실종』은 그곳에서 간행된 마지막 소설이기도 하다(2007년 발표된 마지막 소설 『아버지의 집 그 어디에도 없는』은 파이야르 출판사에서 나왔다).

2003년 8월 알뱅미셸 출판사에서 출간된 『프랑스어의 실종』

은 2006년 1월에 같은 출판사에서 보급형 판본인 '리브르 드 포슈'판으로도 간행되었다. 본 번역은 2003년 간행본을 텍스트로 사용했음을 밝힌다.

1936 6월 30일   알제리의 셰르셸에서 출생, 본명은 파티마 – 조흐라 이말라옌. 부친 타하르 이말라옌은 교사. 어머니 바히아 바라위는 베르베르족 출신 베르카니(Berkani) 가문. 어린 시절은 프랑스 학교와 사립 코란 학교에서 공부.

1946   블리다 중학교. 고전 아랍어 대신 고대 그리스어, 라틴어, 영어 공부.

1953   바칼로레아 합격. 알제의 부조고등학교(현 에미르 압델카데르 고등학교) 그랑제콜 준비반 입학.

1954   파리의 페늘롱 고등학교 그랑제콜 준비반 입학.

1955   세브르 고등사범학교 입학. 최초의 무슬림 여학생. 역사를 전공으로 선택.

1956   알제리무슬림학생총연합(UGEMA)의 지침에 따라 시험 거부, 퇴학.

1957   첫 소설 『갈증』 발표. 필명 아시아 제바르 사용.

1958   두 번째 소설 『참을성 없는 사람들』 발표. 아흐메드 울드-루이스(본명 왈리드 가른)와 결혼 후 튀니지에 잠입하여 신문 기자로 활동. 루이 마시뇽, 자크 베르크 지도하에 역사 연구(중세 아랍과 19세기 마그레브).

1959~1962   모로코의 라바트 문과 대학에서 마그레브 근현대사 교수 활동.

1962~1965 알제리로 돌아와 알제대학 역사 교수에 임명. 아랍어 사용 의 무화 정책을 거부하고 알제리를 떠남.

1962 세 번째 소설 『신세계의 아이들』 발표.

1965 모하메드 가른을 양자로 들임.

1966~1975 프랑스에 거주하며 알제리 출입.

1967 소설 『순진한 종달새들』 발표.

1969 시집 『행복한 알제리를 위한 시들』. 잡지 『약속』에 남편 왈리드 가른 과 함께 희곡 『붉은 새벽』 발표.

1974~1980 알제대학의 문학 · 영화 교수. 불어권 연구 교육. 이와 병행해 서 세미 다큐멘터리 장편 영화 준비(어머니의 부족인 베르카니족과 함께 생활하면서 그곳 여성들에게 전쟁에 관한 기억을 묻고, 그 에 피소드를 두 시간짜리 영화 〈슈누아산 여성들의 누바〉에 담는다).

1975 아흐메드 울드-루이스와 이혼.

1978 영화 〈슈누아산 여성들의 누바〉 발표.

1979 〈슈누아산 여성들의 누바〉로 베네치아 비엔날레에서 '국제 비평가 상' 수상.

1980 말렉 알룰라와 재혼. 모국어로 영화 작업을 하면서 프랑스어로 소설 을 쓸 수 없게 되자 파리로의 귀환을 선택. 파리에 정착.

1980 단편집 『그들 거처 안의 알제 여자들』 발표.

1982 영화 〈제르다 혹은 망각의 노래들〉 발표.

1983 〈제르다 혹은 망각의 노래들〉로 베를린 영화제에서 '가장 훌륭한 역 사 영화상' 수상.

1983~1989 사회부 장관 피에르 베레고부아에 의해 알제리 이민 대표로 선정되어 사회활동기금(FAS) 이사회 의장 활동.

1985 소설 『사랑, 판타지아』 발표. 이후 정기적으로 독일과 이탈리아로 작 품 낭독 여행을 가고, 영국과 미국의 대학에서 세미나 진행.

1987 소설 『그림자 왕비』 발표.

1989 프랑크푸르트 기독교센터 문학상 수상.

1990 노이슈타트 국제 문학상(International Literary Neustadt Prize) 심사위원 활동.

1991 소설『메디나에서 멀리 떨어져』발표.

1995 두 번째 남편과 함께 미국으로 건너가 루이지애나주립대학에 정교수 임용. 소설『감옥은 넓다』발표. 모리스 메테를링크상 수상.

1996 노이슈타트 국제 문학상 수상. 이야기『알제리의 백색』발표.

1997 루이지애나대학 석좌교수, 동 대학 프랑스 및 프랑스어권 연구소장. 마르그리트 유르스나르상 수상. 이탈리아에서 팔미 국제상(Prix international de Palmi) 수상. 단편집『오랑, 죽은 언어』및 소설『스트라스부르의 밤들』발표.

1999 몽펠리에3대학에서 본인의 작품에 대한 논문「프랑스어권 마그레브 소설, 언어와 문화 사이: 40년간의 여정: 아시아 제바르 1957~ 1997」으로 박사 학위 취득). 벨기에 왕립아카데미 회원에 선출. 프랑코포니 대상 수상. 에세이『나를 둘러싼 그 목소리들』발표.

2000 이탈리아 로마에서 5막 뮤직 드라마 〈비바람 속의 이스마엘의 딸들〉 공연. 3막 뮤직 드라마『아이샤와 메디나의 여자들』집필. 독일 출판인 평화상 수상.

2001 루이지애나대학을 떠나 뉴욕대학 교수 부임.

2002 뉴욕대학 석좌교수에 지명. 소설『무덤 없는 여인』발표.

2003 소설『프랑스어의 실종』발표.

2005 조르주 베델을 이어 아카데미 프랑세즈에 선출. 독일 오스나브뤼크대학 명예박사. 국제 파블로 네루다상 수상.

2006 토리노에서 국제 그리자네 카부르상 수상.

2007 마지막 소설『아버지의 집 그 어디에도 없는』발표.

2015 2월 6일 프랑스 파리에서 사망.

새롭게 을유세계문학전집을 펴내며

을유문화사는 이미 지난 1959년부터 국내 최초로 세계문학전집을 출간한 바 있습니다. 이번에 을유세계문학전집을 완전히 새롭게 마련하게 된 것은 우리가 직면한 문화적 상황에 적극적으로 대응하기 위해서입니다. 새로운 을유세계문학전집은 세계문학의 역할이 그 어느 때보다 중요해졌다는 인식에서 출발했습니다. 오늘날 세계에서 타자에 대한 이해는 우리의 안전과 행복에 직결되고 있습니다. 세계문학은 지구상의 다양한 문화들이 평등하게 소통하고, 이질적인 구성원들이 평화롭게 공존할 수 있는 문화적인 힘을 길러 줍니다.

을유세계문학전집은 세계문학을 통해 우리가 이런 힘을 길러 나가야 한다는 믿음으로 만들어졌습니다. 지난 5년간 이를 준비하기 위해 많은 노력을 기울였습니다. 세계 각국의 다양한 삶의 방식과 문화적 성취가 살아 있는 작품들, 새로운 번역이 필요한 고전들과 새롭게 소개해야 할 우리 시대의 작품들을 선정했습니다. 우리나라 최고의 역자들이 이들 작품 속 한 문장 한 문장의 숨결을 생생히 전하기 위해 심혈을 기울였습니다. 또한 역자들은 단순히 번역만 한 것이 아니라 다른 작품의 번역을 꼼꼼히 검토해 주었습니다. 을유세계문학전집은 번역된 작품 하나하나가 정본(定本)으로 인정받고 대우받을 수 있도록 최선을 다했습니다. 세계문학이 여러 경계를 넘어 우리 사회 안에서 주어진 소임을 하게 되기를 바라며 을유세계문학전집을 내놓습니다.

을유세계문학전집 편집위원단(가나다 순)

김월회(서울대 중문과 교수)
박종소(서울대 노문과 교수)
손영주(서울대 영문과 교수)
신정환(한국외대 스페인어통번역학과 교수)
정지용(성균관대 프랑스어문학과 교수)
최윤영(서울대 독문과 교수)

을유세계문학전집

을유세계문학전집은 계속 출간됩니다.

을유세계문학전집 연표